ハヤカワ epi 文庫
〈epi 95〉

浮世の画家

〔新版〕

カズオ・イシグロ
飛田茂雄訳

epi

早 川 書 房

8305

両親に

浮世の画家〔新版〕

序文

カズオ・イシグロ／土屋政雄訳

『浮世の画家』を書きはじめたのは、一九八一年九月、ロンドンのシェパーズブッシュに借りた地階アパートでのことでした。そのとき私は二十六歳で、一作目『遠い山なみの光』の出版準備が進んでいましたが、あの時点で、自分がこれから小説家一本でやっていけるなどとは到底思えませんでした。

その夏、ローナと私は新しい仕事を得て、カーディフからロンドンに戻ってきたばかりでした。住む場所は決まっていませんでしたが、ラドブロークグローブとハマースミス周辺には、取り壊し待ちの（したがって低家賃の）いわゆる「短命」住宅に住む若者たちのネットワークがありました。斜に構えた感じの左がかった若者たちの緩いつながりで、私たち二人も、数年前までその一部として慈善事業や支援活動に参加していました。いまあの夏を振り返ると、いきなりロンドンに戻り、その辺のシェアハウスにでも厄介になっていれば住まいなどすぐに見つかる、と信じて疑わなかった呑気《のんき》さが不思議に思えます。幸い、私たちのそんな呑気さをとがめる事態は起こらず、ほどなく、にぎわうゴールドホークロードから少し外れたところに小さなアパートが見つかりました。

このアパートは、時代の先端を行くヴァージン・レコードのレコーディングスタジオに隣接していました。窓がなく、壁にカラフルな絵を描いたそのスタジオに、器材を抱えた毛むくじゃらの大男たちが出入りするのをよく目にしたものです。さすがに漏音対策は万全で、アパートの小さな裏庭を背にして台所のテーブルに向かえば、私がそこで書き物に励むのになんの不都合もありませんでした。

通勤の苦労が大きかったのは断然ローナです。ロンドン南東部のルーイシャムまで通い、そこのソーシャルワーカーをすることになっていました。私のほうは、ホームレス支援団体「ウエストロンドン・キュレニアンズ」で「再定住支援」をすることになっていて、通うのは、石を投げれば届くほどの距離ですみます。二人の負担を少しでも公平にするため、私たちはひとつの約束事をしました。毎朝、二人は同じ時刻に起き、ローナが家を出るとき私はもうテーブルに着いて、書きはじめられる態勢にあること、という約束です。私は早朝九十分間の執筆をすませてから、仕事に出かけます。

きつい仕事をこなしながら優れた作品を書いた作家は少なくありません。しかし、私は昔から哀れなほどに（ほとんど病気かと思うほどに）複数のことを同時に進めるのが苦手でした。太陽が徐々にのぼり、部屋を光で満たしていくなか、何か書こうとテーブルにしがみつきつづけたあの数週間が、私がいわばパートタイム作家を試みた最初で最後の経験です。白紙を見つめながら、ベッドに戻りたいという衝動と戦いつづけた結果は、大成功とはいえませんでした。昼の仕事がだんだん忙しくなり、夜遅くまで働かざるをえない日がふえていったこともありますし、ローナが頑として譲らなかった名状しがたい朝食も助けになったとはいえません（恐ろしいほど舌触りの悪い食物繊維の山に酵母と小麦胚芽が振りかけてあって、食べたあと思わず腹をかかえこんだことも何度かあります）。それでも、この努力のなかから『浮世の画家』の核となる部分（物語の筋と中心的な設定）が、ほぼ完成された形で生まれてきました。これを十五ページの短篇として仕上げたものが、のちに『グランタ』誌に掲載された「戦争のすんだ夏」です。書いている最中、私の想像力のなかには、すでにひとつの長篇小説として見え隠れしているものがありました。そこまで積み上げていくにはずっと大きくて複雑な構造が必要であることがわかっていましたが、昼の仕事にとられる時間がふえていき、早朝九十分間のパートタイム作家稼業は、やがて打ち切らざるをえなくなりました。

『浮世の画家』に本格的に戻ったのは、一九八二年の冬です。そのときまでに『遠い山なみの光』が出版され、初めての小説としてはまずまず話題にもなり、米国のほか、いくつかの国で出版されることになっていました。『グランタ』誌が翌年春の発表を予定していた第一回「有望な若手イギリス人作家二十人」のリストに私が含まれることになったのも、この作品のおかげです。作家としての将来は依然危なっかしいものでしたが、少し大胆になっていいと思える理由ができて、私はキュレニアンズの仕事をやめ、執筆に専念することにしました。

そして、ロンドン南東部アッパーシドナムの閑静な住宅地に引っ越しました。借りた部屋は、ビクトリア様式の高い建物の最上階です。台所に流しがなく、汚れた食器類を洗うのに、古いティーワゴンに積んでバスルームまで運んでいくという不便さがありましたが、そのかわりローナの仕事場が近くなり、目覚まし時計をずっと遅い時刻に設定できましたし、あの恐るべき朝食ともおさらばすることができました。大家さんはマイケル・マーシャルさんと奥さんのリノアさんです。六十代前半のとてもすてきなご夫婦で、階下にお住まいでしたから、ローナと私はやがて平日の夜、仕事から戻るとお二人の台所（流しつき）にお邪魔して、一緒にお茶をいただくようになりました。お茶を飲み、ミスターキプリングのケーキを食べながら、本や政治のこと、クリケットのこと、広告業界のこと、イギリス人の奇癖などについて、談論風発、とりとめのないおしゃべりを楽しみました（数年後にリノアさんが急逝され、私は『日の名残り』を夫人の思い出に捧げました）。開局を間近にしたチャンネル4からドラマ台本の依頼を受けたのが、ちょうどこのころです（この局からは、都合二本、私のドラマが放映されています）。そして、テレビドラマの台本を書くというこの経験が、足を引っ張る面もありながら『浮世の画家』に大きな影響を及ぼすことになります。

ドラマの台本というものは基本的に対話であり、そこにト書きとして演出上の指示が加わります。私は出版された『遠い山なみの光』を、書き上げた台本と比較してみました。「この小説はドラマ台本と十分に違っているだろうか」と自問しながら、憑かれたように比較をつづけ、結果、まるで台本かと思われる部分が多い、という結論に至りました。対話があって、動作を示す記述があり、さらに対話がつづく……気持ちが沈みはじめました。テレビのスイッチを入れれば得られる経験と大差ないのなら、それをわざわざ小説として読むことに意味があるだろうか。芸術の一形式としての小説は、独自の何か、他の形式ではうまく表現できない何かを提供せずに、どうやって強力な映画やテレビに太刀打ちできるのだろう（一九八〇年代初期は、小説という形式が現在よりずっと虚弱に見えた時代だったことを言い添えておきましょう）。シェパーズブッシュでつづけた早朝の努力から、書きたい物語ははっきり見えていました。しかし、それをどう語るのがいいのか、いろいろな方法を試してみる長い試行錯誤がシドナムではじまりました。新しい小説を「散文による台本」にはしないことは決めていましたが、ではいったい何にすればよいのかがわかりませんでした。

このころ私はウイルスにやられ、何日かをベッドで過ごすはめになりました。最悪の症状を脱し、何時間も寝たきりでいるのに嫌気がさしてきたころ、ベッドに持ち込んだまま、いま羽毛布団のなかであっちに転がりこっちに転がりしている本が気になりはじめました。キルマーティンとモンクリーフによる英訳本が出たばかりの、マルセル・プルースト『失われた時を求めて』の第一巻でした。病気で臥せっていたことで、この種の作品への感受性が高まっていたのかもしれません。当時もいまも、私はプルーストの大ファンというわけではなく、むしろ、その文章はときに天を仰ぐほどに退屈だと思っていますから。しかし、このときは「序章」と「コンブレー」に完全に心を奪われ、それを何度も何度も読み返しました。文章が崇高なほどに美しかったこともあるでしょう。しかし、何よりもプルーストの「移動の方法」（と、そのとき私は心のなかで表現し、のちにノートにもそう書き記しました）に驚き、興奮したからだと思います。ある場面からつぎの場面への切り替え方といってもいいかもしれません。この本では出来事や場面の現れ方が時間の流れにしたがっておらず、物語を直線的に展開していく仕組みにはなっていません。むしろ、連想の脱線や記憶の気まぐれが推進力となって、話を次から次へとつないでいきます。ときどき、はてなと考え込まされることがあります。さっきのエピソードがこのエピソードに結びついてくるのはなぜ？　あの瞬間とこの瞬間が、一見無関係なのに、語り手の心のなかで隣り合っているのはなぜ？　小説を書くためのもっと自由な、ぞくぞくするような方法が見えた、と私は思いました。この方法なら、ページをもっと豊かにし、画面では捉えようのない心の内部の動きまで示せるのではないか。語り手の思考の流れや記憶の漂流に乗って話をつないでいけるなら、ほとんど抽象画家がキャンバス上に形や色を配置していくようにして文章を書いていけるのではなかろうか。たとえば、二日前の出来事を二十年前の出来事のすぐ隣に置き、両者の関係に注意を向けるよう読者を促すこともできるだろう。そう配置することの根底にある理由すら、多くの場合、語り手は完全に知らなくていいのかもしれない。人が自分自身や自分の過去を見つめようとするとき、それは幾層もの自己欺瞞や否認によって覆い包まれています。そのことを暗に語り、ほのめかすための適切な書き方が見えたような気がしました。小説家が壁を突破する瞬間とは、えてしてそんなものです。とるに足りない、身の回りの小さな出来事がきっかけになります。いま振り返ってみると、シドナムの寝室で病気から回復しながらプルーストの二十ページを繰り返し読んだ三日間が、私の作家人生のターニングポイントだったとわかります。何か大きな賞をもらったり、映画のプレミア試写会で赤い絨毯の上を歩いたりするよりずっと意義深い出来事でした。あれ以後に私が書いたものは、すべて、あの三日間に得た啓示によって形が定められたといってよいでしょう。

『浮世の画家』の日本的側面について一言のべておきましょう。この作品の舞台はすべて日本で、登場人物は日本人ばかりです。私の作品のなかで、文字どおりもっとも日本的な小説です。小説自体は英語で書かれていますが、一人称の語りであれ、人物どうしの対話であれ、そこでは日本語が使われているという設定になっています。つまり、読者にはこの小説を一種の翻訳本のように感じてほしい、英語のセンテンスひとつひとつの背後に日本語の存在を感じてほしいと思って書きました。そうである以上、ページに書き記すすべての言葉に相応の神経を使わなければなりません。言葉が違和感なく自然に流れるようにすることはもちろんですが、その一方で、あまりに自然な会話（というか「自然な英語」）にはしたくありませんでした。そのため、ときには日本語の表現や日常のやりとりを字義どおり直訳したりもしましたが、ほとんどの場合は、普通の言葉遣いながらやや堅苦しい感じの英語表現を見つけることで、英語の背後につねに流れている日本語のリズムと、決まり文句的な表現の雰囲気を伝えようとしました。

最後に、この小説が書かれた当時の社会的背景にもふれておきましょう。『浮世の画家』は一九八一年から八五年にかけて書かれました。イギリスにとって時代がひとつ変わるという、ときに対立や紛争をともなう激動の数年間でした。マーガレット・サッチャー政権のもとで、福祉国家と混合経済（主要な資産と産業を民間部門と公共部門がともに所有する経済）を目指すという戦後の政治的コンセンサスが失われ、製造業・重工業と大労組を中心とした経済から、主としてサービス産業とばらばらで小回りのきく非組織労働力を中心とした経済へ舵が切られ、強引な移行計画が公然と進行していました。炭坑ストライキがあり、印刷工ストライキがあり、核兵器反対のデモ行進があり、フォークランド戦争があり、IRAテロがある時代でした。そして病んだ経済を立て直すには公共サービスの大幅削減が必要だと説く経済理論「マネタリズム」の時代でした。ある夕食の席で、炭坑ストライキをめぐる意見の相違から、もっとも古くからの知り合いで、もっとも近しかった友人と大喧嘩したことが、いまも後味の悪い思い出になっています。『浮世の画家』は第二次世界大戦前後の日本を舞台にした小説ですが、私が実際に生きていたイギリスによって形作られた物語でもあります。あらゆる地位や職業の人に政治的立場の選択を迫る強い圧力がかかっていたこともそう、若々しく熱意ある集団の強い確信が、徐々に独善に陥り、得体の知れない敵意に姿を変えていったこともそう、政治的変革の時代に果たすべき「芸術家の役割」について悩み、苦しんだこともそうです。とくに私個人にとっては、当時の困難さと恐怖の感覚がいまだに拭いきれません。時代の独善的熱狂を超越して物事を明確に見通すことがいかに困難であるか。そして、たとえ善意からはじまっていても、結果的にいかに誤ることがあり、恥ずべき主張や悪しき主張に加担してしまうことがあるか。自分の最良の年月と才能が無駄遣いに終わり、そのことがいずれ時間と歴史によって証明されてしまうことは恐怖です。

二〇一六年一月、ロンドンにて

一九四八年十月

　このあたりには今でも〈ためらい橋〉と呼ばれている小さな木橋がある。そのたもとから、丘の上までかなり急な坂道が通じている。天気のいい日にその坂道を登りはじめると、それほど歩かぬうちに、二本並んでそびえ立つ銀杏《いちょう》の梢《こずえ》のあいだからわたしの家の屋根が見えてくる。丘の上でも特に見晴らしのよい場所を占めているこの家は、もし平地にあったとしても周囲を圧倒するほど大きい。たぶん坂を登る人々は、いったいどういう大金持ちがこんな屋敷に住んでいるのかと首をかしげることだろう。

　いや、そんな家に住んでいるからといって、わたしは決して金持ちではないし、かつて金持ちだったというわけでもない。この家はわたしではなく、前の住人が――ほかでもない、あの杉村明が――建てたものだと言えば、みんななるほどとうなずくのではあるまいか。もちろん最近この市に転居してきた人なら、杉村明と言われてもピンとこないだろうが、戦前からこの市に住んでいる人々に聞いてみればすぐわかる。だれもがはっきりと、その杉村さんなら三十年ものあいだこの市でだれよりも尊敬されていた最高の実力者でしたよ、と教えてくれるに違いない。

だが、こういう話を聞いたあとで丘のてっぺんまで登りつめ、そこで、堂々たる杉の門、がっしりとした石塀で囲われた広い敷地、優美な瓦《かわら》ぶきの屋根、大空に張り出した風格のある棟木《むなぎ》などを見た人は、金持ちではないと言ったこのわたしがどうしてこんな大邸宅を手に入れたのかと、ますます不思議がるかもしれない。実を言うとわたしは、とても代金とは言えぬくらいの――おそらく当時の相場の半分にも満たない――金額でその土地家屋を購入した。杉村家の人々が取り決めた実に奇妙な、というか、ばかげたとさえ言えそうな売却手順と方法のおかげで、そんなことになったのである。

もう十五年くらい前の話になる。そのころ、わが家の暮らしは月を追うごとに楽になっていくように思われた。おかげで、家内が新しい家を探してくれと、しきりに催促するようになった。いつも先を見越していた家内は、ただの見栄ではなく、子供たちの縁談をうまくまとめるためにも、地位にふさわしい家に住むことが大事だと言い張っていた。なるほど一理あるとは思ったが、なにしろいちばん年上の節子でさえまだ十四、五歳だったので、そうあわてることもあるまいと、のんびり構えていた。もっとも、一年ばかりのあいだ、よさそうな売り家があると聞くたびに、いちおう当たってはみたのだが。杉村明が亡くなって一年後、彼の家が売りに出されるのでぜひ、とすすめてくれたのは弟子のひとりであった。わたしの分際でそんな大邸宅を買うなんてばかげた話で、これも弟子たちがいつも示す大げさな敬意の現れに過ぎないと思ったが、型通り問い合わせだけはしておいた。それが、思いもよらぬ結果を招いたのである。

ある日の午後、ずいぶん気位の高そうな白髪の女性がふたり、わたしをたずねてきて、杉村明の娘と名乗った。有名な方のご家族からごあいさつを受けて驚きましたと告げると、年上の婦人のほうが冷ややかな口ぶりで、これはただの儀礼訪問ではございませんと言う。よく聞いてみると、ここ数ヵ月のあいだに杉村邸を買いたいという申し出がかなりたくさんあったけれども、家族会議の結果、四人の候補者以外はみな断ることにしたという。そして、その四人は、もっぱら人柄と社会的な功績だけを慎重に評価して選んだとのことであった。

「わたしどもにとってなによりも大事なことは」とその婦人は言った。「父が建てた家を、それにふさわしい、父ならこの人と見込むような、立派な方にお譲りすることです。もちろん、いろいろな事情で金銭的な面も考えざるを得ませんが、それはあくまでも二の次です。まあそういうわけですから、価格はこちらで決めてまいりました」

そのとき、最初から黙りこくっていた年下の婦人がわたしに封筒を差し出した。わたしがその封を開けるあいだ、姉妹はこちらをきびしい目で見つめていた。封筒のなかには紙が一枚入っており、真っ白な地に毛筆で品よく金額だけが書いてあった。わたしはあまり低い金額に驚いて、そのことを言いかけたが、目の前のふたりの表情からすると、それ以上お金の話をしたら品性を疑われそうなので、ただ黙っていた。すると年上の婦人がきっぱりと言った。「四人の方がおたがいに値段を競《せ》り上げても、どなたのお得にもなりません。わたしどもはそこに書きました額以上は一円だって頂戴《ちょうだい》するつもりはございません。これから先、わたしどもにお任せいただきたいのは、ご人徳をせりに掛けさせていただくことでございます」

その婦人はわたしが――もちろんほかの三人の候補者と同じ条件で――家柄や人望などに関するさらに立ち入った調べに応じてくれるよう、杉村家を正式に代表してお願いにきたのだと言った。調査の結果、最適と思われる人に家を売りたいというのである。

常識外れな申し出だとは思ったが、こちらから異議をさしはさむ理由は見つからなかった。考えてみると、縁談でも持ち上がれば、事は同じように運ぶのだ。だいいち、頑固に筋を通そうとするこの著名人の家族から有力な候補者に選ばれて、悪い気持ちはしなかった。調査には応じると答え、来訪に礼を述べると、年下の婦人のほうがはじめて口をきいた。「小野さま、父は教養人でございまして、画家の方々をたいへん尊敬しておりましたの。ええ、あなたのお仕事のことも存じておりました」

翌日から数日かけて自分で調べた結果、この女性の話にうそはないことがわかった。たしかに杉村明はなかなかの美術愛好家で、自分のポケットマネーで多くの美術展覧会を後援していた。ついでに、わたしはいくつかの興味深いうわさを耳にした。それによると、杉村家の親族の有力派は家を手放すことに反対し、売却推進派を相手に一時激しく言い争った。そのうち、経済的な事情でどうしても売るしかないということになったが、あくまで渋っていた親族を説得するための苦肉の策として、だれかが、いま言った奇妙な手順を考え出したらしい。その取り決めに高飛車なところがあったことは否めないが、栄光の歴史を誇ってきたこの一族の悲哀に、わたしは同情しないではいられなかった。ところが家内のほうは、相手が家柄などを調べると知って、とたんに不機嫌になった。「思い上がりもいいとこですよ」と彼女はいきまいた。「これ以上のつきあいはご免だと、きっぱりおっしゃって」

「べつにどうってこともあるまい」とわたしは言い返した。「知られて困るようなことがあるわけじゃなし。そりゃ、うちの身内に財産家はいないが、それくらい杉村家だってとうに知ってるはずで、しかもなお、うちを有力な候補と認めているんだ。せっかく調べたいと言うんだから、調べてもらおうじゃないか。うちがますます有利になるような事実しか出てこないんだから」ここでわたしは、ひとつ大事なことをつけ足した。「まあ考えてごらん。かりに杉村家との縁談が持ち上がったとすれば、相手はこれとまったく同じことをするだろう。うちもそろそろこういうことに慣れておいたほうがいい」

おまけに、杉村家の姉娘は「人徳をせりに掛ける」と言ったが、それはなかなか名案であるように思えた。物事の決着をつけるのに、なぜもっとそういう手段を活用しないのか。人の財布の重さを比べるよりも、道徳的な行動や社会的な功績を比べるほうが、はるかにはるかにすばらしいではないか。わたしはいまでも、杉村家からの知らせ――「徹底的な調査の結果、かけがえのないあの家の新しい持ち主として、あなたこそ最適と判断しました」という知らせ――を受けたときの、あの深い満足感をはっきりと思い出す。そして実際、この家は多少の苦痛を忍んでも手に入れるだけの価値があった。外から見れば威圧されるほどどっしりした建物だが、なかに入ると、木目《もくめ》の美しさで選んだ柱や板が、ごく自然でやわらかな雰囲気を醸《かも》し出すので、ここに住んだわたしたちはみな、この家のおかげでゆったりと落ち着くことができる、としみじみ感じたものだ。とはいうものの、売買契約が最終的に成立するまでの一時期には、杉村家の高慢さを事ごとに痛感させられた。彼らの一部はわたしたちへの敵意を隠そうともしなかった。相手の立場を理解できない買い手ならば、むかっ腹を立てて一切《いっさい》をご破算にしたかもしれない。あれから数年後にたまたま杉村家の人に出会うことがあったが、そんな時でさえ、彼らは世間並みのあいさつをする代わりに、道端にぬっと立ったまま、あの家はいまどんな状態か、どこか改造したのか、などとわたしを問い詰める始末であった。

このごろは杉村家の消息を聞くこともほとんどなくなった。ただ、売却交渉で顔見知りになったあの杉村姉妹のうち、妹のほうが敗戦後まもなくわが家を訪ねてきた。長かった戦争中の苦労のせいでやせ衰え、いちだんと老けて見えた。ところが、この婦人も杉村家のほかの人々とそっくりで、旧杉村邸にしか関心がないという事実をほとんど隠さず、戦争で――住んでいる人間ではなく――建物がどうなったかということばかり気にしていた。彼女はわたしの妻と賢治のことを知っていたくせに、おざなりのお悔やみをひと言つぶやいただけで、すぐ空襲の被害についての質問を浴びせてきた。最初はむかっときたが、この老婦人が思わず客間のあちこちに目をやったり、型にはまった計算ずくの会話の途中で何度か不意に声を詰まらせるものだから、なつかしい家を訪れたこの婦人の激しい感情の波がしだいにわかってきた。そして、この家の売却に関わった家族の大半がもはやあの世の人だと思うと同情が込み上げてきて、進んで家を案内して回る気になった。

わが家もやはり戦災を免《まぬか》れなかった。その家だが、杉村明は東側に三つの大きな部屋から成る別棟を建て、母屋《おもや》とのあいだを長い廊下でつないでいた。庭の片側に面したその廊下はあきれるほど長いので、口の悪い連中は、あの廊下と東の棟は杉村が隠居した両親をわざと遠ざけておくために建てたのだと言いはやしたものだ。とにかくその廊下は、この家全体のなかでも最も魅力的なもののひとつであり、特に午後になると、廊下の端から端まで、明るい日差しのなかに枝葉の影がきれいな模様を描くので、まるで庭園のなかに造られたトンネルをくぐっている気分になったものだ。爆撃の被害は主としてこの東棟に集中しており、庭からそのありさまを眺めている杉村明の娘の目にはうっすらと涙がにじんでいた。わたしもこの老婦人に対するいらだちをすっかり忘れ、ここはなんとかして早いうちに修理し、お父上が建てられた元の姿に戻しますと、ありったけの誠意を込めて約束した。

ただし、そう約束した時点では、物資のひどい欠乏がどれほどつづくのかよくわかっていなかった。敗戦後何年ものあいだ、たった一枚の板やひと握りの釘を手に入れるために何週間も待たされるような状態がつづいた。そんな状況でいくらか大工仕事ができるとしても、まず(戦災を無事に免れたわけではない)母屋から手をつけるしかなく、庭に面した長廊下と東棟の修理はなかなか思うように進まない。重大な破壊や腐食を招きそうな部分には応急処置をほどこしたが、東の棟をふたたび使用できるのはまだまだ先の話だ。それに、いまこの家に残っているのは紀子《のりこ》とわたしだけなので、無理をしてまで急いで居住空間を広げる必要を感じない。

かりに今日、人々をわが家の奥に案内し、重い障子を開いて杉村庭園に面した長廊下の残骸だけを見せたとしても、彼らはそれがかつてどれほど優雅なものであったか、十分に想像できるだろう。しかし、今もまだ取り除けないでいるクモの巣やカビのしみにも気づいてしまうことだろう。さらには、屋根がなく、防水シートだけでかろうじて雨漏りを防いでいる天井の大小の穴も見つけてしまうだろう。ときたま朝早く障子《しょうじ》を開けてのぞくと、防水シートを通して無数の色つきの柱のような形で日光が射し込み、雲のように浮かんでいるちりやほこりを見せることがある。それを見るたびに、たったいま天井が崩れたばかりという錯覚に陥る。

この廊下と東棟を別にすれば、最大の被害を受けたのは縁側である。戦災の前、わたしの家族、特にふたりの娘は、年がら年じゅう縁側に座って、何時間でも庭を眺めながらおしゃべりを楽しんでいた。それだけに、嫁《とつ》ぎ先から戦後はじめて里帰りした節子は、縁側のみじめなありさまを目の当たりにして、ひどく悲しがったが、それも無理はない、と思った。わたしはあの娘が帰る前にいちばんひどいと思われる部分は直しておいたが、庭に張り出した部分の片側は爆風によってあおられていたので、大きく波打ち、床板は至るところひび割れていた。縁側にかけられていた屋根もやられており、雨の降る日には床のあちこちに洗面器を置いて雨漏りを受けなければならなかった。

それでも、ここ一年のあいだに作業はかなりはかどり、先月あらためて節子がやってきたときには、縁側の修理はほぼ完成していた。紀子は姉をもてなすために勤め先から休暇をとった。上天気がつづいたおかげもあって、娘たちは昔と同じように縁側で長い時間を過ごした。わたしもたびたび仲間入りした。おかげで、数年前まで晴れた日に家族揃ってそこに座り、のんびりとたわいのない話に興じたのと同じような気分に浸ることができた。ところで、たしか節子が来た翌日だったろう、朝食後に三人で縁側に座っていたとき、紀子がこんなことを言い出した――

「お姉さま、やっと来てくれて助かったわ。お姉さまが来てくれたから、あたしはお父さまから少し解放されるわ」

「まあ、紀子ったら、そんな……」節子は座布団の上でもじもじと腰を動かした。「お父さまったら、隠居してからとっても世話が焼けるの」と、紀子はいたずらっぽく笑ってつづけた。「いつも忙しい用事を言いつけておかないと、すぐふさぎ込むんだから」

「まあ……」節子はおずおずとほほ笑み、軽いため息を漏らして庭のほうに顔を向けた。

「あの楓《かえで》、すっかり生き返ったらしいわね。とってもきれい」

「ねえお父さま、このごろお父さまがどんな様子か、お姉さまには見当もつかないんじゃない？　暴君ぶりを発揮して、みんなをあごで使っていたころのお父さましか知らないんだもの。このごろはずいぶんおとなしくなった。そうじゃなくって？」

わたしは、すべて愉快な冗談だと言わんばかりに、大声で笑ったが、節子は相変わらず落ち着かない様子だった。紀子は姉に向き直って言った。「でも、前よりずっと世話が焼けるの。一日じゅうふさぎ込んでいて、家のなかをうろうろするばかりだもの」

「紀子はまたばかなことを言っている」とわたしが割って入った。「一日じゅうふさぎ込んでいる人間が、どうやってこれだけの修理をやってのけるんだ」

「ほんとうに」と節子は言いながら、わたしのほうを向いて笑顔を見せた。「この家、と

ても すてきになったわ。お父さま、ずいぶん精出してお働きになったのね」

「面倒なところは、みんな人手を借りてるのよ」と紀子は言った。「ねえ、お姉さま、あたしの言うことが信用できないらしいけど、お父さまはすっかり変わってしまったの。もうこわがる必要はないのよ。前よりずっと穏やかで、飼い慣らされたって感じ」

「まあ、紀子ったら……」

「時にはおさんどんまでするし。どう、とても信じられないでしょ。でもほんと。このごろお料理の腕がぐんと上がったわ」

「紀子、もうそのくらいで十分じゃない？」と、節子が静かにたしなめた。

「そうじゃなくって、お父さま。たいへんな進歩よね」

わたしはまた苦笑して、首をだるそうに左右に振った。いま思い返すと、ちょうどそのとき、紀子は庭のほうに顔を向け、まぶしい陽の光にまぶたを閉じてこう言った――

「だって、あたしがお嫁に行ったら、帰ってきて食事の支度をする人がいなくなるんだもの。あたしだっていろいろ忙しくなるから、お父さままでは手が回らないわ」

紀子がそう言っているあいだに、先ほどから慎ましく目をそむけていた長女が、ふと探るような眼差しをわたしに向けた。その目はすぐまた逸《そ》れて、紀子の微笑に無理にあわせるような笑みを返したけれども、節子の様子からは、さっきよりもいっそう強いいたたまれなさが感じられた。だから、幼い孫が縁側をどたどたと走り抜けたときには、話題を変えるきっかけをつかんで、ほっとしたように見受けられた。

「一郎、お座布団にお座りなさい」と節子は息子の背中に声をかけた。

両親といっしょに住んでいる近代的なアパートに慣れていた一郎は、きっとこの家の広い空間がとても気に入ったのだろう。とにかく、その幼子《おさなご》は縁側に座りたがるわたしたちの気持ちを理解せず、端から端まで猛スピードで往復し、時には磨きたてた床板の上で滑走して楽しんでいた。子供はお茶をのせた盆を二、三度ひっくり返しそうになったが、みんなといっしょに座れという母親の言いつけには全然耳を貸そうとしなかった。節子が座布団に座れと言ったときも、縁側の向こう端でふくれっ面をするだけであった。

「おいで、一郎」とわたしは声をかけた。「さっきから女と話をするのに飽きてしまった。ここへ来ておじいちゃんの横に座っておくれ。ふたりで男どうしの話をしよう」

きき目はすぐ現れた。一郎はわたしのそばに座布団を運んでくると、両手を腰に当て、背中をぐいと反らせて、ずいぶん偉そうな顔をして見せた。

「おじいちゃん」と一郎は生真面目な調子で言った。「ぼく、ききたいことがあるの」

「ほう、なんだろう」

「かいじゅうのこと」

「怪獣？」

「あれはゆうしいぜんなの？」

「有史以前？　もうそんなことばまで知っているのか。賢い子なんだなあ、一郎は」

その瞬間、一郎の威厳は急にしぼんだように思われた。彼は正座を崩したかと思うと、仰向けになり、両足を空中でばたばたさせた。

「一郎！」と節子があわてて小声でたしなめた。「おじいちゃまの前でなんてお行儀の悪い。起きなさい！」

一郎の唯一の反応は、力を抜いた足を床板の上にどしんと落とすことだけだった。そのあと、彼は腕組みをして目を閉じた。

「おじいちゃん」と一郎は眠そうな声で言った。「あのかいじゅう、ゆうしいぜんなの」

「どの怪獣のことかな、一郎」

「ごめんなさい、おじいちゃま」と節子がこわばった微笑を浮かべて言った。「きのう汽車で着いたとき、駅前で映画のポスターを見たらしいの。タクシーの運転手さんを質問攻めにしてたわ。あいにく、わたしはそのポスターを見そこねたもので」

「おじいちゃん。あのかいじゅう、ゆうしいぜんなの、それともちがうの。ちゃんとおしえてよ」

「一郎！」と、母親は息子にあきれたような顔を向けた。

「よくわからんなあ、一郎。いっしょに映画を見て確かめるしかなさそうだ」

「じゃ、いついく？」

「うん。ママとよく相談してごらん。もしかすると、おまえくらいの子供には怖すぎるかもしれない」

からかうつもりで言ったわけではないのに、孫にはグサリときたらしい。一郎は勢いよく体を起こし、わたしをにらみつけて叫んだ。「よくもいったな！　なんにもしらないくせに」

「一郎！」と、節子が当惑して大きな声をあげた。しかし、一郎が怖い顔でわたしをにらみつづけているので、母親は仕方なく立ってこちらにやってきた。「一郎」と、節子は息子の腕をゆすりながらささやいた。「そんな顔でおじいちゃまをにらむんじゃありません」

一郎は返事をする代わりに、またごろっと寝ころんで、両足をばたばたさせた。節子はおずおずと笑ってわたしを見た。

「ほんとにお行儀が悪くて」と節子は言ったが、あとのことばが出ないらしく、黙ってまた

「一郎」と紀子が立ち上がりながら言った。「いっしょに来て、朝ごはんの片づけを手伝ってくれない？」

「おんなのしごとじゃないか」と一郎はまだ足を宙に泳がせながら言った。

「じゃ手伝ってくれないの。さあ困った。あのテーブルはとっても重いから、叔母ちゃま

ひとりではとてもしまえないのよ。こうなると、だれに頼めばいいのかなあ」

それを聞いた一郎は、いきなり立ち上がり、わたしたちのほうを振り向きもせず、大股で家のなかへ歩いていった。紀子が笑ってあとを追った。

節子はふたりの背中にちらっと目をやったあと、急須を取ってわたしの湯呑みに新しいお茶を入れはじめた。「話がそれほど進んでるなんて、知らなかったわ」と節子は声をひそめて言った。「紀子の縁談のこと」

「ちっとも進んでないさ」と、わたしは首を左右に振りながら答えた。「実際、なにひとつ決まってない。まだ始まったばかりだ」

「ごめんなさい。紀子の話を聞いてると、てっきりもう……」と節子はことばを濁し、またあらためて「ごめんなさい」と言った。しかし、その言い方から察すると、まだ納得がいかぬようであった。

「紀子のああいうものの言い方は今度がはじめてじゃあるまい」とわたしは言った。「実際、今度の縁談が持ち上がってから、あの子のやることはどうもおかしい。先週毛利さんの訪問を受けたよ。覚えてるだろうな、毛利さんを」

「それはもう。お元気？」

「元気いっぱいだった。そこまで来たので、ちょっとごあいさつを、と寄ってくださったんだ。問題は紀子だ。毛利さんの前で縁談のことを話しはじめた。いまとほとんどおんなじ調子で、万事本決まりみたいなことを言ったんだ。いやはや冷汗ものさ。毛利さんは帰りぎわにお祝いを言ったあと、新郎のご職業は、とたずねる始末さ」

「そうだったの」と節子は思いやりを込めて言った。「お父さまはばつが悪かったでしょうね」

「しかし、毛利さんが悪かったわけじゃない。おまえもいま紀子のせりふを聞いたばかりだ。他人《ひと》があれを聞いたら、なんと思うだろう」

節子はなにも答えなかった。わたしたちはしばらく黙ってそこに座っていた。ちらっと目をやると、節子は両手で湯呑みを持ちながらも、そのことを忘れたかのような様子でじっと庭を見つめていた。先月節子が来ているあいだ、その時を含めて何回か——たぶんこの娘に当たっている日光の加減かなにかのせいで——思わず節子の顔立ちのことを考えさせられた。年と共に節子の見栄えがよくなっていることに疑いの余地はない。節子がもっと若いころ、わたしたち夫婦は、この程度の器量でいい相手が見つかるのだろうか、としきりに案じたものだった。節子の目鼻だちには、幼いころでさえ男っぽいところがあり、それは少女になってもますます際立つ一方のように見受けられた。おかげで娘どうしで口喧嘩になると、妹の紀子がいつも「おとこ！　おとこ！」とからかって優位に立つことができた。こういうことが人格の形成にどんな影響を及ぼすかは、だれにもわかるまい。ただ、紀子がこれほど気が強くなり、節子がこれほど内気で無口になったのは、おそらく偶然ではあるまい。それにしても、もうじき三十に手の届く節子の容貌には、かつてない豊かな気品が備わってきたように見える。そういえば家内はよく、「節子はおくてね。でも、夏に花を咲かせる木だってあるでしょ。あの子もそうですよ」と言っていた。母親という立場ならそうでも言って自分を慰めるしかないのだろう、と軽く考えていたが、先月は家内の見通しの正しさを何度も痛感させられた。

節子はふと夢から覚めたかのように、家の奥のほうに目をやってから言った。「去年のことがこたえてるんじゃないかしら。わたしたちが思ってるよりずっと」

わたしはため息をついてうなずいた。「あのとき、わたしの思いやりが足りなかったのかもしれない」

「お父さまはできるだけのことをしてくださったわ。でももちろん、ああいうことって、女にとってはひどいショックなのよ」

「正直なところ、紀子は少し芝居を演じているのではないかとかんぐっていた。以前にも、ときどき芝居じみた態度をとっていたからな。あの子は最初から恋愛だと言い張っていた。それだけに、破談になったときも、それらしく振舞うしかなかったのだろう。しかし、まんざら芝居ばかりでもなかったのかな」

「あのとき、みんなで笑ったけど」と節子は言った。「ほんとうに恋愛だったのかもしれないわね」

わたしたちはまた沈黙に陥った。家の奥から、なにか同じことを何度も叫んでいる一郎の声が聞こえてきた。

「こんなこと言ってごめんなさい」と節子が声の調子を改めて言った。「でも、去年あちらから来たお話が、どうして打ち切りになったんでしょう。あれからなにか理由をお聞きになって？ あまりにも思いがけない結果だったわ」

「思い当たるふしは全然ない。いずれにせよ、いまさらほじくり返しても無駄だろう」

「それもそうね。ごめんなさい」節子はしばらく考え込んだあとで、こう言った。「ただ、素一《すいち》さんが去年のことをしつこく聞くんです。三宅家があれほど急に手を引いたのはなぜかって」節子は自嘲気味とも思える含み笑いを見せた。「あの人はわたしがなにか秘密を知っていて、それを小野家のみんなと結託して隠していると信じてるらしいの。わたしにはなにも思い当たるふしはないって、いつも素一さんに言うんですけど」

「はっきり言っとくが」と、わたしはやや冷たい調子で言った。「それはわたしにも相変わらず謎だ。知っていれば、おまえや素一君に隠すものか」

「よくわかってます。ごめんなさい。なにもわたし……」またもや、ぎごちなく声がとぎれた。

娘に対するその日のわたしの応対は多少そっけなく見えたかもしれないが、去年に三宅家から破談の申し入れを受けたことに対してこの節子にいかにも不審げにたずねられたのは、それが最初ではなかった。わたしがなにか隠していると思い込んでいるらしいが、その根拠がわたしにはわからない。もしも三宅家の側にああやって辞退する特別な理由があるとすれば、彼らがそれをわたしに打ち明けるはずはないのだから。

わたしの推測では、特別の理由などなかった。もう一歩というところで三宅家が辞退したことは、たしかに意外だったが、だからといってそこに特別なわけが潜んでいると決めつける必要はあるまい。いま考えられるのは、単に家柄の相違だ。わたしの見るところ、あの三宅夫妻は、ひとり息子が一段格の高い家の娘と結婚することを快く思わない、正直でうぬぼれの強い人たちにすぎない。きっと三、四年前なら、あの夫妻ももっと早く辞退したのだろうが、当のふたりが恋愛中だと言い張るし、戦後は万事新しい生き方が推奨されるので、一体どうしたらいいのやら、なかなか判断がつかなかったのだろう。それ以上複雑な事情があったとはとても思えない。

わたしがふたりの結婚をすでに了承しているように見えたために、かえって三宅夫妻が戸惑ったということも考えられる。わたしは家柄の問題について実に鷹揚《おうよう》であった。要するに、そんな問題にこだわるような性格ではないのだ。実際、生涯を通じてわたし自身の社会的な地位をまともに意識したことなど、ただの一度もない。現在でも、しばしば世間の出来事とか、だれかのふとしたことばによって、わたしがかなり高い地位にあることを思い知らされるたびに、そんなものかとあらためて驚くような始末だ。例えば、つい先だっての晩、あの昔なつかしい歓楽街にあるマダム川上のバーで飲んでいた。そのマダムの店は最近ますます客足が遠のいているが、その晩も客は信太郎とわたしのふたりだけだった。わたしたちふたりはいつものとおり止まり木に腰掛け、カウンターに寄りかかって、マダム川上と世間話をしていた。夜がふけてもほかの客がさっぱり現れないので、話題はしだいに個人的なものに移っていった。そのうち、マダムが親戚に当たる青年の話を持ち出し、彼は確かに能力はあるのに、それにふさわしい働き口が見つからない、とこぼしはじめた。すると、信太郎がいきなり大きな声を出した――

「先生のお宅にうかがうよう言いなさいよ、ママ。然《しか》るべきところに先生がちょいと口をきいてくだされば、たちまち立派な職にありつけるんだから」

「なにを言い出す、信太郎」とわたしはたしなめた。「こっちはもう隠居の身だぞ。最近では縁故関係もなくなってしまった」

「先生ほどの方がお書きになった推薦状なら、だれだって尊重せざるを得ませんよ」と信太郎は言い張った。「その子に、先生をお訪ねするようぜひ言いなさい、ママ」

わたしは信太郎の確信に満ちた調子に、最初は少し驚いたが、やがて気がついた。信太郎は、何年も前にわたしが彼の弟にしてやったささやかな行為をまだ覚えていたのだ。たしか一九三五年か三六年の話で、わたしはごくありきたりのことをしたにすぎない。本省の知人宛てに推薦状を書いてやったとか、まあそんなことだ。あとのことはほとんど気にもしていなかったが、ある日の午後、自宅でくつろいでいると、家内が来客を告げた。

「お通ししなさい」

「でも、ご迷惑だから、お玄関だけで、と何度もおっしゃるの」

玄関に出ると、信太郎と彼の——まだ学生らしさの抜けない——弟が立っていた。彼らはわたしの姿を見たとたん、頭を下げて、顔に笑みを浮かべた。

「まあ上がりたまえ」とわたしは言ったが、ふたりはただにこにこ笑って頭を下げるばかりだった。「信太郎、いいじゃないか。座敷に上がってくれ」

「とんでもございません、先生」と、信太郎は頭を何度も下げながら笑顔で言った。「こうやってお宅にうかがうだけでもあつかましい限りです。ほんとにあつかましい限りです。でも、お礼にうかがうまでは家にじっとしておれませんでしたので」

「奥へ入んなさい。ちょうど節子がお茶を入れるところだ」

「いえ、それではあつかましすぎます、ほんとうに」それから信太郎は弟のほうを向いて早口でささやいた。「良雄。おい、良雄！」

その青年はぺこぺこするのをようやくやめ、緊張しきった顔を上げて言った。「このご恩は一生忘れません。先生のご推薦を決して裏切らぬよう、全力を尽くしてがんばります。先生のお顔に泥を塗るようなことは、決していたしません。一生懸命働いて、上役の方々にご満足いただけるよう、努力いたします。そして、将来どこまで昇進できたとしても、この仕事の出発点に立たせてくださった先生のことは、決して、決して、忘れません」

「いやいや、礼を言われるようなことはなにもしていない。あなたの実力が認められただけのことだ」

とたんにふたりは、それは違います、と強く主張した。やがて信太郎が弟に言った。

「良雄、おれたちはいまでも先生のご好意にすっかり甘えているが、失礼する前に、おまえを助けてくださった方のお顔をよく拝ませていただきなさい。こんな寛大な有力者のご恩にあずかるなんて、おれたちはたいへんな幸せ者だぞ」

「まったくです」と青年はつぶやき、わたしの顔を見上げた。

「おい、信太郎、そんなにわたしを困らせるな。まあ上がれ。酒でも飲んで祝おうじゃないか」

「とんでもございません、先生。すぐおいとましなければ。こうして参上し、せっかくおくつろぎのところをお邪魔しただけでも、あつかましい限りです。ただ、もう一刻も早くお礼を申し上げなくてはならない、と思いましたので」

正直なところ、彼らの訪問のおかげでわたしはなにか立派なことを成し遂げたような気になった。立ち止まって足もとを見る暇もないほど忙しい人生の途中で、自分がどこまで進んできたかを突然かいま見ることがある。これもそのひとつであった。自分ではほとんど意識しなかったが、わたしのおかげでひとりの若者が輝かしい未来への出発点に立てたというのは、明らかな事実であった。二、三年前ならとても考えられないことであり、わたしは自分でもほとんど気づかぬうちに、そこまで地位を高めていたということになる。「なにもかも変わってしまったよ、信太郎」と、わたしは先だっての晩、マダム川上の店で念を押すように言った。「わたしはもう引退したから、縁故者もあまりいないんだ」だが案外、信太郎の考えが当たっているのかもしれない。もし試してみたら、自分の影響力の大きさに再び驚くという結果にならぬとも限らない。繰り返しになるが、わたしは自分の社会的地位を十分に自覚したことなど、一度もない。

それはとにかく、信太郎はときどき世間知らずをさらけ出すことがある。決して軽蔑すべきことではない。冷笑的な皮肉や辛辣《しんらつ》な個人攻撃が渦巻いているこの時代に、そんなものとはまるで無縁の、純朴この上ない人間にお目にかかることは、めったにない。マダム川上のバーに入って信太郎の姿を見ると、なにかほっとする。この男は、過去十七年のあいだ毎晩そうであったように、止まり木に腰掛け、昔からの癖で、カウンターの上に置いた丸い布製の帽子を無意識のうちにいつまでもくるくる回している。まったくの話、信太郎は世間の影響などまるで受けていないかのようだ。彼はいまでもわたしの直弟子であるかのように礼儀正しくあいさつをする。夜がふけるにつれて、どんなに酔いが回っても、必ずわたしを「先生」と呼び、最大の敬意を示しつづける。時には修業中の若者のような熱意を込めて、技術や様式について質問することさえある。その実、信太郎は（あらためて言うまでもなかろうが）本格的な美術に対する一切の関わりをずっと前に絶っているのだ。ここ数年、彼は本の挿絵《さしえ》で暮らしを立てている。いま得意なのは消防自動車の絵らしい。毎日毎日、屋根裏部屋にこもって消防自動車のスケッチを重ねているのだろう。しかし夜になり、二、三杯飲んだあとでは、わたしが最初に指導することになった理想に燃える若き芸術家だと――相変わらずそうだと――いまでも信じたがっているらしい。

少し意地の悪いところもあるマダム川上は、信太郎のこの子供っぽさをしばしばからかいの種にしてきた。例えばつい最近、大雨の晩にこの小さなバーに駆け込んだ信太郎は、ドアマットの上でかぶっていた帽子を絞りはじめた。

「まあ、信太郎さん！」とマダムは大声をあげた。「なんてお行儀の悪い！」

信太郎はそのとたん、途方もない大罪を犯したかのように、泣き出しそうな顔を上げ、ありったけのことばを尽くしてあやまりはじめた。マダムは図に乗って攻撃をつづけた。

「この年になるまで、そんな無作法を見たことがないわ、信太郎さん。きっとあたしのことばかにしてるのね」

「もういいだろう、ママ」と、わたしは折を見計らって言った。「だいぶこたえてるらしい。いまのは冗談だと言ってやんなさい」

「冗談？　いいえ、冗談なんかじゃありません。無作法にも程があるわ」

そんな調子がつづいて、とうとう信太郎は見るも哀れなほどしょげてしまった。そうかと思うと、こちらはほんとうに真面目に話しているのに、自分はからかわれたと思い込むこともあるらしい。ある晩彼は、戦争犯罪人として処刑されたばかりの一将軍について、陽気な声で、「ぼくは子供のころからあの方を崇拝してるんですよ。いまどうしているかなあ。もちろん軍役から退いてるはずだけど」と言って、マダム川上をひどくあわてさせた。

その晩は、はじめての客も何人かいて、その連中がうさんくさそうに信太郎を見た。商売にかかわると見たマダムが信太郎の前に行って、そっとその将軍の運命を告げると、信太郎はゲラゲラと笑い出した。

「よく言うよ」と彼は大声をあげた。「ときどきママの冗談はきつすぎるなあ」

そういう世間的な事柄についての信太郎の無知にはしばしばびっくりさせられたが、さっきも言ったとおり、決して軽蔑すべきこととは思えない。冷笑的な現代の風潮に染まっていない人間が存在しているだけでも、ありがたいことだ。実際、ここ数年ますます信太郎とのつきあいが楽しくなっているのも、彼のそういう――なぜかちっとも世間ずれしていない――性格のおかげだろう。

マダム川上に目を向けると、彼女もまた、現代の風潮から悪影響をこうむらぬよう最善を尽くしているようだが、戦時中の苦労のせいでずいぶん老け込んだことは否定できない。戦前の彼女はまだ「若奥さん」でも通ったが、ここ数年のうちに彼女の内に潜むなにかが裂けて、外側までたるんでしまった感じである。戦争で彼女が失った人々のことを考えれば、それも無理はない。商売もしだいにやりにくくなっている。十六、七年前に彼女がはじめてささやかな店を開いたあの街と、いまのこの街が実は同じなどとは、彼女自身にも信じられぬことだろう。われわれにとってなつかしいあの歓楽街には、実際、なにひとつ残っていない。彼女の昔の商売がたきは、ほとんどみな店を畳んでどこかに行ってしまった。マダムだって何度もそうしたいと思ったに違いない。

しかし、マダム川上がそこに最初に店を出したときは、たくさんの酒場や小料理店のあいだにまさにすべり込むような感じだったから、はたしていつまでつづくことかと疑う者もずいぶんいた。その街のせせこましい路地を歩いていると、あらゆる店先から斜めに張り出している——やたらに派手な文字で、それぞれの店の特徴をひけらかしている——無数ののぼりによって、しょっちゅう行く手を塞がれるのであった。それでも当時は、その区域のどの店もがいくらでも繁盛するくらいたくさんの客がいた。特に春先以後、この一画は、気の向くままにはしごをして回る人々や、ただ路上で世間話にふける人々などで、ごったがえしていた。自動車はとうにここへ入るのをあきらめていたし、自転車に乗る者たちも、他人のことなど一切かまわない歩行者の群に飲み込まれてしまえば、降りて押して進まなければならなかった。

「なつかしい歓楽街」と言ったが、実際には、飲み、食べ、話すことだけを楽しむ街であったと思う。芸者遊びをする料亭だの劇場だのといった、ほんとうの歓楽を求める人々は、もっと市の中心部へ入らなければならなかった。ただわたし自身は、いつもなじみの飲食店街のほうが気に入っていた。そこにたむろするのは元気のいい、しかし、ごくまともな連中で、その多くはわれわれと同類、つまり、夜ふけまでわいわいしゃべることが大好きな画家や作家たちであった。わたし自身のグループが入りびたったのは〈みぎひだり〉という名の店で、それは三本の小道が交差してできたアスファルト舗装の広場に建っていた。〈みぎひだり〉は近所のどの店とも違って、二階建てのだだっ広い店であり、着物姿の女給も洋装の女給も大勢いた。〈みぎひだり〉が周辺の店を抑えてのし上がるには、わたしも多少の役割を果たしたのであり、その貢献を認められたわれわれのグループは、店の一角に専用のテーブルを提供された。そこでわたしといっしょに飲むのは、たいがい、わたしが主宰する洋画塾のエリートたちであった。黒田、村崎、田中――いずれも才知にあふれた若者で、早くも美術界で名前が売れはじめていた。彼らはいずれ劣らぬ論客であり、われわれのテーブルではしきりに熱っぽい議論が戦わされたことを、いまでも思い出す。

実を言うと、信太郎は一度もそのエリート・グループに加わらなかった。わたし自身はべつに信太郎を遠ざけるつもりはなかったけれども、弟子たちのあいだには強い階級意識があり、信太郎が一番弟子の仲間と見なされていないことは明らかであった。そう言えば思い出すが、信太郎が弟を連れてわが家にやってきてから数日後のある晩、わたしはその専用テーブルで、ふたりの来訪のさまをみんなに話していた。すると、黒田たちのエリート組は、信太郎と弟が「たかがホワイト・カラーの仕事にありつけただけなのに、そんなにありがたがるなんて」と言って笑った。しかし、そのあとわたしが、名声を追うのではなく、力の限り仕事に励むこと自体に満足を求めて、一心不乱に努力する者には、影響力や地位が自然に備わってくるものだ、という持論を述べると、彼らはみな緊張して耳を傾けた。そのとき、彼らのひとり（黒田であったに違いない）が体を乗り出して言った――「ぼくは前から、ここの市民が先生をどれほど尊敬しているか、先生ご自身は気づいておられないんじゃないかと思っていた。いま先生がご披露なさった例が雄弁に示しているとおり、いまや先生の名声は美術界を越えて、各界各層に及んでいる。しかし、それにお気づきにならぬとは、いかにも謙虚な先生らしいじゃないか。当然の敬意を受けてびっくりなさったなんて、実に先生らしい。ところが、ここにいるわれわれ一同にとっては、ちっとも驚くに当たらぬことだ。実際こうも言えるだろう。先生は社会全体から大いに尊敬されているが、このテーブルに集うわれわれだけは、その程度の尊敬ではとても足りないことを十分に心得ていると。だが、少なくともぼく自身は信じて疑わない。先生の名声はいよいよ高まり、何年かのちわれわれが人々に、かの小野益次先生の門弟であったと告げることは、われわれの最高の誇り、最大の名誉になるに違いない、と」

これは特に目立ったできごとではなかった。夕方みんなで少し飲んだあと、弟子たちが競って師匠礼賛の演説をするのは、ほとんどひとつの習慣になっていた。そして特に、彼らの代弁者のように見なされていた黒田は、いつも主役を演じていた。もちろんわたしは、たいがいそんな話を聞き流したものだが、信太郎とその弟が玄関先でお愛想笑いを浮かべてぺこぺこ頭を下げたときと同じように、黒田のその話を聞いたときも、胸が熱くなるような満足感を覚えた。

ただし、わたしが最も有能な弟子だけと親しくしていたような印象を与えたとしたら、誤りである。だいいち、マダム川上のバーにはじめて入ったのも、たしか信太郎とひと晩ゆっくりなにかを話したいと思ったからだ。いまその晩のことを思い出そうとしても、ほかのいろいろな晩の音や声やイメージと重なりあってしまう。入り口に並べて下げてあった提灯《ちょうちん》、〈みぎひだり〉の店先に群がっている人々の笑い声、天ぷらの匂い、もう奥さんのとこにお帰りなさいと客に言いつづけているバーの女給……そして、至るところからこだまする、コンクリート道路を歩く無数のげたの音。あれは確か蒸し暑い夏の夜で、わたしは信太郎のなじみの店を二、三たずねてみたが、見つからないので、しばらく小さな酒場をのぞいて回った。こういう店はおたがいに客を取りあっていたに違いないが、同じ町内どうしという意識も強かったから、その晩ある店で信太郎は来ていないかとたずねたところ、そこのママは少しもいやな顔はせずに、「新しいお店を当たってみたら」とごく自然に答えてくれたのだった。

マダム自身なら、ここ数年間のうちに加えたたくさんの変化――彼女のささやかな「改良」のあと――を指摘することができるのだろうが、わたしの印象では、彼女の小さな店は、いまも最初に訪れたときとほとんど変わらない。このバーに入る客は、低く吊り下げられた電燈の暖かい光に照らし出されたカウンターと、室内の暗い影になった部分とのコントラストに注意を引かれるだろう。なじみの客の大部分はその電燈の光を浴びたカウンターの前に座りたがる。すると、店全体にぬくぬくとした親近感が漂う。最初の晩、わたしは「感じのいい店だな」と思って店内を見回したものだし、周囲の世界がすっかり変わってしまった今日でさえ、このマダム川上の店だけは相変わらず感じがいい。

だが、昔の面影《おもかげ》をとどめているのはこのバーくらいなものだ。マダム川上のバーを出て路上に立つと、ああ、おれは文明の最果てで酒を飲んだんだな、という気分にたちまちなる。あたり一面、不気味な瓦礫《がれき》の山。はるか向こうに背中を見せているいくつかのビルが、ここも市の中心部から遠くないことを思い出させる。「みんな戦争のせいよ」とマダムは言う。しかし、敗戦後まもなくこのあたりを歩いたときには、建物の多くがまだ立っていた。〈みぎひだり〉も、窓ガラスはすっかり吹っ飛び、屋根も一部は抜けていたが、まだ形を残していた。そういう壊れた建物のあいだを歩きながら、これらがまた生き返ることもあるのだろうかと考えた覚えがある。それからしばらくして、ある朝、通りすがりにこの区域を見ると、ブルドーザーがすでにあらゆるものを押し倒していた。

そういうわけで、通りの向かい側には瓦礫しかない。もちろん市当局は復興計画を立てているはずだが、こんな状態がもう三年つづいている。雨が小さな水たまりをあちこちに作り、壊れた煉瓦《れんが》の群のなかでたまり水がよどんでいる。おかげでマダムは窓に防虫網を張らなければならなかった――「客寄せの効果なんて、ちっともないのに」とぼやきながら。

マダム川上の店と並んだ建物は、どれもまだ取り壊されていなかったが、その多くには誰も住んでいなかった。例えば、マダムの店の両隣もがら空きであり、彼女はそれをいやがっている。彼女はしょっちゅうわたしたちに、もし急にお金持ちになれたら、両方とも買って店を拡張すると言っているが、差し当たっては、隣にだれかが移ってくることを心待ちにしているらしい。ここと同じようなバーになってもいいから、と彼女は言う。「墓場のなかに住まなくてすむのなら、なんだってかまいませんよ」

夕闇が迫るころ、マダム川上のバーから出る客は一瞬立ち止まって、目の前に広がる荒地を眺めずにはいられないだろう。たそがれのなかに、煉瓦や板きれなどの山が、そしておそらくは、あちこちの地面から雑草よろしく伸びている水道管やガス管が、まだ見えるかもしれない。そして、際限なく広がる瓦礫のそばを歩くと、無数の水たまりが街燈の光で白っぽく浮き出て見えるだろう。

わが家まで坂道が通じている丘のふもとまでやってきて、〈ためらい橋〉で立ち止まり、あの昔なつかしい歓楽街のほうを振り返れば、まだ夕日が沈みきっていないかぎり、古い（まだ電線がつながっていない）電柱の列が、いま来た道の暗がりのなかに姿を消そうとしているのが見えるはずだ。もしかすると、黒い鳥たちの群が電柱のてっぺんに、窮屈な恰好で——彼らがかつて空中にゆったり並ぶことを可能にしてくれた、あの電線を待ちあぐねているかのように——止まっているのも見えるかもしれない。

数日前の夕方、その小さな木橋に立ってぼんやり眺めていると、遠くの瓦礫の山からふた筋の煙が昇っていた。市の作業員がいつ果てるとも知らぬ復興事業の一部をぐずぐずとつづけていたのかもしれないし、子供たちがなにかよからぬ遊びにふけっていただけかもしれない。しかし、空に立ち昇るその煙は、妙にわたしの気持ちを滅入らせた。それはだれか世間から見捨てられた人を火葬にする野積みの薪の煙のように見えた。マダム川上は「墓場」と言った。あの街をかつて足しげく訪れた大勢の人を思い出すなら、だれだってそうとしか考えられないのだ。

つい話がそれてしまった。節子が先月うちに来たときのことを思い出そうとしていたのに。

さっきも言ったと思うが、節子は着いた翌日の大半を、縁側に座って妹と話をして過ごした。日が傾きかけたころ、わたしは、男にはまるきり興味の持てない話に熱中している娘たちをそこに残し、数分前に家のなかへ駆け込んだ孫を探しに行った。

　廊下を歩いている途中、ドサッという音が家じゅうを震わせた。わたしはびっくりして茶の間に急いだ。その時間、わが家の茶の間は大半が日陰に入る。目が明るい縁側に慣れていたので、一郎が茶の間にいないことを確かめるのに二、三秒かかった。そこへまたドサッという音が聞こえ、それが何度か繰り返されたあと、孫が「ヤー！　ヤー！」と叫ぶ声がする。隣のピアノ部屋から聞こえるのだ。わたしは入口まで行ってしばらく聞き耳を立てたあと、そっと引き戸を開けた。

　茶の間とは対照的に、ピアノ部屋には一日じゅう陽がよく当たる。澄んだ光が鋭く差し込み、もう少し大きければみなで食事をするのにちょうどよかった。わたしはそこを一時、絵と画材の倉庫代わりに使っていたが、いまは、ドイツ製の縦型ピアノを除けば、がら空き同然である。さっきの縁側と同じく、邪魔なもののないこの部屋は、孫の想像力を刺激したに違いない。案の定、一郎は妙な恰好で跳ねながら床の上を進んでいる。原野を馬で走ってるつもりだな、とわたしはにらんだ。一郎は戸口に背中を向けていたので、見られていることに気づいたのは、かなりたってからだった。

「おじいちゃん」と彼は向き直って腹立たしげに言った。「ぼく、いそがしいんだよ。わかんないの」

「ごめんよ、一郎。気がつかなかった」

「おじいちゃんとあそんでるひまはないんだから」

「やあ、すまんすまん。ただ、外まであんまり楽しそうな声がするものだから、ちょっと見せてもらえないかと思ってね」

孫はしばらくむっとしてわたしをにらんだあと、不機嫌な声で言った。「まあいいや。でもじっとすわっててよ。ぼく、いそがしいんだから」

「よくわかった」とわたしは笑いながら言った。「ほんとにありがとうよ、一郎」

わたしが部屋を横切って窓際に座るまで、一郎はわたしをじっとにらみつけていた。前の晩、一郎が母親に連れられてやってきたとき、わたしはスケッチブックとクレヨンをプレゼントしたが、いまふと見ると、そばの畳の上にそのスケッチブックが置いてあり、そのまわりにはクレヨンが三、四本散らばっていた。どうやらスケッチブックの最初の二、三枚には絵が描いてあるらしいので、手を伸ばしてそれを見ようと思ったとき、一郎が中断していたドラマを突然再開した。

「ヤー！　ヤー！」

しばらく見ていたが、なんの場面を演じているのかどうもよくわからない。合い間合い間に馬の動きが入る。あとは大勢の見えない敵と戦っているらしい。そのあいだずっと、小声でせりふをつぶやいている。なんのせりふかと注意深く聞いてみるが、どうやらほんとうのことばではなく、舌を使って音を出しているだけらしい。

一郎は一生懸命わたしを無視しようとしているが、わたしがいるためにやりにくくなっていることは明らかだ。彼は何度か、突然インスピレーションが消え失せたかのように、演技の途中でピタッと動きを止め、一呼吸置いてまた動作に入った。それも長くはつづかず、すっかりあきらめてどさっと床に座り込んだ。拍手をしてやろうかなと思ったが、逆効果を恐れてやめておいた。

「名演技だったな、一郎。でも教えてくれないか。だれの役を演じていたの？」

「あててごらん、おじいちゃん」

「うーむ。源義経かな。違うか。じゃ、おさむらいさんか？　ううんと。それとも忍者かな。風の忍者だろう」

「ぜんぜんはずれ」

「じゃ教えておくれ。だれの役を演じてたんだ？」

「ローン・レンジャー」

「うん？」

「ローン・レンジャーさ！　ハイヨー、シルバー！」

「ローン・レンジャー。そりゃカウボーイかね」

「ハイヨー、シルバー！」一郎はまたギャロップで走り出し、今度はヒヒーンと馬のいななきを発した。

わたしはしばらく孫の動きを眺めていた。「カウボーイごっこをどこで覚えた」と、わたしはようやくたずねたが、一郎はただ馬のギャロップといななきをつづけるだけだった。

「一郎」と、わたしはもう少し強く言った。「ちょっとやめて聞きなさい。義経公みたいな役のほうが面白いぞ。ずっと面白い。わけを聞かしてやろうか。一郎、聞きなさい。おじいちゃんがいま説明してあげるから。おじいちゃんの言うことを聞きなさい。一郎！」

わたしは思わず声を張り上げていたらしい。一郎は急に身動きをやめ、びっくり顔でわたしを見た。わたしはそのまま一郎を見つづけ、はっと気づいてため息をついた。

「いや、すまん。邪魔をして悪かった。もちろん、なんでも好きな役を演じていいんだ。カウボーイだって。許しておくれ。おじいちゃんはつい我を忘れていたんだ」

孫はじっとわたしの顔を見つめていた。この分ではワッと泣き出すか、部屋から走り出るか、どっちかだなと思った。

「なあ一郎、さっきやりかけてたことをつづけなさい」

また一呼吸するあいだ、一郎はわたしをにらんでいたが、不意に「ローン・レンジャー！　ハイヨー、シルバー！」と叫び出すなり、またギャロップで走りはじめた。前よりも乱暴な音をたてたので、部屋じゅうがビリビリ震えた。わたしはしばらくその仕草を眺めたあと、前かがみになってスケッチブックを拾い上げた。

一郎は最初の四、五枚をやや無駄に使っていた。描き方は決して悪くないのだが、どのスケッチも（電車と汽車だが）みな最初の段階でうっちゃっていた。一郎はスケッチブックを見られているのに気づくと、あわてて走ってきた。

「おじいちゃん！　みていいってだれがいった」一郎はスケッチブックをひったくろうとしたが、わたしはそれを彼の手の届かないところにかざした。

「まあまあ、そんな意地悪を言わないで。おじいちゃんがあげたクレヨンで、一郎がどんな絵を描いてくれたか見たいんだ。当然その権利はあるだろう？」わたしはスケッチブックを下ろし、一枚目を開いた。「なかなかうまいものだ、うん。けど、その気になればもっとうまくなれるぞ」

「おじいちゃん、みちゃだめっ！」

孫はもう一度そのスケッチブックを奪い取ろうとしたので、わたしは片腕を盾にして彼の手を防いだ。

「ぼくのがようし、かえして……」

「いいから、ちょっと待って。おじいちゃんに見せておくれ。ほら、そこのクレヨンを持っといで。さ、こっちへ。そしたら、いっしょになにか描こう。このおじいちゃんが描き方を教えてあげるから」

そのことばには意外な効果があった。孫はたちまちあばれるのをやめ、床に散らばっているクレヨンを集めた。戻ってきたときの彼の顔には、なにか新しいもの——一種の魅惑の表情——が見えた。彼はわたしのわきに座ってクレヨンを差し出し、注意深く見つめていたが、なにも言わなかった。

わたしはスケッチブックをめくって、まだ手つかずの白い画用紙を目の前に置いた。

「一郎、おまえがまずなにか描きなさい。そのあと、おじいちゃんが手伝ってあげるから。さあ、なにを描きたい」

孫はすっかりおとなしくなっていた。彼はなにか考えている様子で白い紙を見下ろしていたが、なにも描き出す気配を示さなかった。

「どうだい、なにか昨日見たものがあるだろう。それを描いてみたら」とわたしは誘いをかけた。「この街に着いたばかりのとき、見たものをなにか」

一郎はまだスケッチブックを見ていたが、やがて顔を上げて質問した。「おじいちゃんは、もと、ゆうめいながかだったの？」

「有名な画家？」わたしは小さく笑った。「そう言えるかもしれんな。ママがそう言ったのかい？」

「パパはおじいちゃんのこと、もとはゆうめいながかだったっていってた。でも、やめなきゃなんなかったって」

「おじいちゃんは引退したんだよ、一郎。だれでもある歳になると引退する。ごくまともなことさ。歳をとれば休む権利があるんだから」

「パパはいってたよ、おじいちゃんはやめなきゃなんなかったって。にっぽんがせんそうにまけたから」

わたしはまた小さく笑うと、手を伸ばしてスケッチブックを取り上げ、前のほうをめくり返して電車のスケッチを出すと、それがよく見えるように腕を伸ばして上にかざした。

「ある歳になるとな、一郎、ものごとをやめて休みたくなるものだ。おまえのパパも、おじいちゃんと同じ年になったらお勤めをやめるだろう。おまえだって、やがておじいちゃんと同じ歳になる。そうなれば、お休みが必要になるだろう。ま、そんなことはとにかく」と、わたしはまたスケッチブックの白い紙をめくり返し、それを孫の目の前に置きなおしてから言った。「さて、なにを描いてもらえるのかな」

「ちゃのまのえは、おじいちゃんがかいたの？」

「いや。あれは浦山さんという画家が描いたものだ。どうした、あの絵が気に入ったのか」

「ろうかのえはおじいちゃんがかいたの？」

「あれは別の立派な絵描きさんが描いたんだよ。おじいちゃんの古い友達だ」

「じゃ、おじいちゃんのえはどこにあるの？」

「いまはよそにしまってある。それより一郎、大事なことに戻ろう。なにを描いてくれる？　きのう見たもので、なにを覚えているかな。どうした、急におとなしくなって」

「ぼく、おじいちゃんのえをみたい」

「一郎みたいに頭のいい子なら、きっといろいろなものを覚えていられるだろう。きのう見た映画のポスターはどうかな。有史以前の怪獣が出てくる映画の。一郎みたいな子なら、とっても上手に描けるだろう。ほんもののポスターより立派なものになるんじゃないか？」

一郎はどうしようかとしばらく迷っていたが、そのうち急に腹這いになり、顔を画用紙に近づけて絵を描きはじめた。

彼はまず焦茶色のクレヨンを取って、紙の下のほうに箱を描き並べた。それはやがてそびえ立つ大都市のビルになった。つづいて都市の上にぬっと現れたのは、後足で立つ巨大なトカゲのようなものだった。そこで、一郎は焦茶色のクレヨンの代わりに赤いのを取り、トカゲのまわり一面に鮮やかな稲妻模様を描きはじめた。

「それはなんだ？　火かな」

一郎は返事もせずに、赤いジグザグを描きつづけた。

「なぜ火が出てくるんだね。怪獣の出現と関係があるのかな」

「こうあつせん」と、一郎は、いらだたしげなため息をついてから言った。

「高圧線？　ほう、そりゃ面白い。高圧線がなんで火を噴くんだろう。わけを知ってるのかい」

一郎はまたため息をついて描きつづけた。彼はもう一度焦茶色のクレヨンを取ると、画用紙のいちばん下にあわてて逃げまどう大勢の人間を描いた。

「いやはや、うまいもんだ」とわたしは言った。「ごほうびとして、あしたその映画に連れていってやれるかもしれない」

一郎は手を止めて顔を上げた。「おじいちゃんには、こわすぎるかもよ」

「まさか」とわたしは言って笑った。「でも、ママと叔母ちゃんは怖がるかもしれんな」

これを聞いて一郎は急に笑い出した。彼はごろんと仰向けになると、またゲラゲラ笑った。「ママとのりこおばちゃんは、こわくってふるえだすぞ！」と彼は天井に向かって叫んだ。

「しかし、われわれ男は楽しんで見る。そうだろ、一郎。ぜひあした行こう。女どもも連れていって、どんなにおびえるか見てやろう」

一郎はけたたましく笑いつづけた。「のりこおばちゃんなんか、すぐふるえだすから」

「きっとそうだ」とわたしは言い、孫につられてまた笑い出した。「ようし決まった。みんなであした行こう。さあ一郎、絵のつづきを描いたほうがいいな」

「のりこおばちゃんはふるえだすぞ。とちゅうでかえりたいっていいだすぞ」

「さあ一郎、つづけて描こう。なかなか上手に描いていたじゃないか」

一郎は一回転してまた腹這いになり、クレヨンを握った。しかし、さっきの集中力はすでに消えたらしく、彼はただ画面の下の逃げ出す人の数を増やすばかりだから、人と人との形がむやみに重なり、しだいにわけのわからないものになっていった。しまいにはもうどうでもいいという感じで、下のほうをめちゃくちゃに塗りつぶしはじめた。

「一郎、なにしてる。そんなことをするともう映画には行けないよ。やめなさい！」

孫はいきなり立ち上がって叫んだ。「ハイヨー、シルバー！」

「一郎、座りなさい。まだ終わってないだろう」

「のりこおばちゃんはどこ？」

「ママとお話をしてる。さ、まだおまえの絵は完成していない。一郎！」

しかし、一郎は「ローン・レンジャー！　ハイヨー、シルバー！」と叫びながら、走って部屋から出ていってしまった。

残されたわたしがそのあとしばらくなにをしたのか、いま正確には思い出せない。おそらく、そのピアノの置いてある部屋で腰を下ろしたまま一郎の絵を眺め、このごろしだいに頻繁になっている癖だが、とりとめのないことばかり考えていたのだろう。それでも五、六分後にはやっと立ち上がって、家族を探しにいった。

節子はひとり縁側に座って庭を眺めていた。日差しはまだ明るかったが、真昼よりははるかに涼しくなっていた。節子はわたしの姿を見るとこちらを向いて、日なたに座布団を移してくれた。

「新しいお茶を入れたばかり」と節子は言った。「一杯召し上がる、お父さま？」

わたしは礼を言った。節子がお茶を入れているあいだ、わたしは庭に目をやった。

空襲による被害にもかかわらず、わが家の庭はうまく修復が進んでおり、杉村明が四十年前に造った庭園の特徴がいまもはっきり残っている。縁側から見ると、庭のいちばん奥、裏の石塀に近い竹藪に、紀子と一郎の姿が見えた。その竹は、この庭のほとんどすべての木々と同様に、十分に育ったものを、杉村が市内の別のところから持ってきて、移植させたらしい。実際、うわさによれば、杉村明は自分で市内を回り、よその家の庭を垣根越しにのぞいて、ほしい大木や灌木《かんぼく》が見つかると、所有者に大金を払うから譲ってほしい、と交渉したらしい。もしそれが事実だとすれば、杉村の目は確かなものだ。杉村が選んだものはみごとに調和がとれていた。いまでもそうだ。この庭は自然で奔放《ほんぽう》な感じがする。人工的に配置した形跡はまるで感じられない。

「紀子はいつも子供にとてもやさしいのね」と節子は竹藪のふたりを見ながら言った。

「一郎があんなになついて」

「一郎はいい子だ」とわたしは言った。「同じ年頃の子供にははずかしがり屋が多いが、あの子はちっとももののおじしない」

「いまもご迷惑をかけてたんじゃないかしら。ときどきとてもわがままになるの。手に負えないときは遠慮なく叱ってくださいね」

「迷惑なんてちっとも。大いに仲よくやってるよ。実は、いっしょに絵を描いていたんだ」

「そう。あの子、さぞ喜んだでしょう」

「それからなにやら芝居を演じてくれた。役者のまねがなかなかうまいな」

「ええ。ああやってずいぶん長い時間、ひとりで遊んでいるの」

「せりふはあの子が自分で作るのかね。聞き取ろうとずいぶん努力してみたが、なにを言っとるのかさっぱりわからん」

娘は片手で口を隠しながら笑った。「きっとカウボーイごっこでしょ。カウボーイになったときには、英語を話してるつもり」

「英語？　そりゃすごい。そうだったのか」

「この前、うちの人といっしょに映画に連れてったの。アメリカのカウボーイ映画。それ以来、カウボーイが大好きになって。テンガロン・ハットまで買わされたわ。あのおかしな声はカウボーイの声と同じだと信じているのよ。ずいぶんびっくりしたでしょう？」

「なるほど、そうだったか」とわたしは笑いながら言った。「わたしの孫はカウボーイになったわけだ」

風がさっと吹いて、群葉《むらば》が大きくそよいだ。紀子は裏の塀の近くに立っている古い石燈《いしどう》籠《ろう》のわきにうずくまって、なにかを指さして一郎に話しかけていた。

「それにしても」とわたしはため息をついて言った。「ほんの数年前なら、一郎もカウボーイ映画なんか観ることを許されなかったわけだな」

節子は庭のほうに顔を向けたまま言った。「素一さんは、あの子は宮本武蔵みたいな人間を崇拝するより、カウボーイを好きになったほうがいいと信じてるの。いまの子供たちのお手本としては、アメリカのヒーローのほうがいいんですって」

「そうか。それが素一君の考えか」

一郎は石燈籠にはなんの興味もないらしく、叔母の腕を荒っぽく引っ張っているのが見えた。わたしの横で節子があきれ顔で笑った。

「ほんとに強引な子なんだから。人を引っ張り回して。ずいぶんお行儀の悪いこと」

「ところで」とわたしは言った。「あした、一郎を映画に連れていくことに決めたよ」

「ほんと？」

わたしはすぐ、節子の態度になにかふっ切れないものを感じた。

「うん。一郎は、例の有史以前の怪獣にえらく興味があるらしい。心配せんでいい。新聞を見て確かめたが、あのくらいの子供には適当な映画らしいから」

「ええ、それはもちろん」

「実は、みんなで行ったほうがいいと思ったんだ。家族ピクニックってところだな」

節子は遠慮がちにせき払いをした。「とても楽しい日になりそうね。ただ、紀子も、なにかあしたの計画を立てているんじゃないかしら」

「ほう。どういう計画かな」

「たしか、みんなで鹿の園に行きたいって言ってたんじゃない。でも、それは別の日に変えられるわね」

「紀子の予定なんて、なにも知らなかった。わたしに相談がなかったことは確かだ。だいいち、あした映画に行くと、一郎に言ってしまった。あの子はすっかりその気になっているだろう」

「そうねえ」と節子は言った。「映画を見にいきたがることは確実だわ」

紀子は一郎に手を引かれて庭石づたいに縁側に近づいていた。もちろん翌日のことをすぐ紀子に話すつもりだったが、紀子と一郎は縁側に座らず、手を洗うために奥へ入ってしまった。それやこれやで、その話は夕食後まで持ち出せなかった。


昼間の茶の間はほとんど日光が入らないのでやや陰気な感じだが、夜は座卓の上のそう高くないところに電燈が影をつくり、心地よい雰囲気を作ってくれる。わたしたちは食後もしばらく座卓を囲んで座り、新聞雑誌などを読んでいた。そのときわたしは孫に言った

「ところで一郎、あしたのことは叔母ちゃんに話したのかな」

一郎はけげんそうな表情で、読みかけていた絵本から顔を上げた。

「女どもを連れていくかいかぬか」とわたしはつづけた。「昼間話したことを覚えてるだろ。女には怖すぎるかもしれんな」

今度は一郎も話を呑み込み、にやっと笑って言った。「のりこおばちゃんにはこわすぎるかもね。いっしょにいきたい、おばちゃん？」

「行きたいって、どこへ」

「かいじゅうえいが」

「あした、みんなで映画に行こうと思いついたのさ」とわたしは説明した。「いわば、家族ピクニックだ」

「あした？」紀子はいったんわたしを見てから、一郎のほうに顔を向けた。「あしたは行けないわよ。ねえ、一郎。鹿の園に行くんだもの。覚えてるでしょ」

「鹿の園は別の日でもいい」とわたしは言った。「この子はお目当ての映画を観たいと期待しているんだ」

「無茶よ」と紀子は言った。「すっかりお膳立てが整ってるのよ。帰りに渡辺さんの奥さまのところにお寄りするの。前から一郎に会いたいって、楽しみにしてらしたわ。とにかく、ずっと前に連絡しあって決めたじゃない。そうでしょ、一郎」

「お父さまの気持ちはとてもうれしいの」と節子が口をさしはさんだ。「でも、渡辺のおばさまが期待してらっしゃるんだから、映画はあさってにのばしたほうがいいんじゃないかしら」

「しかし、一郎がせっかく楽しみにしてるんだ」とわたしは言い返した。「そうだな、一郎。女というのはなんとやっかいなんだろう」

一郎は本に夢中になっているのか、わたしには目もくれなかった。

「女どもに言ってやれ、一郎」とわたしは言った。

孫はじっと本に目を注いでいた。

「一郎」

突然、一郎は本を座卓に放り出し、立ち上がって茶の間から駆け出すと、ピアノ部屋にだっと飛び込んだ。

わたしは小さく笑って紀子に言った。「ほら。あのとおり、しょげてるじゃないか。余計なことを言うからいけない」

「変なこと言わないで。あたしたち、渡辺さんの奥さまとずっと前に決めたのよ。だいち、あんな映画に一郎を連れていくこと自体がばかげてる。あの子がそんな映画を面白がるわけないわ。そうでしょ、お姉さま」

節子は苦しそうな笑みを浮かべて、静かに言った。「お父さまのお気持ちはほんとにうれしいの。たぶんあさってなら……」

わたしはため息をついて首を横に振ると、また新聞を読みだした。しかし何分かたったあと、娘たちのどちらも一郎を連れ戻す気配を示さないので、立ち上がってピアノ部屋に入った。

一郎は電燈の上のスイッチには手が届かなかったようで、ピアノの上に置いてあった電気スタンドをつけていた。彼はピアノのいすに座り、ピアノのふたの上に頭を横にしていた。そんな格好だったから、一郎の目と鼻はつぶれてしまっていて、黒塗りのふたの上で、孫の顔はひどく不機嫌そうに見えた。

「悪かったな、一郎」とわたしは言った。「でも、しょげないの。あさって行けるんだから」

一郎がなんの反応も示さないので、わたしは言った。「なあ一郎、そんなにがっかりするなよ」

わたしは部屋を横切って窓の前に立った。外はもう真っ暗で、見えるのは窓ガラスに映ったわたし自身の姿と、いま背にしている部屋だけであった。隣の部屋からひそひそ話をしている女たちの声が聞こえた。

「元気をお出し」とわたしは言った。「なにもそうむくれることはあるまい。あさって観にいこう。おじいちゃんが約束する」

一郎のところに戻ってみると、相変わらず頭をピアノのふたに載せている。が、彼の指はいま、ピアノを弾いているかのように、ふたの上を歩いていた。

わたしはフフッと笑った。「よし、あさって必ず行こう。もう女どもの指図を受けるのはたくさんだ、なあ」わたしはまた笑った。「女どもは怖い映画だと思って、きっとおじけづいたんだ。な、一郎」

孫はやはり返事をしなかったが、その指はピアノのふたの上を動きつづけていた。わたしはしばらく放っておいたほうがいいと判断し、もう一度フフッと笑って、茶の間に戻った。

娘たちは黙って座り、どちらも雑誌を読んでいた。わたしは座り込むなり、ふうと大きなため息をついたが、ふたりともまったく反応を示さなかった。わたしが読書用のめがねをかけなおし、さっき読みかけていた新聞を取り上げると、紀子が静かな声で言った。

「お父さま、お茶いかが」

「ありがとう、紀子。でも、またあとにしよう」

「お姉さまはいかが」

「ありがとう、紀子。わたしもいまは結構」

わたしたちはしばらく黙って活字に目を通していたが、そのうちに節子が言った。「明日、お父さまもいっしょにいらっしゃる？　だとすれば、家族ピクニックが実現するわけだけど」

「そうしたいのはやまやまだが。明日は少し片づけておきたいことがあるんでね」

「どういうこと、それ」と紀子が割り込んだ。「どういう用事があるっていうの」紀子は節子のほうを向いて言った。「お父さまの言うことなんか真に受けちゃだめよ。このごろ、用事なんかひとつもないんだから。今日だってずっとそうだったけど、ふさぎ込んで家じゅううろうろするばかり」

「お父さまがごいっしょしてくだされば、みんなとても楽しいと思うけど」と節子が言った。

「残念だが」とわたしはまた新聞に目を落として言った。「ひとつふたつ、やっておきたいことがあるんでね」

「じゃ、ひとりでお留守番ってわけ？」と紀子はたずねた。

「みんなが出かけるなら、それもやむを得んだろう」

節子がかしこまって、軽くせき払いをしてから言った。「じゃ、わたしもお留守番に回ろうかしら。最近お父さまとお話しできる機会があまりなかったから」

紀子が座卓越しに姉を見据えた。「せっかくのチャンスを逃がすなんて。そんな必要ないでしょ。遠くからわざわざ来たのに、家にこもったまま時間をつぶすなんて、もったいないわ」

「でも、うちでお父さまのお相手をするのも楽しいと思うの。おたがい話したいことがたくさんあると思うし」

「見てごらんなさい、お父さまのおかげでどうなったか」と紀子はわたしに言い、つづいて姉に向き直って言った。「じゃ、あたしと一郎だけになるじゃない」

「一郎はあなたと一日過ごせれば喜ぶわ」と節子は微笑を浮かべて言った。「このごろ、あなたのこと、とてもひいきにしてるんだから」

わたしは自分も家に残るという節子の決心を聞いてうれしかった。実際、節子と水入らずで話をする機会はほとんどなかったからだ。他家に嫁いだ娘の身を案じる父親の立場は、知りたくても正面から切り出せないことも少なくなかった。しかし、節子がわたしとふたりだけで留守番をしたがるのには特別な理由があるということに、わたしはその晩まったく気づかなかった。


わけもなくこの部屋あの部屋と歩き回るようになってしまったのは、歳を取った証拠だろう。節子がその日の——着いた翌々日の——午後に客間のふすまを開けたとき、わたしはかなり前から物思いにふけりながらそこに立ちつくしていたらしい。

「ごめんなさい」と節子は言った。「あとでまた来ます」

はっとして振り向くと、娘はたくさんの花と小枝を生けた花瓶を持って、敷居のむこうにひざまずいていた。

「いやいや、入っておくれ。なにをしているというわけでもないんだ」

隠居をすると暇になる。勤勉とその成果とはすでに過去のものと割り切って、気楽に自分のペースでゆっくり日を過ごすことができるのは、たしかに隠居した身の楽しみのひとつだ。それでいて、わたしはどうやら放心状態で、なんのあてもなく（所もあろうに）客間に入っていた。わたしは父親に、どの家でも客間というのはうやうやしい場所である、日常の雑事で汚《けが》してはならぬ場所である、大事なお客をお通しする場所である、あるいは仏壇を拝む場所であるという観念を植えつけられ、それを子供のころからずっと保持してきた。それだけに、わが家の客間には、一般の家の客間よりもいっそう厳粛な雰囲気が常に漂っていた。だからわたしは、子供たちが小さいころ、自分の父親のように厳しい命令の形は決してとらなかったが、特に呼び入れられたとき以外はなるべく客間に入らぬよう仕向けたものである。

客間を尊重するわたしの気持ちは大げさだと思われるかもしれないが、子供のころわたしが受けたしつけを話せば、わかってもらえると思う。ここから汽車で半日かかる鶴岡村にあった父の家で、わたしは十二歳になるまで、客間に足を踏み入れることを許されなかった。その部屋はいろいろな意味で家の中心であったから、わたしは好奇心に駆られ、時折ちらちらと見えたものを頼りに内部のイメージを思い描いた。後年わたしは、通りすがりに一瞬見たものだけをもとにして、ある情景をカンバス上に再現する能力を発揮することによって、画家仲間をしばしば驚嘆させたが、そんな才能を身につけたのも、もとはと言えば父のおかげかもしれない。父は、人間形成期のわたしが芸術的な目を養うのを、結果として手助けしてくれたわけだ。それはとにかく、わたしが十二歳になったとき、「家業の相談」が始まった。それ以来、週に一度客間に呼び入れられることになったのである。「今夜、益次と家業のことを話し合う」と父が夕食中に告げる。それは食後客間へ来いというわたしへの命令であると同時に、その晩は家族のだれも客間の近くで一切物音を立ててはならないという警告でもあった。

父は夕食後すぐ客間に姿を消し、十五分ばかりのちにわたしを呼び入れる。入ると、部屋のまんなかに背の高いろうそくが一本ともっているだけである。その光の及ぶ円内の畳に父があぐらをかいて座っており、その前に木でできた父の「商い箱」が置いてある。父は手真似でろうそくの明かりのなかに座れと合図する。父と向かい合わせに座ると、ろうそくの明るさのために、部屋の残りの部分が暗い影のなかに隠れてしまう。部屋の奥の壁近く、父の肩越しにかろうじて見えるのは、仏壇と、床の間の掛け軸だけだ。

父が話を始める。そして「商い箱」から小型の分厚い帳面を取り出し、そのうち何冊かを開いて、びっしり書き並べられた細かな数字をわたしに示す。そのあいだずっと、父はよく計算された重々しい調子で話をつづけて、時々念を押すように目を上げてわたしの顔を見るときだけ、その声が途切れる。そういうとき、わたしはあわてて、「はい、おっしゃるとおりです」と言うのであった。

もちろん父の話についていくことなど、とてもできぬ相談だった。同業者だけに通じる符丁《ふちよう》を使い、面倒な計算を交えて立ち入った話をする父は、相手がまだ子供だという事実を少しも斟酌《しんしやく》しなかった。かといって、こちらにも、話を中断して説明をしてくれと言い出す勇気はまったくなかった。話がわかるだけの年になったからこそ、客間に入ることを許されたのだ。面目《めんぼく》ない、という気持ちと同じくらい強いのは、「はい、おっしゃるとおりです、だけではわからぬぞ」と言われることへの強い恐怖感だけだった。それ以上なにか言えと命じられたが最後、わたしはいたたまれなくなる。実際は、それ以上なにかという要求を一度も受けぬまま何カ月も過ぎたのだが、それでも次回の「家業の相談」に対する恐怖心はちっとも消えなかった。

もちろんいま考えると、父はわたしが話を理解することは少しも期待していなかったに違いない。ではなぜあんな苦行をわたしに強いたのか、実際のところはよくわからない。たぶん父は、やがて自分は家業をおまえに継がせたいと強く願っていると、それほど早い時期からわたしに印象づけようとしていたのだと思う。あるいはたぶん、わたしが成人したあとまで影響が及ぶような事柄に関しては、将来の戸主としてのわたしにすべて相談してから決めるのが当然だと思ったのだろう。そうすれば、もし傾きかけた家業を息子に継がせることになったとしても、息子から文句をつけられるおそれは小さい、と計算したのかもしれない。

十五歳のとき、別の話で客間に呼ばれたのを思い出す。例によって部屋の明かりは背の高いろうそく一本だけで、父は光の輪の中心近くに座っていた。だが、その晩はいつもの商い箱の代わりに、重い瀬戸物の灰皿を前に置いていた。不思議なことだった。いつもはその灰皿（わが家では最大のもの）を、来客用にしか使っていなかったからだ。

「残らず持ってきたか」と父。

「お言いつけどおりにしました」

わたしは腕いっぱいにかかえてきた絵とスケッチを、父のそばに置いた。形も質もいろいろと違う紙だし、絵の具のために反り返ったり縮んだりしたものもあるので、乱雑な紙屑の山という感じだった。

父がそれらの絵に目を通しているあいだ、わたしは黙って座っていた。父は一枚ずつ取り、一瞬見てはわきに置いた。半分くらい見たころ、父は顔も上げずに言った――

「益次、ほんとうに全部か。まだ持ってきていないのが一枚や二枚はあるのではないか」

わたしはすぐには答えなかった。父は顔を上げて言った。「どうだ」

「一枚か二枚なら、あるかもしれません」

「なるほど。そして、ここにない絵こそ、おまえがいちばん誇りにしている作品に違いない。そうだろう」

父はまた目を伏せて絵を見ていたので、わたしは返事をしなかった。それからしばらく、父が絵の山をつぎつぎに点検しているのをじっと見ていた。その途中、父は一枚の絵をろうそくの炎に近づけて言った。「これは西山《にしやま》の峠から下る道だな。感じを実によくつかんでいる。山道を下りると、このとおりに見える。みごとな腕前だ」

「ありがとうございます」

「なあ益次」と、父はまだその絵をじっと見たまま言った。「お母さんから妙なことを聞いたぞ。おまえが絵を本職にしたがっていると。そんな印象を受けているそうだ」

これは質問の形をとっていなかったので、最初わたしは返事をしなかった。ところが父は顔を上げて繰り返した。「益次、お母さんはおまえが絵を本職にしたがっているという印象を受けているらしい。もちろん、お母さんの誤解だろうな」

「もちろんです」とわたしはおとなしく答えた。

「つまり、お母さんがなにか勘違いしたというわけだ」

「そうです」

「なるほど」

父はまたしばらくのあいだわたしの絵に目を通し、わたしは黙ってそれを見つめていた。やがて父は目も上げずに言った。「いま外を歩いていたのはお母さんだろう。聞こえたか」

「いえ、だれの足音も」

「きっとお母さんだ。せっかく通りかかったのだから、ここへ入ってもらいなさい」

わたしは立って障子を開いた。廊下はいつものように暗くてがらんとしていた。うしろから父の声が聞こえた。「益次、お母さんを呼びにいくついでに、残りの絵をまとめてここに持ってきなさい」

想像力のいたずらかもしれないが、まもなく母を連れて客間に戻ったわたしは、瀬戸物の灰皿がさっきより少しろうそくのほうに近づいているような印象を受けた。それに焦げくさいような気がしたが、灰皿に目をやると、使われた形跡はまったくない。

わたしが最初の絵の山のわきに残りの絵全部を置くと、父はなんだか気を散らされたかのような表情でわたしを見た。まだ絵に注意を奪われているらしく、目の前に黙って座っている母とわたしとを完全に無視していた。しかし、最後にはため息をつき、顔を上げてわたしに言った。「どうだ益次、おまえは修行僧のことなどあまり考える暇はあるまいな」

「修行僧ですか？　ないと思います」

「修行僧は世の中のことをいろいろと教えてくださる。わしは日ごろ大したことをしておらんが、ああいう尊《とうと》い方々に礼を尽くすのは当然のことだ――たといあの姿が乞食《こじき》同然に見えることがあったとしても」

　父が間を置いたので、わたしは言った。「はい、おっしゃるとおりです」

　すると父は母のほうを向いて言った。「覚えているか、幸子、いつもこの村に来ておられた修行僧たちのことを。この子が生まれた直後にひとりうちへ来られたな。やせた老人で、片手がなかった。それでも、実にがっしりとした感じだった。覚えているか」

「ええ、それはもう」と母は答えた。「でも、ああいうお坊さまのおっしゃることを、いちいち本気で信じる必要はないと思いますけど」

「しかし、覚えているだろう」と父は言った。「あの老僧は益次の心の底まで見抜いておられた。ひとつの戒《いまし》めを残していかれたな。覚えているか、幸子」

「でも、あのとき、この子はまだ赤ちゃんだったんですよ」と母は言った。声を殺して、わたしには聞かせまいとしているかのようだった。反対に父の声は不必要に大きく、まるで演説口調であった。

「老僧はわしらにひとつの戒めを残していかれた。益次は五体満足だが、生まれつき性格にひとつの傷がある、と言われた。性格に弱いところがあって、それがやがて怠け癖やごまかしを生むおそれがあると。覚えているか、幸子」

「でも、いいこともたくさんおっしゃったと思いますが」

「それはそうだ。この子にはたくさんの長所もあると言っておられた。しかし、戒《いまし》めも覚えているだろうな。長所だけ目立つ人間にしたければ、息子を育てるわしらが油断をせず、弱味が表に出そうになったらすぐ抑えにかからねばならぬ。さもないと、この益次はろくでなしになると、そうおっしゃった」

「でも」と母は用心深く言った。「ああいうお坊さまのおっしゃることを鵜呑みにするなんて、あまり賢いこととは思えませんけど」

父はこのことばに少し驚いた様子であったが、ひと呼吸置いたあと、まるで痛いところを突かれたかのように、思案顔でうなずいた。「わしだってあのときは本気で信じるつもりはなかった」と父はつづけて言った。「しかし、益次の成長の節目節目で、あの老人のことばは当たっていると認めざるを得なくなった。息子の性格に弱いところがあるのは否定しがたい。この子の心に悪意が潜んでいると言うつもりはないが、わしらはこの子の怠慢や、有益な仕事を嫌う性格や、意志の弱さなどと休みなく戦わねばならぬ」

それから父は、ややわざとらしくわたしの絵を三、四枚取り、その重さでも計るかのように、両手で持ち上げた。それからわたしに目を向けて言った。「益次、お母さんはおまえが絵を本職にしたがっているという印象を受けている。たぶんお母さんの側に誤解があったのだろうな」

わたしは目を伏せて黙っていた。すると、そばにいた母がほとんどささやくような声で言うのが聞こえた。「まだまだ年がいかないんですから。きっと子供っぽい一時の気まぐれですよ」

やや間を置いてから父が言った。「益次、絵描きどもがどんな世界に住んでいるか、知っているのか？」

わたしは目の前の畳を見たまま、なおも押し黙っていた。

「絵描きどもは」と父の声がつづいた。「不潔な貧乏暮らしをしておる。連中は、人々を意志薄弱な貧乏人に堕落させようとする誘惑でいっぱいの世界に生きているんだ。わしの言うことはまちがっているか、幸子」

「いえ、おっしゃるとおりです。ただ、画家の道を歩きながら、そういう誘惑に陥らぬ方も、ひとりやふたりはおいででしょう」

「もちろん例外はある」と父は言った。わたしはまだ目を伏せていたが、声の調子から、父がまた痛いところを突かれたかのようにうなずいていることがわかった。「並外れた決断力と意志の強さを持った者が、ひと握りほどはいるだろう。しかし、うちの息子はそういう人物とは大違いだ。それどころか、まったく反対の性格の持ち主だ。ああいう危険から息子を守ってやることは、わしら親の義務だろう。とにかく、息子にはわしらが自慢できるような人間になってほしい。そうではないか」

「それはもう、おっしゃるとおりです」と母が言った。

わたしは急いで顔を上げた。ろうそくは最初の長さの半分まで燃えており、炎が父の顔の片側をくっきりと照らし出していた。父はいま絵の全部を膝の上に載せていた。それを持つ手の指が絵の両端で落ち着きなく動いているのにわたしは気づいた。

「益次」と父は言った。「下がってよろしい。お母さんと少し話がある」

その晩、しばらくたってから暗闇のなかで母に出会った覚えがある。場所はたぶん廊下だと思うが、よく思い出せない。暗い家のなかをわたしがなぜ歩き回っていたのかも、さっぱり記憶にない。ただ、両親の会話を盗み聞きするためでなかったことは確かである。客間で起こったことはそこを出た瞬間に忘れてしまおう、と決心したのをはっきり覚えているからだ。もちろんその時代には、どんな家だって明かりが非常に乏しかったから、親子が暗闇のなかでことばを交わすのは決して珍しいことではなかった。目の前の母の姿は見えたが、顔の表情は全然見分けられなかった。

「家のなか、どこか知らないけど焦げくさいよ」とわたしは言った。

「焦げくさい？」母はだいぶ間を置いてから言った。「いいえ、そんなことはありません。気のせいでしょ」

「ものが焼ける匂いがしたんだ」とわたしは言った。「ほら、いまも。お父さんはまだ客間？」

「ええ、なにかお仕事でしょう」

「お父さんがあそこでなにをしてようと」とわたしは言った。「ぼくには関係ないさ」

母がなにも言わないので、わたしは言い足した。「お父さんが燃やすのに成功したのは、ぼくの野心だけだ」

「それを聞いて安心したよ、益次」

「誤解しちゃ困るよ、お母さん。ぼくは将来、いまあの人が座ってるところに座って、ぼくの息子に簿記だの現金だのについて話すつもりなんて、全然ないんだから。ぼくがそんな人間になったら、それを誇らしいと思う？」

「誇らしいと思いますわよ、益次。お父さまのような生活には、あなたくらいの年の子にはとてもわからぬようなものがいろいろあるんですからね」

「そんな自分を誇りにする気にはとてもなれない。ぼくが野心と言ったのは、ああいう生活を乗り越えたいって意味なんだ」

母はしばらく黙ったあとで言った。「若いころには、退屈で味気なく見えるものがいろいろあるけれど、歳をとると、そういうものこそいちばん大事だということがわかってくるの」

わたしはそれには答えず、こう言ったような気がする――「ずっと以前には家業の相談におびえたものだけど、しばらく前からは退屈するばっかりだ。それどころか、気分が悪くなる。おまえも顔を出す権利があるという相談だけど、正体はなにさ。小銭の勘定じゃないか。何時間も何時間も、銅貨や銀貨をいじくってばかり。ぼくの生活が将来あんなふうになるのなら、自分を許せないよ」わたしは間を置いて、母がなにか言うかなと思いながら待った。一瞬、わたしのおしゃべりのあいだに母が黙って立ち去り、そこに立っているのはわたしだけではないか、という妙な感じに襲われた。しかし、母が目の前で動く音が聞こえたので、わたしは同じことを繰り返した。「お父さんが客間でなにをしているようと、ぼくの知ったことじゃない。お父さんが火をつけたのはぼくの野心なんだ」

いや、また話がそれてしまった。わたしは、先月、節子が花を生けるために客間に入ってきたときに、自分がこの娘と交わしたことばを伝えるつもりだったのだ。

いま思い起こすと、そのとき節子は仏壇の前に座り、そこに飾ってあったしおれた花を取り除いていた。わたしは少しうしろに座り、節子が枝を一本ずつ注意深く振って、水をよく切ってから膝の上に載せるのを見ていた。その段階では、ふたりともごく気軽な世間話をしていたに違いない。ところがそのうちに、節子が花に目をやったまま こんなことを言い出した――

「差し出がましいことを言って申し訳ないんですけど……。もちろん、お父さまならとうに気づいてたことでしょうし」

「なんだね」

「わたしはただ、紀子の縁談が進みそうだからこそ言うんですけど」

節子は持ってきた花瓶から新しい花を一本ずつ抜いて、仏壇の前や奥の花瓶に挿しはじめていた。とても丹念な生け方で、一本入れてはゆっくりとその効果を確かめている。

「言いたかったのはただ」と節子はことばをついだ。「いったん話が本格的に進みはじめたら、お父さまは慎重な手順を踏んだほうがいいんじゃないかと、それだけのことなの」

「慎重な手順？　もちろんこちらは慎重に事を運ぶつもりだ。しかし、具体的にどういうことを考えているんだね」

「ごめんなさい。特に調査のことを言いたかったの」

「もちろん、必要な限り徹底的にするつもりだ。去年と同じ人に頼むことになるだろう。覚えてるだろうが、とても信頼の置ける調査員だから」

節子は一本の花の茎を注意深く生け直した。「ごめんなさい。言い方があいまいだったわ。わたしが言ってるのは、実は相手側の調査なの」

「すまないが、どうも話についていけない。うちに隠しごとなどなんにもないと思うが」

節子はおずおずと笑った。「ごめんなさい。前から人と話をする能力がまるきり欠けているのよ。考えてることをはっきり表現しないといって、いつも素一さんから叱られてばっかり。あの人はとても雄弁に自分の考えを述べるのに。少し見習わなくちゃ」

「おまえはちゃんと話をしているよ。ただ、なにを言いたいのか、わたしにはどうもわかってないらしい」

突然節子はあきらめたように両手を上げた。「風のせい」と彼女はため息まじりに言い、また前かがみになって花を生けはじめた。「この形が好きなのに、風が邪魔をしたがって」彼女はしばらく花に熱中してから言った。「ごめんなさい、お父さま。素一さんが代わってくれれば、もっと上手に話すんでしょうけど。でももちろん、あの人はここにいない。わたしはただ、慎重な手順を踏んだほうが賢明だろうって言いたかっただけなの。誤解の余地をすっかり封じるために。とにかく、紀子もそろそろ二十六でしょ。去年みたいな失望をそう何度も経験させることはできないわ」

「なにについての誤解かね、節子」

「過去についての。でも、ごめんなさい、ほんとに余計なことを言って。お父さまはもちろん、こんなことくに考えて、あらゆる手を打つつもりでしょうから」

節子は背筋を伸ばして花の生け具合を眺めたあと、にっこりしてわたしを見た。「あまり得意じゃないのよ、こういうの」と、彼女は花を指さして言った。

「みごとな生け方だよ」

節子は自信のなさそうな目で仏壇をちらっと眺め、ぎごちなく笑った。

昨日、静かな郊外の荒川地区まで電車で出かけている途中、客間での娘とのやりとりを思い出し、急にいらだたしさを覚えた。南へ下る電車の窓から、家々の間隔がしだいにゆったりしていく風景を眺めているうちに、仏壇の前に座っている娘がわたしに「慎重な手順」をとるよう忠告している場面が不意に思い浮かんだ。節子が少しだけ振り向いて、「とにかく、去年みたいな失望をそう何度も経験させることはできないわ」と言った場面である。もうひとつ、節子が実家に帰ってきた翌日、三宅夫妻が昨年思いがけず縁談打ち切りを申し出たことについて、ほんとうは思い当たるふしがあるのではないかと、縁側で遠まわしにわたしにたずねたことも思い出した。そういう記憶はここひと月ばかりわたしの気分を曇らせていたが、ゆったりとひとりで静かな郊外に向かう途中だけに、そういう気分をいつもよりはっきりと分析することができた。そして、わたしのいらだたしさは、実質的には節子よりも、節子の夫に向けられていることを悟った。

家庭に入った女が夫の思想によって影響されるのは、ごく自然なことなのだろう。たとえその考えが、素一の場合のように、はなはだ不合理であるにしてもだ。だが、夫が妻を誘導して、わざわざ実家の父親の考えに疑問を抱かせるとすれば、これはまったく許しがたい。素一は満州でずいぶんつらい目に遭ったに違いないと思えばこそ、彼の態度や行動の一部にはこれまで目をつぶってきた。例えば、わたしらの世代に対して素一がしばしば示す恨みつらみの徴候に対しても、個人的な反応は示さないできた。それだけでなく、そういう感情はしだいに薄れると思い込んでいた。ところが、素一に関する限り、恨みつらみはますます激しく、非常識なものになってきたように思われる。

とやかく言ったものの、節子は遠く離れたところに住んでいるし、素一と節子に会うのもせいぜい年に一度であったから、ほんとうならそう気に病むこともない。ところが、先月の節子の里帰り以来、そういう不合理な考えが紀子の心にまで忍び込んでいるらしい。そこが問題なのだ。だからこそ、この数日わたしはいらだって、節子に対して何度か手紙で怒りをぶちまけてやろうかとさえ思った。夫婦がおたがいにばかげた考えを相手に吹き込むのは勝手だが、それを他人にまで押しつけることは厳に慎むべきではないか。厳格な父親ならば、ずっと前に処置を講じたに違いない。

先月は、娘たちが話に熱中しているところに何度か出くわした。ふたりともわたしの姿を見ると、うしろめたそうに黙り込んだあと、なにか新しい、当たり障りのない会話を始める。いま思い返すと、節子の滞在中こういうことが少なくとも三度はあった。そしてほんの数日前、朝食を終わりかけるころ、紀子がこんなことを言った――

「きのう清水デパートの前を歩いてたら、電車の停留所に立っていた人、だれだと思う。なんと、三宅二郎さん」

「三宅?」わたしは紀子が平気でその名を口にしたのに驚いて、茶碗から目を上げた。「そうか、運が悪かったな」

「運が悪かった？　どころか、むしろうれしかったわ。けど、二郎さんはばつの悪そうな顔をしてたから、長話はしなかった。とにかく、すぐ会社に戻らなくちゃならなかったしお使いに出てたの。でも、二郎さんが婚約したってこと、お父さまは聞いてた？」

「そんなことを言ったのか。あつかましい」

「もちろん自分からじゃないわ。あたしのほうから聞いたの。こちらはいま新しいお話が進んでるけど、そちらのご結婚のお見通しはって。顔を真っ赤にしてたわ。でも話に乗ってきて、いま約束ができかけてるって言うの。事実上はもう決まりですって」

「いいか、紀子、そんなに軽々しく口をきくもんじゃない。だいいち、結婚のことなど持ち出す理由がどこにある」

「好奇心よ。あんなこと、もうくよくよしてないわ。それに、いまのお話がとんとん拍子で進んでるんだもの。何日か前にもふと考えた。三宅二郎さんが去年のことをまだ苦にしてるとしたら、なんて可哀相だろうって。だから、事実上は婚約しているって聞いて、どんなにうれしかったか。お父さまだってわかるでしょ」

「なるほど」

「近いうち花嫁さんに会えると思うわ。とてもすてきな人よ、きっと。そう思うでしょ、お父さまも」

「まあね」

わたしたちはまたしばらく食事をつづけた。すると紀子が言った。「もうひとつ、のどから出そうになった質問があったけど、やめといた」紀子は体を乗り出して、ささやき声で言った。「去年のことを聞こうかと思ったの。三宅家はなぜ辞退したのかって」

「聞かなくってよかった。それに、あのとき三宅家ははっきり理由を言ったじゃないか。その青年の地位が、どう考えてもおまえにはふさわしくないって」

「そんなの建前だってことくらい、わかってるじゃない。うちには本音を知らされてないのよ。少なくともあたしは全然聞いてない」そのとき紀子の声にこもったなにかにつられて、わたしはまた茶碗から目を上げた。紀子はわたしがなにか言うのを待っているかのように、箸を宙に浮かせていた。わたしがなおも食べつづけると、紀子は言った。「なぜ手を引いたと思うの。手がかりくらいは見つかった？」

「なにも見つかりはせん。いま言ったとおり、あちらはその青年の地位がこちらにふさわしくないと考えた。まったく筋の通った理由じゃないか」

「ねえ、要するにあたしが期待を裏切ってたんじゃないかしら。例えば、もっと美人でなきゃだめとか。その辺が本音だったと思う？」

「紀子本人とはまるきり関係のないことで、それはおまえにもわかってるはずだ。一方の家が縁談を打ち切るにはいろいろなわけがあるさ」

「でも、もしあたしのせいじゃないとしたら、あんなふうに断ってきたほんとうの理由って、いったいなにかしら」

娘のその言い方には妙にひっかかるものがあった。思い過ごしだったのかもしれないが、父親というものは、娘のちょっとした言い回しの変化にも敏感になるものだ。

それはとにかく、わたしは紀子とのやりとりのおかげで、以前にわたし自身が三宅二郎と出会って、別れ際に電車の停留所で立ち話したことを思い出した。それは一年余り前、三宅家との縁談がまだ進行中のことだった。夕方で、市内は勤め帰りの人々でごった返していた。わたしはなにかのついでに横手町を歩き、木村商会のビルの前にある電車の停留所に向かっていたのだ。横手町を知っている人々には説明するまでもあるまいが、あそこの商店街の二階以上には、パッとしない事務所がぎっしり並んでいる。その日三宅二郎に会ったときも、彼はそういう小さな事務所のひとつから出て、商店にはさまれた狭い階段を下りてきたところであった。

わたしはそれ以前に二度、その青年に会っていたが、二度とも家族どうしの正式な会合なので、彼は上等な背広を着ていた。ところがこの日は大違いで、三宅二郎はやや大きすぎるくたびれたレインコートを着て、わきの下に書類かばんをはさんでいた。他人からこき使われていることに慣れきった若者という感じであり、実際、体つき全体が終始おじぎをしかけているように見えた。「この上が職場ですか」とたずねると、三宅二郎はおどおどした感じで笑いはじめた――いかがわしい家から出てくる現場を押さえられたかのように。

三宅二郎のぎごちなさは、偶然の出会いのせいだけにしてはどうも度が過ぎているように思えたが、そのときは、たぶん会社の建物や環境のみすぼらしさを恥じてのことだろう、とあっさり解釈した。一週間かそこらたち、三宅夫妻から辞退したいという意向を受けてびっくりしたあとになって、はじめてその出会いのことを思い起こし、どういう意味があったのかと考え直したものである。

「もしかして」と、わたしはたまたま里帰りしていた節子に言った。「わたしがあの男と話をしているとき、三宅家のほうではすでに断ることを決めていたんだろうか」

「だとすれば、お父さまが気づいたぎごちなさも説明がつくわね」と節子は言った。「二郎さんは、三宅家の意図をほのめかすようなこと、なにも言わなかったの？」

そう聞かれても——三宅二郎との出会いからわずか一週間しかたっていないのに——実際はどういう会話を交わしたのかほとんど思い出すことができなかった。あの日のわたしは、相手の青年がいつなんどき紀子との婚約を申し出たとしても不思議ではないと思い込んでいたから、未来の家族の一員と話をしているような気持ちだった。そんなわけで、三宅二郎の緊張を解くことだけに神経を集中したものだから、電車の停留所までいっしょに歩いたごく短い時間と、電車を待つ二、三分のあいだになにを話したか、覚えておくだけの気持ちのゆとりがなかった。

しかし、その後数日にわたって縁談不成立の一件を考えているうちに、新しい考えが浮かんだ。もしかすると、あの出会いそのものが破談のきっかけになったのではあるまいか。「もしかすると」とわたしは節子に言った。「三宅二郎は職場を見られたことで、えらく気をもんだのかもしれない。両家のあいだにあまりにも大きな溝があると、あらためて痛感したんじゃなかろうか。とにかく、ただの建前にしては、あまりにもしつこくその点を強調しているんだから」

しかし、節子はその解釈にあまり納得していないようであった。節子はあれから夫のところに戻り、妹の婚約不成立についていっしょに考えをめぐらしたに相違ない。その結果、今年は節子自身の、あるいはたぶん素一の、解釈を持ってやってきたらしい。そのおかげで、わたしはあのときの三宅二郎との出会いをもう一度思い起こし、それをまた別の角度から考えてみなければならない。だが、いまも言ったとおり、一週間後でさえどんな会話であったかろくに覚えていなかったのに、今ではもうあれから一年以上過ぎている。

それでも、当座はほとんど意味がないと思ったひとつのやりとりを、やっといま思い出した。三宅二郎とわたしは大通りに出ると、木村商会ビルの前でそれぞれの電車を待っていた。そのとき三宅二郎がこう言ったのだ――

「きょう職場で悲しい知らせがありました。親会社の社長が亡くなったそうです」

「それはお気の毒に。かなりのお年でしたか」

「まだ六十代の前半でした。直接お会いする機会はありませんでした。もちろん社内報で写真を拝見してましたが。大人物だっただけに、みんな実の親を失ったような気持ちです」

「大きな打撃でしたね」

「まったくです」と三宅二郎は言って、やや間を置いてから、ことばをつづけた。「でも、社の者はみんな、どうすれば適切に弔意を表すことができるのか、ちょっと迷ってるところです。正直に言いますと、自殺なのです」

「まさか」

「ほんとうです。発見されたときには、ガス中毒で亡くなっていたそうです。でも、最初は切腹を試みられたようで、おなかにいくつも切り傷があったそうです」三宅二郎はこわばった顔を地面に向けた。「本社や子会社に対する、あの方なりの謝罪でした」

「謝罪？」

「大社長は、戦時中にわたしたちを巻き込んだ事業のいくつかに対して、明らかに責任を感じておられました。進駐軍の命令で役員二名がすでに解職されましたが、社長は、それでは不十分だとお考えになっていたようです。あの方は、わたしたちみんなになり代わって、戦没者の遺族に対するお詫びのしるしとして自決されたのです」

「そうですか。それにしても」とわたしは言った。「いささか極端な感じですな。世の中は狂ってしまったようだ。謝罪のために自殺する人のことが毎日のように記事になっている。どうでしょう、三宅さん、すべて大きな無駄だと思いませんか。なんと言っても、祖国が戦争を始めたら、われわれ国民はそれを遂行するために全力を尽くすべきだし、それを恥じる理由もない。死んでお詫びする必要などどこにあるでしょう」

「もちろん、おっしゃるとおりだと思います。でも率直に言って会社には、これで助かった、という空気があるんです。おかげで過去の過ちを忘れ、未来を望むことができる。そんな感じです。大社長はやはり偉大なことをなさったのです」

「しかし、大きな無駄でもあった。わが国の最もすぐれた人材の一部が、こうやって命を絶っているんですよ」

「ほんとうに残念です。ときどき思うんですが、本来なら命を捨てて謝罪すべきなのに、自分の責任を直視できない卑劣な人間がたくさんいるんじゃないでしょうか。だからこそ、うちの大社長みたいな方が崇高な責任を果たさざるを得ないのです。戦時中の地位にまたぬけぬけと就いている人がずいぶんいます。彼らの一部は戦犯も同然です。彼らこそ謝罪すべきだと思います」

「あなたの言おうとすることはわかる」とわたしは言った。「しかし、戦争中に祖国のために戦ったり、忠誠心をもって働いた人々を戦争犯罪人と呼ぶわけにはいかんでしょう。このごろ世間では、やたらに人々を戦犯呼ばわりしているようだが」

「でも、わが国を誤った方向に引きずり込んだ人々がいることは確かです。彼らが自分の責任を認めるのは、ごく当たりまえのことではないでしょうか。彼らが過ちを認めまいとしているのは、卑怯です。そして全国民にそういう過ちを押しつけた人々の場合は、それこそ卑劣きわまる態度です」

あの日、三宅二郎はほんとうにそういうことばを使ったのであろうか。わたしは彼のことばと、素一なら言い出しそうなことばとを混同しているのかもしれない。十分あり得ることだ。というのも、わたしはいつの間にか三宅二郎を将来の娘婿と見なすようになっていたのであり、それだけに現在の娘婿と重ね合わせて見る癖がついていたのかもしれない。たしかに「卑劣きわまる」などという言い回しは、おとなしい三宅青年よりもよほど素一に似つかわしい。しかし、なにかそういった会話を停留所で交わしたことはまちがいないと思う。いま考えると、そんな話題を彼が持ち出したこと自体、いささか奇妙だが。ただ、「卑劣きわまる」ということばは、やはり素一のものに違いない。実際よく考えてみると、あの晩、賢治の納骨式のあと、素一はたしかにそのことばを使ったはずだ。

息子の遺骨が満州から戻ってくるには、一年以上もかかった。あちらでは共産主義者があらゆることを妨害していると、われわれはいつも聞かされていた。地雷原での決死的な突撃を敢行して戦死した他の二十三名の若者と共に、息子が遺骨となってようやく帰還したとき、その骨がほんとうに賢治のものか、また賢治だけのものか、確かめる方法はなかった。「入っていたのが賢治の遺骨だけでないとしても」と、当時節子は手紙に書いてきた。「混じっているのはみんな戦友の方々のお骨《こつ》でしょうから、遺族として不服は申せませんね」こうして、わたしたちはそれを賢治の遺骨として受け取り、二年前の九月に、後ればせながら告別と納骨の式を行なった。

墓地で執行された納骨式の最中に、わたしは素一が腹立たしげに大股で歩み去るのを見た。節子にどうしたのかとたずねると、彼女はあわててささやいた。「許してあげて。あの人、調子がよくないの。栄養失調ぎみで、もう何カ月も具合が悪いんです」

しかし、そのあと式に参列した客がわが家に集まっているとき、節子はわたしに言った。「お願い、お父さま、わかってあげて。素一さんはああいう儀式に出ると、もういたたまれなくなるのよ」

「なんといじらしい」とわたしは言った。「素一君が賢治とそんなに親しかったとは知らなかった」

「会うたびに仲よく話してたみたい」と節子は言った。「それに素一さんは賢治たちの運命を他人事《ひとごと》と思えないのよ。賢ちゃんはぼくの身代わりだったのかもしれない、と言っているくらい」

「しかし、そうだとすると、式の途中で帰ってしまう理由がますます薄れるんじゃないか？」

「ごめんなさい。素一さんは決して失礼なことをするつもりではなかったの。ただわたしたち、ここ一年のうちに、素一さんの古いお友達や戦友などのお葬式にずいぶんたくさん出席することになって、そのたびにうちの人はとても腹を立てるんです」

「腹を立てる？　なにに腹を立てるんだね」

しかし、そのときまた弔問客が何人も訪れたので、話は打ち切るしかなかった。その晩遅くなってから、わたしはようやく当の素一に話しかける機会を見つけた。来客の多くはまだ客間に座っていた。彼らと応対していたわたしは、部屋の隅にひとり突っ立っている背の高い娘婿の姿に気づいた。彼は庭に面した障子を少し開け、人々の騒々しい話し声に背を向けて、じっと暗闇をのぞき込んでいた。わたしは近づいて声をかけた――

「素一君、節子の話では、こういう告別式はきみを憤慨させるそうだね」

素一は振り向いて微笑を浮かべた。「まあそんなところです。いろいろなことを考えると腹が立ってくるんです。命が無駄に失われたことなど」

「うん。無駄死にとなれば、考えるだけでも恐ろしい。しかし、賢治はほかの多くの兵隊さんと同じように、名誉の戦死を遂げたんだ」

娘婿はほんの二、三秒だが、無表情な目でじっとわたしの顔を見つめた。彼がときどき見せる目つきだが、わたしはどうしてもそれに慣れることができない。もちろんまったく他意のない癖なのだろうが、素一がもともと頑丈な体つきで、目鼻だちにけわしいところがあるせいか、見つめられるとつい、威圧だか非難だかを感じてしまう。

「名誉の戦死には際限がないみたいですね」と素一はようやく言った。「中学の同期生のうち、半分は名誉の戦死を遂げましたよ。本人たちは全然知らなかったけど、みんなばかげた目的のために命を奪われたんです。お父さん、ぼくが腹を立てているほんとうの理由はなにか、おわかりですか」

「さあ。なにかな」

「賢ちゃんたちを戦地に駆り出して、名誉の戦死を遂げさせた者どもは、いまどこにいます？　昔と同じように、のうのうと暮らしてるじゃありませんか。アメリカ軍に忠義面《づら》を見せて、前よりもっと羽振りよく暮らしてる連中だって大勢います。われわれを破滅に追い込んだ張本人どもですよ。それでいて、ぼくらが葬るのは賢ちゃんのような人たちだけ。そこですよ、腹が立つのは。勇敢な若者はばかげた目的のために命を奪われ、ほんものの犯罪人はまだのうのうと生きている。自分の正体を見せることを恐れ、責任を認めることを恐れている」たしかそのとき彼は、ふたたび暗闇のほうに目を転じて言ったのだ――

「ぼくらに言わせれば、それこそ卑劣きわまる態度です」

わたしは葬儀で疲れ果てていた。さもなければ、娘婿の考えに二、三の反論をぶつけたことだろう。しかし、そういう機会ならまた見つかるだろうと思って、全然別のことに話題を変えた。わたしはそのまま素一と並んで夜の闇をのぞき込みながら、彼の仕事や孫の一郎についてたずねたことを覚えている。わたしは復員後の素一にはほとんど会っていなかったので、戦前とは違ってややとげとげしい彼の態度に接するのは、その日がはじめてであった。いまでこそその態度には慣れっこになっているが、その晩、自分の娘婿がいま言った調子で話すのを聞いて、驚いてしまった。戦前のあのかしこまった態度はまるで見られなかった。それでもわたしは、納骨式の感情的な影響のせい、さらには（節子の話ではよほど悲惨なものであったらしい）彼の戦争体験の大きな後遺症のせいだろう、と単純に解釈しておいた。

ところが、その晩素一が見せた態度は、実際、最近彼があらゆる場面で見せている態度を象徴するものであった。開戦の二年前に節子を妻に迎えた、あの礼儀正しい、ごくおとなしい青年の面影はすっかりなくなっている。彼と同世代の者があんなに数多く戦争で命を落としたのは、たしかに悲劇だが、素一はなぜ年長者たちに対してああまで恨みを抱かなければならないのか。いまの素一の考えには、頑固さどころか、悪意とさえ呼べそうなものがこもっており、わたしを不安にさせる。それが節子にも影響を及ぼしかねないので、いっそう不安になる。

だが、そういう変身ぶりは、決してわたしの娘婿だけに限られたものではない。最近はどちらを向いてもそれが目につく。若者たちの性格の一部が、わたしにはよくわからない理由で変わってきているし、その変化のいくつかの徴候は明らかに不気味である。例えばつい先だっての晩、マダム川上の店で、カウンターの端のほうに座っている男がこんなことを言っていた——

「例の阿呆が病院に担ぎ込まれたってさ。肋骨が二、三本折れてるし、脳震盪《のうしんとう》も起こしていたんだと」

「平山の坊やのこと？」とマダムが気がかりな様子でたずねた。

「平山っていうの？　いつもそこらをぶらついては、あれこれ叫んでる男さ。だれかが本気でやめさせなきゃだめだ。昨日の晩、また叩きのめされたらしい。なにをわめいていたにせよ、あんなおつむの弱い男を痛めつけるなんて、ひでえ話さ」

そこまで聞こえたところで、わたしはその男のほうに向かって言った。「失礼、平山の坊やが襲われたんですか。事の起こりはなんです？」

「例によって軍歌を歌ったり、反動的なスローガンをわめきつづけていたらしいんです」

「しかし、平山の坊やは前からずっと同じことをしている」とわたしは事実を指摘した。

「二つか三つの軍歌しか歌えない男だし、それも人から教え込まれたんです」

男は肩をすくめた。「ええ、あんな阿呆をなぐったって意味ないですよね。残酷としか言いようがない。でもあの阿呆は萱橋《かやばし》あたりまで出歩いてた。ほら、あの辺は暗くなるとぶっそうですからね。あいつは橋のたもとの、萱橋と書いてある石の柱に腰掛けて、一時間くらい歌ったりわめいたりしたもんで、筋向かいの酒場にも聞こえて、何人かがいら立ったらしいんです」

「いじめてなんになるんでしょう」とマダムが言った。「あの人にはなんの悪気もないのに」

「ただ、だれかが新しい歌を教えてやるべきだ」と、男はグラスを傾けながら言った。

「ああいう古い歌を歌って回れば、またぶんなぐられるに決まってる」

われわれがいまだに「平山の坊や」と呼んでいる男は、少なくとも五十にはなっているはずだが、その呼び名はまんざら不適当でもない。精神年齢ではいまでも幼児なのだから。思い出せる限りでは、彼は宣教師館でカトリック修道女の世話を受けていたが、たぶん平山という家で生まれたのだろう。何年も前、われわれの歓楽街がにぎわっていたころ、平山の坊やはいつも〈みぎひだり〉やその近辺の酒場の店先にべったり座り込んでいた。マダム川上の言うとおり、まったく悪気のない人間であった。それどころか、戦前から戦中にかけては、軍歌を歌ったり愛国的演説をまねしたりで、歓楽街の名物男にさえなっていた。

あの歌をだれが教え込んだのか、わたしは知らない。歌えるのはわずか二、三曲だし、それぞれ歌詞の一、二行だけしか知らなかった。ところが彼はかなりよく通る声でそれを歌うし、歌の合い間には両手を腰に当てて立ち、天に向かってにたっと笑い、「このムラもテンノウヘイカのためにギセイをささげるべきである。ショクンのうち、あるものはイノチをなげだす。またあるものは、あたらしきヨアケにむかってショウリのガイセンをするであろう」などと叫ぶことによって、弥次馬どもを喜ばせるのであった。すると人々は言ったものだ――「平山の坊やはここが足りないかもしれんが、態度がいい。あいつは日本人だ」わたしはよく、人々が立ち止まって平山の坊やに金を与えたり、食べ物を買ってやったりするのを見た。そういうとき、平山の坊やはぱっと明るい笑みを浮かべたものだ。言うまでもなく、平山の坊やは、人々の注目と人気を集めることがわかったからこそ、そういう愛国的な歌にこだわる癖をつけてしまったのだ。

当時は精神障害者を目障りだと思うような人はいなかった。平山の坊やを叩きのめす気になった現在の人々は、なにに取りつかれたのだろう。平山の坊やの軍歌や演説が気に食わないのかもしれないが、おそらく彼らはかつて平山の坊やの頭をさすって彼をそそのかし、二、三の短い歌詞が彼の大脳に根づくのを助けた張本人なのだ。

しかし、さっきも言ったように、最近わが国には前とは違ったムードが漂っている。そして、素一の態度も決して例外ではないのだろう。三宅二郎も同じ、と言うのは言いすぎかもしれない。しかし、現実の状態が状態だけに、わたしはだれからどんなことを言われても、そこに同じとげとげしさや、恨めしさがこもっているような感じがしてならない。もしかして、三宅二郎はやはりほんとうにああ言ったのではあるまいか。きっと三宅二郎や素一と同じ世代の者は、みんなあんなふうに考えたり言ったりする人間になってしまったのだ。

先ほど言いかけたと思うが、わたしはきのう電車で市の南にある荒川地区まで行った。荒川は市を南下する電車の終点である。市電がそんな遠い郊外まで通じていることを知って驚く人は少なくない。実際、きれいに掃き清められた道路や、歩道に沿った楓《かえで》の並木、一軒ずつゆったりと独立した風格のある家々、全体的に田園の雰囲気などを持つ荒川の住宅地区を、同じ市の一部と見なすことは困難である。それにしても、電車を荒川まで走らせることにした市当局者の決断は賢明であった。都市生活者にはとてもありがたいことだが、閑静な郊外地区に気楽に行けるのだ。昔の市のサービスはあまり行き届いたものではなかった。現在の市電の系統が整う前は、われわれはごたごたした都会に封じ込められている気分だった。暑苦しい真夏の数週間は特にひどかった。

三十年間も利用者をひどくいらだたせた半端な市電系統に代わって、現在の市電各線は一九三一年から順次開設されたと記憶している。この市に住んでいない人々には、新しい市電が市民生活の多くの面にどれほど直接的で大きな影響を及ぼしたか、ちょっと想像がつかないだろう。市内のあらゆる地区が一夜にして変わってしまったかのようであった。いつも人出でにぎわっていたいくつかの公園が急にさびれ、長い歴史を誇っていた商店街がひどい打撃をこうむった。

もちろん、思いがけない恩恵にあずかった地区もあり、そのひとつが（その後まもなくわれわれの歓楽街として発展する）〈ためらい橋〉のすぐ先の一区域であった。新しい市電が通じる前には、わびしい二、三本の路地に、板ぶき屋根の家々が連なっているだけだった。当時はだれもその辺を、特徴を持ったひとつの地区とは見なしておらず、ただ「古川の東」と呼ぶだけであった。それまで、遠くに住んでいた人々は、市の中心部に出るのに電車で大回りをしなければならなかったが、新しい市電が通じたおかげで、古川の終点で降りさえすれば、あとは徒歩でいままでよりも早く繁華街に出られるようになった。その結果、古川の東にどっと人が繰り出すようになり、それまで何年もはやらなかった数軒の古い飲み屋が突然めざましく繁盛し、新しい飲食店もつぎつぎに開いた。

のちに〈みぎひだり〉になる店は、当時ただ山縣屋《やまがた》と呼ばれていた。年老いた在郷軍人である経営者の名前をつけたもので、その近辺ではいちばん古くからある飲食店であった。当時はこれといった特色もない店だったが、わたしはこの市にはじめて住むようになった時以来、何年もそこをひいきにしていた。いま思い出すと、山縣老人は、新しい市電が古川まで通じてから三、四カ月もたってから、はじめて周囲の状況に気づき、対策を考えはじめた。その地区は本格的な飲み屋街に発展しかけていたので、最も古いだけでなく、三叉路《さんさろ》の角《かど》という地の利を得ていた彼の店は、当然のこととしてその地域の飲食店では抜きん出た存在になれるはずであった。そこで山縣は店を増築し、豪華な酒場として再出発する責任があると考えた。二階の商店主は、金さえ出してくれれば立ち退《の》いてもいいと言うし、必要な資金は難なく調達できた。彼の店にとっても、また地区全体にとっても、残る主要な障碍《しょうがい》は、なんと言っても市当局の考え方だった。

その点、山縣の考えは当たっていた。なにしろそれは一九三三年か三四年で、覚えている人も多かろうが、新しい歓楽街を作り出そうと考えるだけでもむずかしい時代であった。市当局は、市民生活のうち比較的浅薄な部分をすでに抑圧しようと試みており、げんに都心部では、退廃的と見なされる店が続々と閉鎖を余儀なくされていた。そういうわけだから、わたしも最初、山縣の構想にあまり乗り気にはなれなかった。しかし、そのうち山縣からどういう種類の店を計画しているか説明を受け、ようやく納得して、できるだけの手助けをしようと約束した。

〈みぎひだり〉の創業に関してわたしがささやかな役割を演じたことについては、すでに述べたと思う。もちろん資産家ではないわたしのことだから、金銭面でできることはほとんどなかった。ただ、そのころまでに、市内でわたしの名前はかなり知られていた。記憶をたどってみると、その当時わたしはまだ本省の美術審議会に名を連ねていなかったが、その方面での人脈は豊富であり、政府の施策に関しても再三にわたって相談にあずかっていた。そういうわけで、山縣に関する市当局へのわたしの請願も、まんざら重みがないわけではなかった。

「経営者の考えでは」とわたしは説明した。「新設の店を、現在わが国に湧き起こっている新しい愛国精神を推進する場所にしたいとのことであります。店内の装いは、そういう新しい日本精神を反映したものとし、その精神にそぐわぬ客には遠慮なく退去を求めるそうです。さらに経営者はこの店を、新精神に最も忠実な作品を生み出す、市内の画家および作家が相つどって杯を傾ける場にしたいと申しております。最後の点につきましては、小生も多数の友人の協力を取りつけております。協力者のなかには、画家の原田正幸氏、劇作家の三角氏、評論家の大辻茂男、夏木栄治両氏も含まれております。すでにご高承のとおり、いずれも陛下への忠誠心において、揺るぎない作品を世に送っている人物であります」

わたしはさらに、このような店が飲食店街の主導権を握れば、その地域全体に望ましい雰囲気を生み出すためにも理想的であろうと指摘した。

「さもなければ」とわたしは警告した。「わたしどもがその撲滅に全力を傾けている退廃的な気風に満ちた歓楽街が出現し、祖国の文化の骨格をはなはだしく弱める結果になるやもしれません」

市当局は、この計画を単に黙認するというよりは、当のわたしが意外に思うほど積極的な関心を示した。人はときどき、自分で思っている以上に世間から高く買われていたことに気づいて驚くものだが、これもその一例と言えるかもしれない。しかし、わたしは世間の評価など全然気にかけない人間であったから、〈みぎひだり〉の誕生で非常に大きな個人的な満足を味わったのは、市当局から敬意を示されたからではない。むしろわたしは、しばらく前から信じていたことが実証されたことに誇りを感じたのである。それは、日本の新しい精神は生活を楽しむことと相反しないという考えであった。言い換えれば、歓楽が退廃性と手を組む必要はまったくないという信念でもあった。

こうして、新しい市電系統がサービスを開始して二年半ばかりのちに〈みぎひだり〉は店を開いた。改装は大がかりで手の込んだものであったから、日没後にそのあたりを歩く人々は——屋根の切妻《きりづま》に、軒先《のきさき》に、窓がまちに、そして玄関の真上に、整然と大小の提灯の並んだ——明るい雰囲気を醸し出しているその店にいやでも目を引かれた。そして棟木《むなぎ》の突端から吊り下げられ、照明を浴びている巨大な垂れ幕には、分列行進をしている兵士たちの軍靴を背景に、店の新しい名前がくっきりと記されていた。

開店後まもないある晩、山縣はわたしを店内に案内し、気に入ったテーブルをひとつ選ばせて、以後それをわたしの専用にすると約束した。それは主としてわたしのささやかな好意に対する感謝のしるしであったと思う。しかし、あらためて言うまでもなく、わたしは以前からその店の上得意のひとりであった。

実際、わたしはそこが〈みぎひだり〉として再出発する前に、二十年余りも山縣屋で飲んでいた。慎重に選んだ結果ではない。さっきも言ったとおり、これと言って取り柄のある酒場ではなかった。若いころこの市に移り住んだ当初、住んだのが古川で、たまたま山縣屋が近くにあったというだけの話だ。

当時の古川がどれほど寒々しいところであったか、いまの人に想像してみろと言うほうが無理かもしれない。実際、最近この市に住みはじめた人々であれば、古川と聞いても、いまある公園と、そこの名物になっている桃の林だけしか思い浮かばないだろう。しかし、わたしが（一九一三年に）はじめてこの市にやってきたときは、古川地区には町工場や倉庫がぎっしり立ち並び、そしてその多くが荒れ果て、あるいは無人の廃屋になっていたのだ。住宅も古ぼけており、古川に住むのは最低の家賃しか払えぬ者と、相場は決まっていた。

わたしが最初に住んだのは、老婦人が独身のひとり息子といっしょに暮らしている家の屋根裏部屋で、不便この上なしであった。その家には電気が来ていなかったから、ランプの光で絵を描かなければならなかった。イーゼルを据える余地さえないくらいで、壁や畳に油が飛び散るのを防ぐこともできなかった。夜中にごそごそと仕事をしていると、おばあさんや息子を起こしてしまうことも珍しくなかった。最大の悩みは、天井が低すぎてまともに立ち上がれないことであった。わたしはよく何時間もつづけて中腰で制作をし、しょっちゅう垂木《たるき》に頭をぶつけたものだ。それでも、わたしは当時、武田工房で雇ってもらい、絵描きとして暮らしが立てられることに十分満足していたから、そうした不自由もあまり苦にならなかった。

もちろん、日中は下宿の部屋ではなく、工房の武田会長の〈アトリエ〉で制作に励んだ。その〈アトリエ〉も古川地区にあった。それは一軒の食堂の二階に設けられた、妙に長い一室であった。その長いことときたら、われわれ十五人が一列にイーゼルを並べられるほどであった。天井は、わたしの屋根裏部屋よりはましだが、中心部がかなり落ち窪んでいたので、みんなはその部屋に入るたびに「天井がきのうより一、二寸垂れ下がっているぞ」と冗談を言ったものだ。長い部屋の一方には窓が並んでおり、絵画制作には都合のいい光をもたらすはずであったが、実際に入ってくる光線はなぜかいつも強烈すぎて、アトリエはまるで船室のように見えてしまうのだった。もうひとつの問題は、下の食堂に客が入ってくる夕方六時には、われわれが退出を求められたことである。食堂の経営者は、「二階の物音はまるで牛の群だ」とこぼしていた。そんなわけでわれわれは夜、各自の下宿で仕事をつづけるしかなかった。

夜まで働かなければわれわれの予定を消化できなかったことについては、多少の説明が必要だろう。武田工房はきわめて短期間に多数の絵画を制作できることを誇りにしていた。武田会長はわれわれに、貿易船が出港するまでに注文の絵を完成できなければ、仕事をたちまちライバル工房に奪われてしまうと警告しつづけていた。おかげで、われわれは夜遅くまで根をつめて働き通したが、それでも翌朝目標に達しないので、いつもうしろめたさを感じるのであった。顧客への約束の期日が迫ると、みんなが睡眠を二、三時間に切り詰め、日夜を分かたず描きつづけるのがふつうであった。注文が一度に殺到したときなど、くたくたに疲れながらも徹夜の制作をつづけたものだ。そんな無理をしながら、最終期日に間に合わなかったという覚えだけは一度もない。それは、われわれに対する武田会長の強い支配力を示す事実であるとも言えよう。

わたしが武田会長のところで働きだしてから一年かそこらたったころ、新しい画家がこの工房に参加した。中原康成という画家だが、いまその名を知っている人はそう多くはあるまい。一度も評判にならなかった画家だから、一般市民が名前を知らないのも無理はない。中原康成は開戦の二年前に、ようやく湯山町にある中学校の美術教諭という地位を得たが、それが彼の生涯の頂点であり、聞くところによれば、現在もその職についているという。市当局は非常に多くの教員を配置転換したのに、中原康成を動かす理由は見つからなかったらしい。わたし自身は、彼のことを〈カメさん〉という名で覚えている。それは武田工房で彼につけられたあだ名であり、わたしも彼とつきあっているあいだ、いつも愛着を込めてこの名を用いていた。

わたしはいまでも、カメさんの絵を一点だけ持っている。武田工房から去ってほどなく描いた自画像である。そこに描かれているのは、狭くて日当たりの悪い部屋に座ったワイシャツ姿のやせた若者であり、その周囲には数基のイーゼルといまにも壊れてしまいそうなくたびれた家具が見える。めがねをかけた若者の顔は、窓から入る光線によって片側だけくっきりと輪郭線を示している。顔に描き込まれた生真面目さと臆病さとは、たしかにわたしが覚えている男そっくりであり、その点でカメさんは並外れて正直だった。その肖像画を見ていると、例えば混んだ電車で席をねらうときなど、この手の男なら平気で押しのけられそうだな、と思えてくる。だが、人間だれしも自尊心はあるらしい。カメさんは謙虚であるだけに自分の臆病さを隠すことができないが、それでいて、一種の高尚で知的な雰囲気が自分にあるとも信じていたようだ——少なくともわたし自身は、そんなものに触れた覚えがないけれども。しかし、あらためて公平に見て、わたしは絵描き仲間のうちでカメさんほど徹底して正直に自画像を描ける人はひとりもいないと思う。鏡に映った自分の表面的なイメージを細部に至るまでいくら忠実に描き込めるとしても、自分の人柄まで他人の目に映るとおりに再現できることは、ごくまれなのだ。

カメさんというあだ名は、特別多くの注文が殺到する最中に工房に加わったこの中原康成が、他の者なら五つ六つの作品を仕上げてしまう時間で、わずか二、三しか描けないところからつけられた。最初のうち彼の歩みののろさは経験不足のせいだと考えられ、そのあだ名も本人には聞こえないところで使われていた。しかし、何週間たっても中原康成のスローテンポが改まらないことがわかると、彼に対する風当たりが強くなり、しだいに面と向かって「カメさん」と呼ぶ者が多くなってきた。中原康成は、そこに意地悪さがこもっていることを十分意識していたにもかかわらず、あたかも愛称で呼ばれたかのように振る舞おうと最大限の努力を払っていた。例えば長いアトリエの向こうから、だれかが「おい、カメさん、先週描き始めたその花びらにまだ色を塗ってるのか」と大声で言うと、中原康成は冗談の仲間入りでもするかのように、声をたてて笑おうと努力するのであった。彼が自己の尊厳を守ろうとしない理由について、みんなはよく、カメさんは根岸の人間だからな、と言っていた。当時——いや、今日でもそうだが——市内の根岸地区出身の人々はみんな意気地なしだ、骨なしだ、という根も葉もないうわさがもっぱらであった。

ある朝、武田会長がしばらくアトリエから出たすきに、同僚がふたりでカメさんのイーゼルのところへ近づき、彼の仕事の遅さをなじった。わたしはカメさんからそう離れていないところにイーゼルを立てていたので、彼がおどおどした顔でこう答えているのをはっきりと見ることができた——

「勘弁してください。あんなすばらしい絵を、どうしたらあんなに速く描けるのか、先輩のみなさんからぜひ学びたいと心から願ってたんです。ここ数週間、もっと速く描こうと、できるだけ努力したんですが、残念ながら数枚の絵を捨てるほかありませんでした。急いだおかげでお粗末な絵になってしまい、質の高さを誇ってきたこの工房の名折れになるおそれがあったもので。みなさんの目から見るとはずかしいような絵ですが、これからは少しでもよくするよう、できるだけ努力します。すみませんが、もうしばらくがまんしていただけませんか」

　カメさんは三度か四度、詫びと言い訳とを繰り返したが、ふたりはしつこく彼の怠慢を非難し、みんなが彼の分まで余計な仕事をさせられているのだと、口ぎたなく責めつづけた。そのうちに工房の仲間のほとんどが絵を描くのをやめて、三人のまわりに集まった。カメさんへの非難のことばが特に激しくなりはじめたころ、わたしは集まってきた連中が面白半分で眺めるだけなのを見かねて、文句をつけているふたりに近寄った。

「もうたくさんだろう。きみたちがとやかく言ってる相手は、芸術的な良心の持ち主だ。そのくらいのことがわからないのか。もしどこかの画家が、速さのために質を犠牲にするのはお断りだと言ったら、みんなその態度に敬意を表すべきだろう。それがわからぬとすれば、頭が鈍くなった証拠だ」

　もちろん、すべては何年も前に起こったことだから、その朝わたしが正確にそう言ったと断言するわけにはいかないが、カメさんの味方としてそういうふうなことを言ったことだけはまちがいない。わたしのほうを向いたカメさんの感謝と安堵《あんど》の表情や、その場にいたほかのみんなの驚きの目の色だけは、いまもはっきりと思い出せる。わたし自身が――作品の質量ともにだれにもひけをとらなかったので――仲間からかなりの尊敬をかち得ていたから、わたしの干渉によってカメさんいじめは、少なくともその日の午前中は、中止されたはずである。

つまらぬできごとを自慢たらたら披露しているように聞こえたかもしれないが、カメさんを弁護するためにわたしが指摘したことは、明白な事実だと思う。本格的な芸術とも尊重する人なら、すぐ思いつくことだろう。ただここで、当時の武田工房の雰囲気を思い出してみる必要がある。みんなは、営々として築き上げた工房の名声を維持するために一致協力して時間と格闘している、という意識を持っていた。われわれはまた、注文に応じて描いているもの――芸者、桜の花、池の鯉、寺院など――の最も肝心な点は、輸出先の外国人の目に「日本らしく」見えることだと理解していた。微妙な画風などはどうせ見逃がされるだろうと、たかをくくっていたのだ。そんなわけだから、その日の言動が、後年大きな敬意の的になったわたしのひとつの特性――つまり、百万人に反対されようとも、自分の頭で考え、独自の判断を下すという能力――をいち早くかいま見せていたとしても、若き日のわたし自身をいわれなく自慢したつもりはさらさらない。ただ、その朝カメさんの弁護に立ったのがわたしひとりであった、という事実だけは否定しない。

カメさんはわたしのささやかな介入や、その後の助力に対してしきりに礼を言ったが、なにしろ忙しい最中だったので、こちらからゆっくり話しかける機会を得たのはかなりのちのことであった。実際、殺人的なスケジュールが多少ともゆるんだのは、問題の日からたぶん二カ月近くもたってからだと思う。わたしは少しでも暇を見つけると、玉川寺《たまがわでら》の境《けい》内《だい》を散歩する習慣があったが、その日も境内をぶらぶら歩いていると、ベンチに座っているカメさんの姿が見つかった。日なたでうとうと昼寝をしているらしい。

わたしはいまでも玉川寺を散歩するのが大好きだ。「生け垣や並木のおかげで参詣《さんけい》の場にふさわしい雰囲気が生まれている」と言う人が多いが、同感である。しかし、このごろ寺の境内を訪れるたびに、昔の玉川寺がしきりになつかしく思われる。いまのような生け垣や並木がなかった戦前、境内はもっと広々として活気に満ちていた。だだっ広い草地の至るところに、菓子や風船を売る露店や、奇術や曲芸の小屋が立っていた。それに、自分の写真がほしい人はよくここへ来たものだ。境内をちょっと歩くたびに、三脚上のカメラに大きな黒い幕をかぶせた写真師の小屋にぶつかるのであった。カメさんを見つけたのは早春の日曜日の午後であり、境内はどこも親子連れでにぎわっていた。近づいてそばに座ると、カメさんははっとして目を覚ました。

「ああ、小野さん」とカメさんは顔を輝かせて声を上げた。「なんて運がいいんだろう、今日会えるなんて。ついさっきも考えてたところです。少しでも手元に余裕があれば、お礼のしるしとしてなにか贈れるのにって。でも、いまは安い物しか買えないし、それではかえって失礼に当たるでしょう。だから、小野さん、いまはただ、あらゆるご親切に心からお礼を申します。当分はそれだけで勘弁してください」

「そんな。大したことをしたわけじゃなし」とわたしは言った。「思ったとおりのことを何度か口にしたまでだよ」

「でも、あなたのような方はほんとうにまれです。そういう方と同じような仕事ができるなんて、光栄の至りです。将来ぼくらの道がどんなに離れようとも、ぼくは小野さんのご親切を一生忘れません」

その後しばらくは、わたしの勇気と誠実さに対するカメさんの一方的な賛辞に耳を傾けるほかなかった。折を見計らってわたしは言った。「前からきみと話をしたかった。実はね、いろいろと考えた末、近いうちに武田さんとお別れしようかと思ってるんだ」

カメさんはびっくりしてわたしの顔を見つめ、それから、おかしなことに、いまの話を立ち聞きした者はいないかと確かめるかのように周囲を見回した。

「幸運にも」とわたしはつづけて言った。「ぼくの作品は版画家でもある森山誠治画伯のお目にとまった。森山先生のことはむろん聞いてるだろう」

カメさんはまだわたしの顔を見つめたまま、首を横に振った。

「森山先生は」とわたしは言った。「いい、ほんものの芸術家だ。おそらく偉大な芸術家と言えるだろう。あの先生のお目にとまってご助言をいただけるなんて、望外の幸運だった。実を言うと森山先生は、このまま武田さんについているとぼくの才能に取り返しのつかない傷がつくとおっしゃったうえ、弟子にならぬかと誘ってくださった」

「そうですか」と、カメさんは用心深く言った。

「で、いまも境内を歩きながら考えていたんだ――『もちろん、先生のおっしゃるとおりだ。ほかの駄馬どもが、食うために武田さんの下であくせく働くのは大いに結構。しかし、おれたちみたいに真剣な野心を抱いている者は、方向転換を計るべきだ』と」

わたしはそこでカメさんに思わせぶりな目くばせをした。カメさんは相変わらずわたしを見つめていたが、その目に戸惑いの色が現れた。

「出過ぎたことかもしれないが、森山先生にきみのことを話してみたよ」とわたしは言った。「いまの絵描き仲間のうちではきみだけが例外的な存在だと、先生に申し上げたんだ。あの連中のなかで、きみだけはほんとうの才能と真剣な野心の持ち主だって」

「いやあ、小野さん」と、カメさんはいきなり笑い出した。「どうしてそんなことが言えますか。暖かい心づかいだってことはよくわかるんだけど、それは言い過ぎですよ」

「ぼくは森山先生のありがたい申し出をお受けしようと決意した」と、わたしは話しつづけた。「これを機会に、きみの作品を先生にお見せしたいので、協力してくれないか。運がよければ、きみも弟子に取り立てていただけるかもしれない」

カメさんは悲しそうな顔をしてわたしを見た。

「でも小野さん、それはないでしょう」と彼は沈んだ声で言った。「父が非常に尊敬している方がご親切にぼくを武田先生に推薦してくれたのであり、その推薦があったからこそ、武田先生はぼくを雇ってくださったのです。しかも先生は、ぼくにあれほど問題があったにもかかわらず、特別に寛大な態度を示してくださったんです。ほんの数カ月ではいさよならなんて、そんな恩知らずなことがどうしてできますか」ここでカメさんは、突然そのことばの含みに気づいたらしく、あわててつけ足した。「いや、小野さん、もちろんあなたのことをどんな意味でも恩知らずだなんて言うつもりはありません。あなたの場合、事情が違うんですから。ぼくはなにも……」カメさんはことばを濁して、きまり悪そうな笑みを浮かべたあと、ようやく落ち着きを取り戻して言った。「小野さん、本気で武田先生と手を切るつもりですか？」

「ぼくの考えでは」とわたしは言った。「武田さんは、きみやぼくみたいな人間が忠誠を誓うに値しない人物だ。忠誠をかち得るためには、本人がそれだけ努力しなければいけない。だいたい、忠誠心をもてはやしすぎる。近ごろ、人々はあまりにも安易に忠誠を口にして目上の者に盲従するが、せめてぼくだけはそんな生き方をしたくないな」

もちろん、これまたその日の午後に玉川寺境内で言ったことばの正確な再現ではないかもしれない。というのも、この出会いについてはその後何度も人に話す必要を感じたし、同じ話を繰り返していると、どうしてもその内容や展開はおのずと決まってしまうからだ。とにかく、その日のカメさんに対するわたしのことばが、実はそれほど簡潔明瞭ではなかったとしても、たったいまわたしのものとして引用したことばは、人生のその時点におけるわたしの態度や決意を正確に反映していると見て差し支えあるまい。

ついでながら、武田工房時代のことを何度も繰り返して語る必要のあったひとつの場所は、〈みぎひだり〉の例のテーブルであった。弟子たちはみな、わたしの若いころの話を非常な興味を持って聞きたがっているように思えた。教師が自分らと同じ年頃になにをしていたか、知りたがるのは当然のことだろう。とにかく、〈みぎひだり〉でよく弟子たちといっしょに飲んでいるころ、武田工房時代のことが何回も話題にのぼった。

「そんなに悪い経験ではなかった」と、あるとき弟子たちに言ったことを思い出す。「いくつか大事なことを教えられたからね」

「失礼ですが、先生」と、テーブルにかがみ込んで言ったのはたしか黒田である――「いまおっしゃったような工房で、なにか芸術家に役立つことを教えられるなんて、とても信じられませんが」

「そうですよ、先生」と別のだれかが言った。「そんなところでいったいなにを教わったのか、ぜひ聞かせてください。そこはまるで、段ボール箱かなにかの工場みたいじゃありませんか」

〈みぎひだり〉ではいつもそんな調子だった。わたしがだれかと話しており、ほかの者が仲間どうしでしゃべっている。ところが、いったんわたしになにか面白そうな質問が向けられると、たちまちみなが会話を中断し、三方からわたしの顔をじっと見て返答を待つ。まるで、仲間どうし話し込んでいる最中でも、片耳だけはそばだててわたしが与える新しい知識を待ち構えているかのようであった。だからといって、彼らが無批判だったということにはならない。それどころか、頭の切れる若者ばかりであり、とてもうかつなことは言えなかった。

「武田工房にお世話になったおかげで」とわたしは弟子たちに言った。「人生の初期に大事な教訓を与えられたよ。師匠をうやまうのは当然のことだが、師匠の権威を疑ってかかることも常に大切なことだ。武田工房での経験はわたしに、決して群集に盲従してはならぬ、自分が押し流されていく方向を注意深く見直せ、という教訓を与えてくれた。そのわたしがきみたち全員にこれだけはと願ってきたことがひとつあるとすれば、それは、時勢に押し流されるなということだ。ここ十年か十五年か、われわれに忍び寄り、わが国民の精神をはなはだしく弱めてきたあのいかがわしい、退廃的な気風に逆らうことだ」正直なところ、わたしは少々酔っており、大言壮語《たいげんそうご》の気味があったけれども、われわれがたむろするテーブルでの議論はいつもそんな調子だった。

「そうですとも先生」とだれかが言った。「ぼくらはみんな、いまおっしゃったことを心に銘記すべきです。ひとり残らず、時勢に押し流されぬよう努力すべきだと思います」

「そして、このテーブルにつどう者は」とわたしはつづけて言った。「自分たちを誇りにする権利があると思う。世間一般では、醜怪な者どもと軽薄な連中とが幅をきかせてきた。しかし、いまようやく、より純粋な、より男らしい新精神が日本に出現しつつある。諸君もむろん例外ではない。どころか、諸君が進んでこの新しい日本精神の矛先になってくれることこそ、わたしの最大の願いだ。いや、まったくの話」――と、わたしはもはや同じテーブルを囲む弟子たちだけではなく、近くで聞き耳をたてているあらゆる人々に向かって演説していた――「われわれが寄り集まっているこの店こそ、いま湧き起こっている新精神の証《あかし》であり、ここで飲むわれわれ全員はそれを誇りにする資格を持っている」

酒席が陽気になってくると、しばしば見知らぬ客までがそのテーブルを取り囲み、われわれの議論や演説に加わったり、ただ聞いて快活な雰囲気に浸ったりするのだった。弟子たちは一般に、そういう新来の客たちの言い分にも耳を傾ける寛大さを持っていたが、無意味な議論を展開したり、不愉快な意見を押しつけたりする者がいると、遠慮会釈《えんりょえしゃく》なく追い出した。しかし、〈みぎひだり〉の常連はみな同じ基本的精神に貫かれていたから、たとえ深夜まで絶叫や雄弁がつづいたとしても、本格的な言い争いが起こることはごくまれだった。要するにこの店は、山縣老人の念願どおりに発展し、ある格式を保っていたので、人々はそこで自尊心や品位を保ったまま飲むことができたのであった。

わたしの家には、弟子のなかで最も有能な黒田が〈みぎひだり〉でのそういう夜の情景を描いた絵がある。「愛国心」というその題だけ聞くと、分列行進をしている兵士の絵でも想像する人がいるだろう。もちろん黒田にしてみれば、愛国心はもっとずっと根っこの日常生活から生まれるもの、例えばわれわれが飲んだりつきあいを楽しんだりする場所から始まるものだと言いたかったのだ。それは〈みぎひだり〉の基本理念に対する（当時そういうものを信じきっていた）黒田の賛美の証《あかし》であった。油彩のその絵には数脚のテーブルが描かれ、この店の色彩や内装がかなり忠実に再現されており、なかでも頭上のバルコニーから吊り下げられている愛国的な旗飾りや標語が目を引く。旗の下ではテーブルを囲んだ客が談笑にふけっており、前景には着物姿の女給が飲み物の盆を捧げてせかせかと歩いている。それはなかなかの傑作で、〈みぎひだり〉の騒々しいけれどもどこか誇り高く、格式ばった雰囲気を実に正確にとらえている。わたしはこのごろでも、たまたまその絵を目にする機会にぶつかるたびに、自分の名声がこの市でかち得た多少の影響力のおかげで、こういう店を出現させるのにいささか役立ったという事実を思い起こして、一種の満足感を味わうのである。

最近、マダム川上のバーで飲んでいる最中に、〈みぎひだり〉に入りびたっていたころのことをしょっちゅう思い出している。がらんとしたバーで信太郎とふたりだけ、低い電燈の下に並んでカウンターに寄りかかっていると、なぜかノスタルジアに襲われるのだ。ふたりで当時のだれかのうわさをしはじめる。えらい酒豪ぶりだったとか、おかしな癖があったとか話しているうちに、マダム川上も話に引き入れ、話題の男についての彼女の記憶を突《つつ》き出そうと試みているうちに、その男についてのますます面白い思い出がよみがえってくるという具合だ。先だっての晩も、そういった一連の記憶をたぐり出して笑っていると、マダムがまたいつもの調子で言った。「そうね、お名前に覚えはないけど、いまお会いしてもお顔はわかると思いますよ。ほんと」

「でもほんとうは、ママ」とわたしは自分の記憶を確かめながら言った。「その男がまともに客としてここへ現れたことは一度もないんだ。いつも筋向かいのあの店で飲んでたからね」

「そうそう、あの大きなお店ね。でも、いま会っても見分けがつくと思いますよ。とは言うものの、自信はないわね。人間ってずいぶん変わるものだから。ときどき道で知った顔に会って、あいさつしようと思うのに、よく見直すと、違う人かな、なんて思えてきて」

「そうそう、ママ」と信太郎が割り込んだ。「つい二、三日前、道で会った人にあいさつしたんだ。知ってる人だと思って。そしたら、相手はこちらを頭のいかれたやつだと思ったらしい。返事もせずにすたすた行っちまったよ」

信太郎はそれを面白い話だと思っていたらしく、大きな声をたてて笑った。マダムは微笑を浮かべたが、信太郎の笑い声は受け流し、わたしのほうを向いて言った——

「先生、お友達の方々にまたここへ飲みにくるよう誘ってくださいな。あのころのなつかしい顔に出会ったら、必ず立ち止まって、この小さな店に来るよう誘ってくださいよ。そしたら、あのなつかしい時代を再現できるんですから」

「うん、そりゃ名案だ」とわたしは言った。「ぜひそうしよう。道で出会った連中を止めてこう言ってやる――『なつかしいなあ。例の飲み屋街の常連だったじゃないか。あそこはすっかりつぶれたと思ってるかもしれないが、それは誤解だよ。マダム川上は昔どおりあそこで店を開いてる。万事悠長ながら立ち直りは進んでいるんだ』とね」

「そうですとも、先生」とマダムは言った。「チャンスを逃がすなと言ってあげて。チャンスに乗れば景気だって上向くんだから。とにかく昔の常連を連れ戻すのが先生の義務ですからね。このあたりじゃ、みんなが自然に先生を指導者と仰いでいたんですもの」

「いいこと言ったぜ、ママ」と信太郎が言った。「昔の殿様は戦いのあと家来がちりぢりになると、あまり間を置かぬうちに、みずから各地を回ってみんなを呼び戻したものだ。先生も似たような立場におられる」

「なんとたわけたことを」とわたしは笑いながら言った。

「いいえ、信太郎さんの言うとおりですよ、先生」とマダムはことばをつづけた。「昔の人たちを残らず見つけて、戻ってこいとおっしゃるべきです。そうなれば、いまに隣を買って豪勢なお店を開けるんだから。向かいにあったあの大きなお店に負けぬような」

「そうですとも、先生」と信太郎がまだ言いつづけていた。「殿様は家来を呼び集めるべきです」

「面白い考えだ」と、わたしはうなずきながら言った。「そう言えば〈みぎひだり〉だって、昔はちっぽけな店だった。せいぜいこの店くらいの。ところがそのうちに、われわれの手であれだけの規模にまで押し上げた。うん、ママの店にも同じことをすべきだろうな。世間もようやく落ち着きを見せてきたから、お客もきっと戻ってくるだろう」

「昔みたいに画家のお仲間をみんな引き連れてきてくださいな」とマダム川上は言った。

「そしたら、新聞社の人たちもみんな来てくれますから」

「面白い。うまくいくかもしれん。ただどうかな。ママにはそんな大きな店の経営は無理かもしれないぞ。ママがどん底から這い上がることをだれも望まないだろう」

「まあひどい」とマダムはわざとむくれて言った。「先生さえ急いでお役目を果たしてくださったら、あとはみごとにやって見せますからね」

このところ、そんな話を何度も繰り返している。そして、昔の歓楽街はもうよみがえらないと、だれが断言できよう。マダム川上やわたしのような者はそれを冗談の種にする傾向があるかもしれないが、軽口の底にはまじめな楽観主義が一本貫いていた。「殿様は家来を呼び集めるべきです」か。なるほどそうかもしれない。紀子の身の振り方が確実に決まったら、マダムの計画をもっと本気で考えてみようかとも思う。

ここで、かつての弟子、黒田に戦後一度だけ会ったことを話しておいたほうがよいかもしれない。ある朝雨のなかでまったく偶然に会ったのだ。あれは占領が始まってまだ一年たたぬうちで、〈みぎひだり〉やその近辺のビルもまだ取り壊されていなかった。わたしはどこかへ出かける途中、例の歓楽街の跡地を抜けながら、雨傘の下から建物の残骸を眺めていた。その日、何人かの作業員が歩き回っていたので、焼けビルを眺めているひとりの人の姿に最初は注意を引かれなかった。そのビルの横を通り過ぎるとき、同じ人物が向きを変えてわたしをじっと見ているのにようやく気づいた。わたしは立ち止まって振り返り、傘から流れ落ちる雨水のあいだから、無表情にわたしのほうを見ている黒田の顔を認めて、異様なショックを覚えた。

傘の下の黒田は無帽で、黒っぽいレインコートを着ていた。そのむこうの焼け焦げた建物からしきりに雨垂れが落ち、そう遠くないところでは雨樋《あまどい》の名残りが大量の水を吐き出して水しぶきを上げていた。わたしの目を遮るように、建設作業員を満載したトラックが一台走り抜けた。黒田の傘の骨が一本折れており、おかげで彼の足元になおいっそう激しく水がしたたりおちたことも覚えている。

戦前はまんまるだった黒田の顔は、ほお骨のあたりがこけており、あごからのどのあたりに太い線がくっきり浮き出していた。そこに立ってわたしは、「あの男ももう若くないんだな」と思った。

黒田はかすかに頭を動かした。会釈のはじまりか。それとも、壊れたこうもり傘からのしぶきを避けるために頭の位置を変えただけなのか。わたしには判断がつかなかった。やがて彼は向きを変え、わたしとは反対の方向へと歩み去った。

いや、ここで黒田について長談義をするつもりはなかった。だいたい、何事もなければ黒田のことなど全然思い出しはしなかっただろう。が、先月電車のなかでたまたま斎藤博士に会ったとき、思いがけないことに黒田の名が持ち出されたのである。

それは一郎を連れて、そのお気に入りの怪獣映画をやっと観に行った日のことであった。その前の日は紀子の頑固な反対で、とうとう映画には行けなかった。その日の午後も、わたしと孫だけが行くことになった。紀子は行きたくないと言い、節子もやはり留守番を買って出た。もちろん紀子の態度は子供っぽいわがままであったが、一郎は女たちの行動に彼独自の解釈を下した。その日、昼食の膳の前に座ると、一郎は言いつづけた――

「のりこおばちゃんとママはいかないんだってさ。おんなにはこわすぎるんだ。あれみると、おばちゃんたちはこわくてしかたがないんだ。きっとそうだよね、おじいちゃん」

「うん、そのとおりだろう」

「こわくてしかたがないんだ。のりこおばちゃん、こわいからえいがみれないんでしょう。ねえ」

「うん、そうなの」と、紀子はおびえた顔をして見せた。

「おじいちゃんまでこわがってるんだよ。みて、おじいちゃんもこわがってるでしょ。あれでもおとこなんだって」

昼食後、映画に出かけようと玄関先に立っているとき、一郎と彼の母親とのあいだの奇妙なやりとりを見た。一郎は節子から靴のひもを結んでもらっているあいだ、しきりになにかを言おうとしていた。だが、節子が「なあに、一郎、聞こえないわよ」と言うたびに、一郎は怒ったようににらみつけ、立ち聞きされなかったかと確かめるかのようにちらっとわたしを盗み見た。一郎は靴をようやく履き終えたあと、節子がかがみ込んだので、ようやく母親の耳元でささやくことができた。節子は黙ってうなずくと、家のなかに姿を消し、しばらくするとレインコートを持って戻り、折り畳んで一郎に渡した。

わたしは玄関から外を見渡して、「降る気配はないよ」と言った。気配がないどころか、快晴だった。

「でも」と節子は言った。「一郎は持っていきたいんでしょう?」

レインコートへのこだわりを見て、わたしはキツネにつままれた思いだった。だが、いったん太陽の光のなかに出て、停留所まで坂道を下りるとき、わたしは一郎のいばりくさった——腕からぶら下がったレインコートのおかげでハンフリー・ボガートかなにかに変身したような——歩き方に気づいて、さては気に入った漫画本の主人公のまねをしているのだなと判断した。

ほとんど丘を下りきったところだと思うが、一郎がはっきりとした大きな声で言った。

「おじいちゃんはゆうめいながかだったんだよね」

「ま、そう言ってもいいだろうな」

「のりこおばちゃんに、おじいちゃんのえをみせてってたのんだの。でもみせてくれないの」

「うん。ここしばらくのあいだ、全部しまい込んであるんだ」

「のりこおばちゃんはずるいよね、おじいちゃん。おじいちゃんのえをみせてってたのんだのに、なんでみせてくれないんだろう」

わたしは笑って言った。「さあなぜかなあ。きっと叔母ちゃんは忙しかったんだろう」

「おばちゃんはずるいよ」

わたしはまた笑って言った。「そうかもな、一郎」

停留所はわが家から歩いて十分のところにあった。丘を下りて川まで行き、そこから新しいコンクリートの堤防の上を少し歩くと、新しい住宅予定地のすぐ先の道路で北へ行く電車に乗れる。先月の明るい午後、わたしは孫といっしょに市の中心部まで電車で行ったが、その車中で斎藤博士に出会ったのである。

斎藤家についてはまだほとんどなにも話していなかったが、実は斎藤博士の長男と紀子との縁談が現在進行中なのである。総じて言えば、斎藤家との縁談は、去年の三宅家との話とはまったく状況が異なる。もちろん三宅家もごくまともな人たちだが、客観的に見て特にいい家柄とは言えない。斎藤家のほうは誇張でもなんでもなく名門である。斎藤博士とわたしは正式の知人どうしというわけではなかったが、わたしはかねてから美術界における博士の活躍ぶりを知っていたし、おたがいに会えば、相手の名声を承知しているしるしとして、ていねいにあいさつを交わしたものである。だが言うまでもなく、先月会ったときには、すでに状況がずいぶん変わっていた。

市電は国有鉄道の谷橋《たにばし》駅と向き合った形の鉄橋を越えるまで、いつも空《す》いている。だから斎藤博士は、わたしたちが乗った停留所のすぐ次から乗ったとき、わたしの隣に席をとることができた。博士とわたしの会話は、当然のことながらややぎごちなく始まった。というのも、縁談はまだ最初の微妙な段階にあったので、それについて直接話をするのは気づまりだった。といって、なにもないようなふりをするのもばかげている。というわけで、双方とも仲人《なこうど》役をつとめている「共通の友達、京さん」の人柄をたたえた。そして斎藤博士は笑顔で、「京さんのご尽力で、遠からずまたお会いできることを期待しましょう」と言った。縁談についてはそれ以上踏み込まなかった。やや気づまりな状況における斎藤博士のどっしりした態度と、昨年三宅家が終始示した臆病でぎくしゃくした態度との大きな違いを、わたしは意識せずにはいられなかった。最後にどんな結果が出るにせよ、斎藤家のような人々と話を進めていれば、無用の不安を感じないですむ。

そのほかには、たいがい些細なことばかりを話題にした。斎藤博士は暖かい、おだやかな人物で、かがみ込んで一郎に、街へ出るのは楽しいかとか、どんな映画を見にいくのかなどとたずねたとき、一郎はすっかり気を許して博士と話し合っていた。

「いやあ、立派なお孫さんです」と斎藤博士はうなずきながらわたしに言った。

斎藤博士は電車を降りる少し前に——脱いでいた帽子をかぶってから——言い出した。

「共通の知り合いがもうひとりおりますな。黒田さんという」

わたしはちょっと驚いて博士の顔を見ながら、おうむ返しに「黒田さん」と言った。

「ああ、それはきっと、わたしが以前に指導していた人物でしょう」

「そのとおりです。先だってはじめてお会いしたのですが、そのときたまたまお名前が出ましてね」

「そうでしたか。ここのところ彼には会っておりません。実は戦前からずっと。黒田君はこのごろどうですか。なにをしているんでしょう」

「たしか新設の上町《うえまち》大学に就職が決まったはずです。美術の先生として。お会いしたのもそのためです。大学側から教員任用審議会への助言を求められまして」

「ほう。すると、黒田君をあまりよくご存じではない？」

「おっしゃるとおりです。ただ、これからは何度もお会いできるでしょう」

「そうですか」とわたしは言った。「では黒田君はまだわたしのことを覚えていてくれたのですね。義理堅いお人だ」

「まったくです。たまたまなにか話しているうちに、黒田さんが小野先生のお名前を出されたのです。まだ黒田さんとはゆっくりお話する機会がないのですが、またお会いすることがあったら、先生にお目にかかったことをお伝えしましょう」

「それはぜひ」

電車は鉄橋にさしかかり、車輪が大きな音を響かせていた。窓の外を見るため座席にひざをのせていた一郎が、川を見下ろしてなにかを指さしていた。斎藤博士はつられてうしろを向き、一郎となにかまたことばを交わしたが、目的地に近づいたので立ち上がった。彼は最後にもう一度「京さんのご尽力」への期待を表明し、一礼して出口のほうへ行った。いつものとおり、鉄橋の次の停留所から急に乗客が増えたので、車中はやや息苦しい感じになった。目ざす映画館のすぐ前で電車を降りたとたん、入口に張ってある例のポスターがいやでも目についた。孫は二日前にかなりよく似たクレヨン画を描いていたが、ほんもののほうに火はなかった。一郎が覚えていたのは、稲妻を思わせる強調線だった。それは巨大なトカゲの凶暴性を強く表現するために描き加えられたものであった。

一郎はポスターに近づくと大きな声で笑い出した。

「にせのかいじゅうだってことぐらい、すぐわかるよ」と、彼はポスターを指さしながら言った。「だれだってわかるよ。にんげんがつくったものさ」そしてまたケラケラと笑った。

「一郎、そんなに大きな声で笑わないでくれ。みんなが見てるじゃないか」

「だって、おかしくてしようがないんだもん。だれかがつくったかいじゅうにしかみえないよ。こんなものこわがるひと、どこにいるんだろう」

館内で席をとり、映画が始まってから、わたしはようやく孫がレインコートを持ってきたほんとうの理由を知った。怪獣映画が始まって十分後、スクリーンには無気味な音楽を背景に暗い洞穴《ほらあな》が現れた。その周囲に濃い霧が渦巻いている。一郎のささやき声が聞こえた。「つまんないや。なにかおもしろいことがはじまったら、おしえてくれない？」そう言うと、一郎は頭からレインコートをかぶった。一瞬遅れてグォーという猛獣がほえるような声と共に、巨大なトカゲが洞穴から現れた。一郎の片手はわたしの腕にしがみついており、ちらりと見ると、もう一方の手はできるだけ隙間のできないようにレインコートを押さえていた。

そのコートは映画が終わるまでほとんど間を置くことなく孫の顔を覆っていた。ときたまわたしの腕が揺すぶられ、コートの下から声が聞こえた――「すこしはおもしろくなってきた？」わたしは仕方なく、小声でいま見えているものを説明する。ようやく顔の前に小さな隙間ができる。しかし、ものの五分とたたぬうちに――怪獣がまた出現する気配が見えるとすぐ――隙間が閉じて、ささやき声がする。「つまんないや。またおもしろくなったらおしえて。きっとだよ」

それでいて、帰宅したあと、一郎は映画の話に熱中していた。「いままでいちばーんいいえいいがだった」と一郎は何度も言い、みなが夕食を始めるときにも、まだ彼なりのプロットを説明しつづけていた。

「のりこおばちゃん、そのあとどうなったかおしえてあげようか。すごくこわいんだよ。いっちゃおうか？」

「もうこわくてこわくて、ごはんものどを通らないわ、一郎」と紀子が言った。

「いっとくけど、このあとはもっとずっとこわいんだよ。あともききたい？」

「ううん、自信ないなあ、一郎。おかげですっかりおびえちゃったもん」

わたしは夕食の最中に斎藤博士の名を持ち出して重苦しい話を始めるつもりはなかったが、きょう一日の話をしているなかで、博士との出会いだけ抜かすのも不自然なように思われた。そこで、一郎がおしゃべりを少し休んでいるあいだに言った。「そうそう、電車のなかで斎藤さんに会ったよ。だれかを訪問するとか言っておられた」

これを聞くと、娘はふたりとも箸を止め、驚き顔でわたしを見た。

「いや、べつに大した話をしたわけではない」と、わたしは言って小さく笑った。「ただの世間話さ」

娘たちは納得しかねる様子だったが、そのまま食事をつづけた。紀子がちらっと上目づかいに姉を見ると、節子のほうが言った。「斎藤先生はお元気でした？」

「元気そうだったよ」

わたしたちはしばらく黙って食事をつづけた。よく覚えていないが、きっと一郎がまた映画の話を始めたことだろう。とにかく、夕食がかなり進んでから、わたしは言った——

「ちょっと妙な話だが、斎藤さんはわたしの昔の弟子に会われたそうだ。ほかでもない、黒田君だ。黒田君は新設大学に採用されるらしい」

茶碗から目を上げると、娘たちは食べるのをやめていた。その直前、ふたりが目くばせを交わしていたのは明らかであった。先月わたしはこういう場面に何度か出会って、娘たちがどこかでこっそりわたしのことを話し合っているのは確実だとにらんだ。

その晩、ふたりの娘とわたしはふたたび食卓を囲んで座り、新聞や雑誌を読んでいたが、そのうちに、三人とも家のなかのどこかから聞こえてくるリズミカルだが鈍い打撃音によって注意をそらされた。紀子はびっくりして顔を上げたが、節子は落ち着いて言った——

「一郎よ。寝つけないといつもああなの」

「かわいそうに」と紀子が言った。「怪獣の夢を見つづけてるのよ。あんな映画に連れていくなんて、お父さまもずいぶんひどいわ」

「ばかな」とわたしは言った。「あの子は喜んでいたよ」

「お父さまったら、自分が見たかっただけよ」と紀子はにやっと笑って姉に言った。「一郎もかわいそうに。ひどい映画に無理やりつきあわされて」

節子は当惑した顔をわたしに向けた。「一郎を連れてってくださって、ほんとに感謝してるわ」と彼女はつぶやいた。

「でも、いま一郎は眠れない」と紀子が言った。「あんな映画を見せに行くなんて、ばかみたい。いいわ、お姉さま、お姉さまはここにいて。あたしが行くから」

節子は妹が部屋から出るのを見送ってから言った——

「紀子って、ほんとに子供好きね。うちに帰ったら、一郎がきっと寂しがるわ」

「そうだろうね」

「紀子はずっと前から子供をとても可愛がってた。覚えてるかしら、お父さま。あの子、木下さんとこの子供たちと、ほら、いろいろなゲームをしてたじゃない」

「そうそう」とわたしは笑いながら言った。それからまたつけ加えた。「木下家の息子たちもこのごろは大きくなりすぎて、とんと寄りつかん」

「紀子はずっと前から子供をとても可愛がってたわ」と節子が繰り返して言った。「それなのに、あの年になってまだ独身だなんて、かわいそう」

「まったく。悪い時に戦争が起こったもんだ」

しばらくのあいだ、ふたりとも目で活字を追っていた。やがて節子が言った——

「きょう電車で斎藤先生にお会いするなんて、思いもよらぬ偶然ね。とても立派な紳士とうかがってますけど」

「それはまちがいない。そして、だれに聞いても、息子さんは決して父親の名前に恥じぬそうだ」

「そう」と、節子はごく慎重に答えた。

わたしたちはまたしばらく新聞雑誌を読んだが、そのうちに節子がまた沈黙を破った。

「で、斎藤先生は、黒田さんとお知り合いなの?」

「ほんの少しね」と、わたしは新聞から顔も上げずに答えた。「ふたりはどこかで会ったらしい」

「黒田さん、このごろどうしておられるかしら。そう、いまでも覚えてるけど、黒田さんはいつもこの家に来られて、客間でお父さまと何時間も話し込んでらしたわね」

「黒田君の消息はなにも聞いていない」

「こんなこと言ってごめんなさい。でも、近いうちに黒田さんのお宅を訪ねたほうがいいんじゃないかしら」

「お宅を訪ねる?」

「黒田さんの。できればほかにも何人か、昔のそういったお知り合いのお宅を」

「どうも、よくわからんのだが」

「ごめんなさい。お父さまは昔の知り合いの何人かとお話ししたいんじゃないかと思っただけなの。つまり、斎藤先生の側の人たちがその方々と会う前に。だって、無用の誤解が生じるのはいやですもの」

「ああ、そりゃそうさ」とわたしは言って、また新聞を読みつづけた。

話はそこで打ち切りになったと思う。節子も先月の滞在中、二度とその話を持ち出さなかった。

きのう電車で荒川まで行ったとき、車内は明るい秋の日光を存分に受けていた。しばらく——よく考えると終戦のときから——荒川には行ったことがなかったので、窓の外を眺めると、かつて見慣れた風景がいろいろと変わっているのに気がついた。戸坂町や栄町を抜けるときには、昔からある小さな木造家屋のうしろに、にょっきりと煉瓦造りのアパート群が首をもたげていた。つづいて南町の工場群の裏を通ったとき、多くの工場が無人になっていることを知った。沿線に連なる工場の裏庭には、折れ曲った材木、古いナマコ板、それに、しばしばただの瓦礫としか見えないものまでが、雑然と積み上げられていた。

ところが、電車が川にかかっているＴＨＫ社橋を越えたとたんに、雰囲気ががらりと変わる。畑や林のあいだをしばらく走ると、長くて急な丘のふもとに荒川の郊外住宅地が見えてくる。そこが終点である。電車は非常にゆっくりと丘を下り、ギギッとブレーキの音をたてて停まる。きれいに掃除された歩道に降り立つ人々は、やっと都会から解放されたという強烈な実感を抱くだろう。

荒川は全然空襲を受けなかったと聞く。たしかにきのう見た荒川の趣きは、戦前とちっとも変わらなかった。桜並木が気持ちのいい日陰を作っている坂道を少し登ると、松田知《ち》州《しゅう》の家がある。そこも以前のままであった。

松田知州の家はわたしの家ほど巨大であちこちに奇抜な仕掛けが施されているわけではなかったが、荒川ではよく見かける、どっしりとした、品のいい住宅の一典型と言えよう。板塀に囲まれた敷地内に建てられているので、周囲の家々とは適当な距離が保たれている。玄関先にはつつじの植え込みがあり、土に突き挿した太い柱に表札がかかっている。呼び鈴《りん》のひもを引くと、はじめて見る四十がらみの女性が玄関を開け、わたしを客間に通すと、障子を開いて日光を入れてくれた。おかげで縁側のむこうの庭の一部が見えた。その女性は立ち去りぎわに、「しばらくお待ちください。松田さまはすぐにはお出になれませんので」と言った。

松田にはじめて会ったのは、森山誠治の別荘に住んでいたころである。カメさんとわたしは武田工房を去るとすぐ、その別荘で暮らすことになった。もっとも、松田がその別荘にはじめて姿を現したとき、われわれはすでに六年くらいそこに住んでいた。その日は午前中ずっと雨で、われわれの仲間は一室にたむろして、酒を飲み、トランプに興じながら時を過ごしていた。昼食後まもなく酒瓶の栓《せん》をまた抜いたところに、庭から聞き慣れない男の呼び声がした。

それは自信に満ちた張りのある声であった。われわれはショックを受け、急に押し黙って、たがいの顔を見合った。ピンときたのはみな同じで、警察がどなり込んできたと思ったのである。それはもちろん不合理きわまる考えだった。われわれはどんな罪も犯していなかったからだ。それに(例えばどこかの酒場で)われわれの生活様式をなじる者がいたとしても、われわれのひとりひとりが相手を完全に言い負かしたことだろう。にもかかわらず、不意に「だれかいるか」という太い声を聞いたとたん、朽ちかけた別荘で深夜まで酒をくらい、朝寝坊はし放題といった放埒《ほうらつ》な生活に対する良心のとがめを感じたのである。

ややや間を置いてから、庭のいちばん近くにいた塾生仲間のひとりが障子を開け、声の主と二、三ことばを交わしてから、こちらに向き直って言った。「小野、こちらの方がきみと話したいそうだ」

縁側に出てみると、わたしと同年くらいの、肉の薄い顔をした青年が広い方形の庭のまんなかに立っていた。松田の第一印象はいまでも鮮かだ。雨はすでに上がっており、日も射していた。松田の足元には多くの水たまりができており、別荘を覆うかのような高い杉の木から、濡れた木の葉がたくさん落ちていた。私服刑事にしては粋すぎる服装だな、とわたしは思った。洒落《しゃれ》たレインコートの襟を高く立てており、傾いた中折れ帽のつばが目を隠しているさまは、なにか人を小ばかにしている感じだ。わたしが外に出てみると、松田は興味深げにあたりを見回していた。その様子を見た瞬間、わたしは直観的に相手の尊大な性格を見てとった。松田はわたしを見ると、悠長な足どりで縁側に近づいた。

「小野さん?」

わたしは用件をたずねた。相手は振り返ってもう一度庭を見回してから、わたしにむかってにんまりと笑った。

「面白いところだ。昔は大したお屋敷だったに違いない。どこかの殿様のものでしたか？」

「そのとおりです」

「小野さん、ぼくの名は松田知州。実はあなたと文通している者です。岡田信源《しんげん》協会に勤めてましてね」

岡田信源協会は（占領軍の犠牲になった他の多くの団体と同じように）もはや存在していないが、名前だけはまだ知られているだろう。少なくとも、この協会が戦前、年に一回ずつ主催した展覧会を覚えている市民はかなりいるはずだ。一時期、岡田信源展覧会は、この市で絵画と版画の主要な登竜門と見なされており、新進美術家の多くは、ここではじめて世間に名を知られるのであった。それほど評判になる展覧会であったから、後年には市内の一流画家のほとんどが、有望な新人たちといっしょに最近作を出品するようになった。松田がやってきた日の二、三週間前、わたしはその展覧会の件で岡田信源協会から手紙を受け取っていた。

「小野さん、ご返事を拝見してちょっと意外だったので」と松田は言った。「一度お訪ねして、どういうお考えか承《うけたまわ》ったほうがいいと思いましてね」

わたしは冷たく相手の顔を見て言った。「必要なことは手紙に全部明記しておいたはずです。でも、わざわざ来ていただいて恐縮です」

松田の目のあたりにかすかな微笑が浮かんだ。「小野さん、あなたはご自分の名声を広める大事な機会を見過ごしているんじゃありませんか。ぜひ教えていただきたい。わが協会と関係を持ちたくないとはっきりおっしゃるのは、ご自分の考えか。それともこちらの先生のお指図か」

「もちろん、先生のご助言はいただきました。先だっての手紙で述べた決意は正しいものだと確信しています。わざわざ来てくださったのはありがたいのですが、残念ながらいまは忙しいので、上がっていただくわけにもいきません。そんなわけで、これで失礼させてもらいます」

「ちょっと待ってください」と、松田はさっきよりいっそう人をなめたような微笑を浮かべて言った。彼は三、四歩進んで、縁側のすぐそばからわたしの顔を見上げた。「正直なところ、展覧会のことはどうでもいいんだ。出品してほしい人はほかにも大勢いるんだから。ぼくが来たのは、小野さん、あなたにぜひ会いたかったからです」

「ほう。それはご親切に」

「まあまあ。ぼくはこれまで拝見した小野さんの絵から大きな感銘を受けた。そのことを伝えたかったのです。あなたにはたいへんな才能がある」

「それは光栄です。ぼくが今日あるのは、明らかに森山先生のすぐれたご指導のおかげです」

「ごもっとも。でまあ、小野さん、展覧会のことは忘れましょう。わかってほしいな。ぼくは事務局員みたいな形で岡田信源協会に勤めているだけではない。根っから美術愛好者でもあるんです。ぼくにはぼくなりの信念と情熱がある。で、たまにぼくの心をほんとに揺さぶる逸材に出くわすと、ぜひなんとかしてあげたいと思うんです。小野さん、いくつかのアイディアについてぜひあなたとお話したい。あなたには全然思い浮かばなかったアイディアかもしれないが、画家としてのあなたの成長に必ず寄与すると言わせてもらいたいんだな。しかし、きょうはこれ以上お時間をいただくわけにもいかんでしょう。せめて名刺だけ置かせてください」

松田は財布から一枚の名刺を抜き取り、それを縁側に置くなり、そそくさと頭を下げて歩き出した。しかし、庭を半分くらい横切ったところで、また振り向いて声をかけた。

「ぼくの要望について、しっかり考えてくださいよ、小野さん。ぼくはただ二、三のアイディアについてあなたと話をしたい。それだけなんですから」

それはほとんど三十年前のことで、ふたりとも若くて野心にあふれていた。昨日の松田はまるで別人のように見えた。彼の体つきは不健康のせいで崩れており、かつては高慢ちきだがハンサムに見えた顔も、下あごが大きくゆがみ、もはや上あごとうまく嚙み合わないという感じであった。玄関でわたしを招じ入れたさっきの女性が、松田の体を支えて部屋に入り、彼が座るのにも手助けをした。ふたりだけになると、松田はわたしを見て言った――

「小野、いまでも健康らしいな。おれは見てのとおりだ。この前会ったときよりまたいっそう衰えちまった」

わたしは相手を慰めながらも、それほど弱っているようには見えないと言った。

「からかっちゃいけない」と松田は苦笑しながら言った。「どれほど弱っているか、よくわかってるんだ。ほとんど手のほどこしようがないらしい。ただじっとして、体が回復するか、それともまた悪くなるか、見ているしかない。おまけに、このところ面白くないことばかり起こる。ところで、きみがまた来てくれるなんて、びっくりしたぜ。多少気まずい別れ方をしたような覚えがあるだけに」

「そうかい。喧嘩をしたとは思わないが」

「もちろんさ、喧嘩などするわけがない。とにかく、また来てくれてうれしい。最後に会ったのは、たしか三年前だ」

「違いない。きみを避けるつもりなどなかった。前から一度ここへ足を運んで、会いたいとは思っていたんだ。しかし、あれやこれやあってね……」

「そりゃそうだ」と松田は言った。「いろいろ忙しかったはずだ。道子さんの告別式には参列できなくて、申し訳ない。詫び状を書くつもりだった。実は五、六日後までご不幸のことを知らなくてね。それに、もちろん、おれ自身の健康も……」

「わかってる、わかってる。だいいち、大げさな葬式をしたら女房のやつが面食らっただろうよ。とにかく、女房にはきみの暖かい気持ちがよく通じたと思う」

「きみと道子さんがお見合いをした日のことをよく覚えてるよ」松田は笑ってひとりでうなずいた。「あの日、おれは大いに喜んできみたちを祝福したもんだ」

「そうそう」と、わたしもつられて笑った。「どう見てもきみが事実上の仲人だった。きみの叔父さんには、あの役はとても無理だったな」

「そのとおり」と松田は笑いながら言った。「おかげですっかり思い出した。叔父はすっかりあがっちまって、なにか言おうとしても、やろうとしても、顔が真っ赤になるばかり。柳町ホテルでのあの披露宴を覚えてるだろ」

ふたりは声をたてて笑った。やがてわたしは言った――

「きみはぼくら夫婦のためにほんとによくしてくれた。きみがいなかったら、やっていけなかったかもしれない。道子はいつもきみに感謝していたよ」

「残酷な話だ」と松田はため息をつきながら言った。「それも、戦争はもうじき終わるという時に。あれはいわば、気まぐれな焼夷弾《しょういだん》攻撃だったというじゃないか」

「そうなんだ。ほかには、けが人ひとり出なかった。きみの言うとおり、残酷な話だ」

「いや、ひどいことを思い出させてしまった。すまん」

「いいんだよ。いっしょに女房のことを思い出すのは、むしろ心の慰めになる。きみといっしょだと、ずいぶん若いころの女房を思い出すから」

「なるほど」

先ほどの女性がお茶を運んできた。松田はお盆を下ろしたこの婦人に言った。「鈴木さん、こちらは古い友達です。昔はとても親しい仲だった」

婦人はわたしのほうを向いておじぎをした。

「鈴木さんは家政婦と看護婦の二役を務めてくれている」と松田は言った。「おれがまだ息をしているのは、もっぱらこの鈴木さんのおかげだ」

鈴木と呼ばれた女は声を立てて笑い、また一礼して引き下がった。

彼女が去ったあとしばらく、松田とわたしは黙って座ったまま、さっき開かれた障子のあいだから外を眺めていた。わたしの座っているところから、縁側の日なたに乾してあるぞうりが一足見えた。しかし、庭そのものは、縁側が邪魔になってごく一部しか見えなかった。そこでふと、立って縁側に出てみたい、という誘惑に駆られた。けれどもそんなことをすれば、松田もわたしといっしょに出てみたいと思うだろう。しかし、松田はもはや体がきかず、それはかなわないだろう。だからわたしは、じっと座ったまま、庭も昔のとおりだろうかと考えていた。わたしの記憶にある松田家の庭は、小さいけれどもなかなか高尚な趣味を反映していた。滑らかな苔《こけ》のむしろ、小さいが形の整った数本の木、深い池など。松田といっしょに座っているあいだ、外からときどき水のはねる音が聞こえたので、いまでも鯉を飼っているのかとたずねようとした矢先に、松田が話しかけてきた——

「おれの命は鈴木さんのおかげでもっていると言ったが、ちっとも誇張ではない。あの人はときどき非常に厳しい先生にもなる。なあ小野、いろんなことがあったが、おれは多少の貯金と財産を守ってきた。おかげで鈴木さんを雇うこともできるわけだ。世の中にはおれほど幸運でない者もいる。おれは大金持ちではないが、もし昔の仲間が苦境に立っていると聞いたなら、できるだけの助力は惜しまぬつもりだ。どうせおれには金を遺《のこ》してやる子供もいないし」

わたしは笑った。「ちっとも変わらないな。実に率直だ。そのお志はありがたいが、そんなつもりで来たわけじゃない。ぼくもなんとか財産を保ってきたからね」

「そうか、それを聞いて安心した。きみは中根を覚えてるだろう。南《みなみ》帝国専門学校の校長だった。ときどき会うんだが、このごろはまるで乞食同然だ。もちろん体面はつくろっているが、すっかり借金暮らしさ」

「ひどい話だな」

「やたらに不都合なことばかり起こっている」と松田は言った。「だが、おれたちはなんとか財産をなくさないですんだ。それに、小野、きみはもうひとつ感謝すべきものを持ってるぞ。健康に恵まれているらしいからな」

「まったく」とわたしは言った。「心から感謝すべきだろう」

外の池からまた水音が聞こえた。もしかすると、池の淵で水浴びをしている鳥の音かもしれぬと思った。

「この庭からは、うちのとはまるで違った音が聞こえてくる」とわたしは言った。「聞いているだけでも、都会離れしているという実感があるよ」

「そんなものかな。おれは都会の物音なんてほとんど覚えていない。ここ数年、おれの世界はごく限られている。この家とその庭だけだ」

「実は、きみの助けを借りたいと思ってやってきたんだ。といっても、さっききみがほのめかしたようなことではない」

「さっきはむくれていたな」と彼はうなずきながら言った。「昔とあまり変わらんなあ」

ふたりはいっしょに笑った。やがて松田が言った。「で、おれになにができる」

「実は」とわたしは言った。「下の娘の紀子に、いま縁談が持ち上がっているんだ」

「そうなのか」

「正直なところ、多少気がかりでね。あの子ももう二十六だ。戦争のせいでなにごとも思い通りには運ばない。そうでなければ、いまごろはもう嫁《かた》づいているはずだが」

「紀《のり》ちゃんの顔なら思い出せそうだ。だが、まだ幼なかった。もう二十六か。きみの言うとおり、戦争は万事を困難にした。最も将来性があると見られた人々まで、ひどい目に遭ってしまった」

「紀子は去年、結婚するはずだったが」とわたしは言った。「最後の詰めのところで立ち消えになった。去年その話を進めているあいだに、だれか紀子のことできみに近づいた者はいなかったかな。無礼な探りを入れるつもりはないんだが、ただ……」

「無礼でもなんでもない。よくわかるさ。しかし、だれにも、なにひとつ話したことはない。だいいち、去年のいまごろはひどく体の具合が悪かったから、もし興信所かなんかの者が来たとしても、むろん鈴木さんが追い返しただろう」

わたしはうなずいてから言った。「今年はだれかここを訪ねてくるかもしれない」

「そうか。いずれにせよ、きみについては最善のことしか話さない。なんと言っても、おれたちは親しい仲間だったじゃないか」

「恩に着るよ」

「こうやって来てくれて、ほんとにうれしい」と松田は言った。「しかし、紀ちゃんの結婚に関するかぎり、わざわざ来る必要などまったくなかった。多少気まずい別れ方をしたとしても、そんなことでひびの入る仲ではないだろ。当たりまえのことだが、きみについては最善のことしか話すつもりはないさ」

「そう信じていたよ」とわたしは言った。「きみは昔からいつも寛大な人物だった」

「しかし、もしその件がこうやっておれたちの再会を可能にしてくれたのなら、これまた結構なことだ」

松田はやや苦労して前かがみになり、ふたりの湯呑み茶碗に新しいお茶を注いだ。「失敬だが、まだなにか落ち着かんようだな」

「そう見えるか」

「無遠慮な言い方をしてすまないが、実はもうじき鈴木さんがやってきて、もう休めと注意するだろう。おれには客を長時間もてなすだけの体力がないらしい。たとえ昔の仲間でも」

「そうか。いや、ほんとにすまない。あまりにも思いやりが欠けていた」

「ばかなことを言うな。まだしばらく帰ってはだめだ。おれがこんなことを言い出したのはな、もしなにか特に取り上げたい問題があるなら、さっさと言ってほしいからさ」松田は突然甲高い声で笑い出した。「そうら、おれの無作法にあきれ顔だ」

「とんでもない。無作法なのはこっちのほうさ。ただ、ほんとうに娘の縁談のことだけ話すつもりで来たんだ」

「なるほど」

「だが、きっと」とわたしはことばをつづけた。「万一の可能性について話しておきたかったのだろうな。それというのも、今度の話はすこぶるデリケートでね。ここにどんな調べが来ても、ごく慎重に答えてくれるとまことにありがたい」

「もちろん」松田はそう言ってわたしを見つめたが、その目にこのやりとりを面白がっているような気配がちらっと見えた。「精いっぱい慎重に対応するよ」

「つまり、過去に関しては特別に」

「だからさっきも言ったろ」と松田は、やや冷たい声で言った。「きみの過去に関しては、最善のことしか言いようがないんだ」

「よくわかってる」

松田はしばらくわたしを見つづけたあと、ため息をついた。

「ここ三年間、この家から外に出たことはほとんどないが」と彼は言った。「わが国でなにが起こっているかについては、いまも耳を開いてちゃんと情報をつかんでいる。だから現在、きみやおれみたいな人間を、かつておれたちが誇りにしてきた業績のゆえに非難攻撃したがる連中がいることはよく知っている。なあ小野、だから不安に駆られてるんだろう。たぶんいちばん忘れてほしいことを、おれが褒めそやすと思って心配してるんだな」

「そんなんじゃない」とわたしはあわてて言った。「きみもぼくも、過去の多くのことを誇らしく思って然るべきだ。ただ、結婚話に関する限り、問題がデリケートだということを理解してもらいたい。それだけのことだ。しかし、話を聞いて安心した。前からそうだったが、今度も慎重に判断してくれると信じているよ」

「おれは最善を尽くす」と松田は言った。「しかし、小野、おれたちが誇りにすべきことは数多くある。このごろの連中が寄ってたかって言ってることなんか、気にするな。遠からず——あと二、三年もしたら——おれたちの仲間は、かつてやろうとしたことを大いに自慢できるようになる。おれはそれまで生き延びることだけを楽しみにしている。おれの一生の努力が誤りでなかったことを証明できる日まで、おれは生きたい」

「そりゃそうだ。まったく同感だ。ただ、縁談については……」

「もちろん」と、松田は先まで聞かずに言った。「おれは万事傷のつかぬよう最善を尽くす」

わたしは頭を下げた。ふたりともしばらく沈黙に陥ったが、やがて松田が言った——

「しかし、小野、過去のことが心配だとすれば、ほかにも何人かは当時の関係者を訪ねているんだろ？」

「実はここが最初なんだ。だいいち、あのころの友達はたいがい消息がわからない」

「黒田はどうだ。市内のどこかに住んでると聞いたが」

「そうなのか。あの男とはずっと——戦争以来——文通さえしていない」

「紀ちゃんの先行きを案じるのなら、黒田を探し出すのがいちばんだろう。骨が折れるかもしれんが」

「まったく。いまどこに住んでるかさえわからないんでね」

「そうか。もしかすると相手側の興信所だって、同じように黒田の居どころがつかめないかもしれんぞ。もっとも、ああいうところの調査員はときどきすごい情報網を持ってるからな」

「まったく」

「小野、ひどく顔色が悪いじゃないか。来た当座はあんなに元気そうだったのに。やっぱり病人と同じ部屋にいると、こうなっちまうんだな」

わたしは笑って言った。「ばかな。子供ってやつはときどき大きな心配の種になる。それだけのことさ」

松田はまたため息をついて言った。「みんなはよく、おれが結婚もせず、子供も持たなかったことを人生の大損失みたいに言うが、周囲を見回すと、子供というのは悩みの種でしかないみたいだな」

「当たらずといえども遠からずだ」

「とは言うものの」と松田は言った。「財産を遺せる子供がいると思えば、心の慰めにはなるだろう」

「まったく」

松田が予言したとおり、数分後に鈴木さんが入ってきて彼になにかささやいた。松田は苦笑いして、あきらめたように言った——

「看護婦さんが呼びにきた。もちろん、好きなだけゆっくりしてくれ。ただ、おれは失礼させてもらうよ、小野」

そのあと停留所で、急坂を登ってわたしを市内に連れ戻してくれる電車を待っているとき、松田知州が「きみの過去については最善のことしか言いようがない」ときっぱり言ってくれたことを思い出して、一種の安心感を覚えた。もちろん、わざわざ自宅を訪問しなくても、その点では彼を信頼できたような気もする。だがやはり、古い仲間との関係を固め直しておくことは、どんな場合にも結構なことに違いない。あれこれ考え合わせると、昨日の荒川行きは、半日かけただけの価値が十分にあったと言えよう。

一九四九年四月

わたしはいまでも週に三日か四日、夕方になると坂道を下って川のほとりに出る。そして、戦前からここに住んでいる人々が相変わらず〈ためらい橋〉と呼んでいる小さな木橋を渡ることにしている。橋にそんな名がついたのは、つい近年まで、それを渡るとわれわれがよく飲みに行った歓楽街に出たので、（人々のうわさでは）気の小さい男たちがよくこの橋の上で、夜の楽しみにふけるか、それとも妻の待つ家に帰るか、心を決めかねてうろうろしていたからだという。わたしもときどき思案顔でその橋の欄干《らんかん》に寄りかかっているが、べつにためらっているわけではない。夕日が沈むとき、そこから周囲を見回し、刻々と変わる景色を眺めるのが楽しいのだ。

いま下りてきた丘のふもとあたりには、新しい家が続々と建っている。この先の川べり一帯は、一年前には草と泥土ばかりだったのに、いまは市内のある会社が、増員を見越して幾棟もの社員寮を建設している。しかし、完成からはまだほど遠いので、太陽が川面に低く傾くと、建築現場は、まだ市内のあちこちに見られる焼け跡そっくりに見えることがある。

しかし、そういう焼け跡も週を追うごとに少しずつ姿を消している。爆撃の名残りがまだ目立つところと言えば、はるか北の若宮町か、まる焼けになった本町《ほんちょう》と春日町くらいのものか。だがわずか一年前には、市内の至るところに焼け跡が残っていたはずだ。例えば、〈ためらい橋〉のすぐ先、かつてわれわれの歓楽街があった地区では、一年前のいまごろ、まだ瓦礫ばかりで、足の踏み場もなかった。しかし、いまは毎日休みなく建設作業が進められている。マダム川上のバーの外は、昔大勢の酔客が肩をぶつけ合うようにして歩いていたものだが、いまは広いコンクリート道路を敷設しているところで、その両側にはずらりと大きなオフィス・ビルの基礎が据えられている。

数日前の晩にマダム川上は、この町に進出する会社からかなりの金額で買収の申し入れを受けたと打ち明けてくれたが、わたしはそれよりずっと前から、マダムも遅かれ早かれ店を畳んでどこかへ引っ越すほかあるまい、と読んでいた。

「いったいどうしたらいいんでしょう」と、以前にもマダム川上は言っていた。「長いことここでやってきたんですもの、いまさらよそに移るなんて、考えただけでも恐ろしいわ。きのうも気になって、ひと晩じゅう眠れませんでしたよ。でもねえ、先生、こう思ったの。

いくらがんばっても、もう信太郎さんは来ないし、頼りになるお客さんは先生ただひとりだって。ほんとうにどうしたらいいのかしら」

たしかに最近では、この店の客らしい客はわたしひとりきりだ。信太郎はこの前の冬のちょっとした行き違いから、マダム川上の店には顔を見せないようになった。きっと、わたしに会う勇気がないからだ。マダムにとっては迷惑な話だろう。われわれの行き違いとはなにも関係がないのだから。

去年の暮のある晩、例によっていっしょに飲んでいるとき、信太郎がはじめて新設高校の教職につきたいという強い希望を漏らした。やがて彼は、実はもういくつかの学校に採用願いを出しているんです、と打ち明けた。もちろん、信太郎がわたしの弟子であったのは何年も前の話だから、いまの彼がわたしに相談しないでそういう動きをしても不都合とは言えない。最近は教職などの保証人として、より適切な立場の人物――例えば、彼の雇い主――がいることを、わたしは十分承知していた。にもかかわらず、なんにも言わずに応募したという事実には、正直言ってちょっと驚いた。それだけに、年が明けてまもなく信太郎がわが家にやってきて、玄関でおどおどと笑いながら、「先生、こうして参上するのはあつかましい限りです」と言うのを聞いたとき、かつての強い師弟のきずながふたたび結び直されるかのようで、なにかほっとした。

わたしは客間の火鉢に炭を入れた。そして、ふたりとも冷えた手をその上にかざした。

わたしは信太郎のズボンの折り返しに解けかかった雪びらがついているのに気づいた。

「また雪かね」

「ほんの少しです、先生。今朝《けさ》とは比べものになりません」

「すまないな、ここはとても寒くて。家じゅうでいちばん寒い部屋かもしれない」

「ちっとも気になりません、先生。うちの部屋のほうがよっぽど寒いです」信太郎はにこにこして炭火の上で手をこすり合わせた。「こんなに気を使っていただいてすみません。昔から先生にはたいへん親切にしていただいて。何度お世話になったか、とても数えきれません」

「とんでもない、信太郎。それどころか、昔はきみのことを多少おろそかにしたんじゃないかと、ときどき反省しているよ。いまさら遅すぎるかもしれないが、なんとかつぐないをしたいので、わたしにできることがあれば遠慮なく言ってほしい」

信太郎は笑って両手をもみつづけた。「もう先生、そんなおかしなこと言わないでください。ほんとに何度お世話になったか数えきれないんですから」

わたしはしばらく信太郎を見つめてから言った。「で、信太郎、わたしになにができる。遠慮なく言ってくれ」

信太郎はびっくりしたように顔を上げ、つぎの瞬間また笑い出した。

「すみません、先生。あんまり心地がいいんで、こちらにうかがった肝心の用件をすっかり忘れてました」

信太郎は、東町高校への就職は非常に有望だと言った。信頼できる筋からの情報では、採用する側はかなり好意的な反応を示しているという。

「ただ先生、任用審議会はひとつかふたつかだけ、小さな問題ですが、まだ少し検討の余地があると言ってるらしいんです」

「ほう」

「そうなんです、先生。たぶん率直に申し上げたほうがいいでしょう。いま申した小さな問題というのは、過去のことに関わっています」

「過去のこと」

「そうです、先生」ここで信太郎はおずおずと笑い、そのあとようやく思い切ったようにつづけた。「わかっていただきたいのですが、わたしは心の底から、先生をご尊敬申し上げております。先生からはほんとうにたくさんのことを教えていただきましたし、これからもずっと先生とのご縁を誇りに思うでしょう」

わたしはうなずいて、先をうながした。

「実は先生、審議会宛てに一筆書いて、わたしの釈明文を裏づけてくださるとたいへんありがたいのですが」

「釈明だなんて、どんなことを書いたんだね」

信太郎はまた困ったように笑い、あらためて火鉢に手をかざした。

「もっぱら審議会を満足させるためでして、先生。まったく他意はありません。覚えておられると思いますが、ずっと前に先生と意見が分かれましたね。シナ事変中のわたしの作品のことで」

「シナ事変？　きみと言い争いをしたなんて、覚えがないなあ」

「すみません先生、わたしの言い方が大げさなんでしょう。言い争いというほどはっきりしたものではありませんでした。ただ、わたしが無礼千万《ぶれいせんばん》にも不同意を表明したことは事実です。つまり、わたしの制作に関する先生のご助言に抵抗したわけです」

「すまないが、信太郎、なんのことを言っているのか、わたしには思い出せない」

「もちろんああいう些細なことが先生のご記憶に残るはずはありません。ただ、たまたま人生の分かれ道に立っているわたしにとっては、そのことがかなり重要な意味を持っているのです。あの晩のパーティーのことをお話すれば、少しは思い出していただけるかもしれません。小川さんの婚約を祝うパーティーを覚えておられると思いますが。あの晩——あれはたしか浜原ホテルで開かれたのですが——わたしは少し飲み過ぎたのでしょう、ぶしつけにも自分の考えを先生に申し上げました」

「あの晩のことはぼんやりと覚えているが、はっきり思い出せるとは言いかねる。とにかく信太郎、そういう小さな意見の相違が、いまのなにに関わっていると言うんだね」

「すみません、先生。実はちょっと重要な問題になってしまったんです。任用審議会としては、ある種の事柄を確かめておく必要があるんでしょう。なんといっても占領軍当局を納得させなければ……」信太郎はおずおずとことばを濁《にご》したが、また気を取り直して言った。

「お願いです、先生、あの小さな意見の不一致をなんとかして思い出してください。わたしは先生のご指導のおかげで多くのことを学べて、ありがたいと思っていました。いまでもそうです。が、実際には先生のお考えにいつも同意していたわけではありません。そうです、あの当時わたしたちの画塾が進もうとした方向に対して、わたしは強い疑いを抱いていたと言っても、過言ではないと思います。例えば、思い出していただけると存じますが、わたしはシナ事変のポスターに関する先生のご指示に最終的には従ったとはいえ、その前には疑問を持っただけでなく、あえて先生にわたしの考えを申し上げたのです」

「シナ事変のポスターか」と、わたしは記憶をたどりながら言った。「うん、いまきみのポスターを思い出した。あれは国家存亡の危機だった。もはや迷いを捨て、国家になにが必要かを決断すべき時だった。いま思い出すと、きみはなかなかよくやった。みんながきみの作品を誇りにしたものだ」

「しかし先生、作品に関するご指導にわたしが深刻な疑問を抱いたことも覚えておられるでしょう。思い出していただけると存じます。わたしはあの晩、浜原ホテルで公然と不同意を表明しました。すみません、先生、こんなつまらないことでご心配をかけてしまって」

わたしはかなりのあいだ押し黙っていたと思う。そのあとで立ち上がったに違いない。というのも、つぎに話したとき、信太郎から離れ、縁側に面した障子のところに立っていたことを覚えているからだ。

「審議会に手紙を書いて」とわたしはやっと言った。「きみがわたしの影響を受けていないことを伝えてほしい。頼みというのは、要するにそういうことだ」

「決してそんなことではありません、先生。それは誤解です。わたしは先生のお名前に連なったことを、いまも昔と同じく誇りにしています。ただ、シナ事変のポスター競作の件で審議会が納得してくれさえすれば……」

信太郎はまたことばを濁した。わたしは障子を滑らせてほんのわずかな隙間を作った。冷たい空気が部屋に流れ込んだが、なぜかちっとも気にならなかった。わたしは隙間から縁側とそのむこうの庭をのぞいて見た。軽そうな雪がゆっくりと舞い下りていた。

「信太郎」とわたしは言った。「なぜきみは過去を直視しない。きみは当時あのポスター競作で大いに名を上げた。名誉も賞賛も大したものだった。世間ではいま、きみの作品について別の見解を持っているかもしれないが、きみまでが自分を偽る必要はないだろう」

「まったくです、先生」と信太郎は言った。「おっしゃることはよくわかります。ただ、当面の問題に戻るなら、シナ事変のポスターについて任用審議会にお手紙を書いていただければ、ほんとうにありがたいのです。実はここに、審議会の会長のお名前とご住所を書いてあります」

「信太郎、よく聞いてくれ」

「先生、わたしはあらゆる意味で、先生のご忠告やお教えに心から感謝しております。ただ、現在、わたしは人生の中腹にさしかかっているのです。引退したあとで反省したり、考え込んだりするのは大いに結構だと存じます。でも、たまたまわたしは忙しい世界で生きていますし、職を確保するために、ひとつかふたつ片づけておくことがあるのです。それさえ片づけば、もう就職まちがいなしというところまで来ているのですから。先生、お願いですからわたしの立場を考えてください」

わたしは返事をせず、庭に降る雪を眺めつづけていた。うしろで信太郎の立ち上がる音がした。

「ここに住所氏名が書いてあります、先生。お差し支えなければ、ここに置かせていただきます。もしお暇の折にいまの件についてご配慮いただければ、ほんとうにありがたいのですが」

しばらく沈黙がつづいた。そのあいだに信太郎は、わたしが振り向いて、彼の屈辱感を和らげる形で退出の許可を与えることを期待していたのだと思う。わたしは庭を眺めたままだった。雪は休みなく降りつづけているにもかかわらず、梢《こずえ》や植え込みをうっすらと白く染めているにすぎなかった。見ているあいだに、さっと吹いた風が楓《かえで》の枝を揺すって、積もっていた雪をどさっとほとんどすべて払い落とした。庭の奥の石燈籠だけが真っ白に目立つ綿帽子をかぶっていた。

背中から、信太郎が失礼いたしますと言って部屋を出て行く音が聞こえた。

その日わたしが信太郎に示した態度は、むやみに冷たかったと見えるかもしれない。しかし、彼の訪問の前にわが家でどんなことがあったかをよく知っている人ならば、自分の責任を回避しようとする信太郎の努力に対してなぜわたしがああまで冷淡であったか、たぶん理解してくれるだろう。実際、信太郎がやってきたのは、紀子の見合いからほんの二、三週間後であった。

昨年の秋から冬にかけて、斎藤太郎と紀子の縁談はごく順調に進んでいた。十月に写真を交換したあと、仲人の京氏を通じて斎藤太郎が紀子に会いたいという強い意向が伝えられた。もちろん紀子は考えさせていただきますという態度を示したが、すでに二十六にもなっているわたしの娘が斎藤太郎ほどの相手を軽く見過ごすことは、とても考えられなかった。

そこでわたしは、京氏に見合いの申し入れを受けたいと言い、いろいろ相談の末、十二月に春日パークホテルで、という日取りが決まった。ここの市民なら同意してくれると思うが、このごろの春日パークホテルはやや品が落ちた感じなので、提案にはやや不満であったが、京氏がきちんとした個室を予約すると約束したうえで、斎藤夫妻がそのホテルの食事をたいへん好んでいるとも言うので、わたしも（あまり乗り気ではなかったが）とうとう京氏の案を呑んだ。

京氏はまた、見合いには男性側の家族のほうが数多く出席することになりそうだと言った。斎藤太郎の両親だけでなく、弟も出たがっているというのである。不釣り合いにならぬよう、紀子にも身内なり親友なりの介添《かいぞ》えをつけることはいっこうに差し支えない、と京氏は言ってくれた。しかし、節子がはるか遠くに住んでいることもあり、そういう特別の席に出てくれと、まともに頼めるような人はもちろんひとりも見つからなかった。会場に関する不満に加えて、見合いでやや劣勢だという感じが、紀子に無用の緊張を強いたとしても不思議はない。とにかく、見合い当日までの数週間は気づまりな毎日であった。

紀子はしばしば勤めから帰ってくるなり、「一日じゅうなにやってたの。またいつものようにふさぎ込んでいたんでしょう」などと言うのであった。現実のわたしは「ふさぎ込む」どころか、なんとかして縁談を成功させようと、あくせく努力をつづけていた。しかし、くわしい成り行きを話せば紀子をいらだたせるばかりと固く信じていたので、一日の行動についてはあいまいなことしか言わず、そのために紀子のあてこすりをいつまでも許す結果になってしまった。いま振り返ると、ある種の事柄を大っぴらに話し合わなかったからこそ、かえって紀子の緊張感がつのったのかもしれない。そして、わたしがもう少し率直な態度を示していたなら、不愉快なやりとりの多くは防げたかもしれない。

例えば、ある日の午後、わたしが庭で植木の手入れをしているとき、紀子が帰宅し、ベランダから「ただいま」としおらしくあいさつすると、また家のなかに姿を消した。それから数分後、わたしがベランダに座って、剪定《せんてい》の出来栄えはどうかと庭を眺めているとき、着物に着替えた紀子がお茶盆を持ってふたたび現れ、盆をあいだに置いてわたしのわきに座った。昨年の秋は、午後になると気温も眺めも特にすばらしくなる日々がしばらくつづいたが、いま思い返すと、そういう絶好の時節が終わりかけた一日で、午後のおだやかな光が群葉《むらば》のあいだから漏れていた。紀子はわたしの視線を追いながら言った——

「お父さま、なんで竹をあんなふうに切ってしまったの。藪全体がアンバランスになってしまったみたい」

「アンバランス？　そう思うか。わたしは十分にバランスがとれていると思うが。いいか、あちらには若竹が勢いよく伸びている。それを計算に入れなければいけない」

「お父さまはなんでも手を加えすぎる傾向があるのよ。あの植え込みも台なしになりそう」

「あの植え込みが台なし？」わたしは娘のほうを向いた。「いったいなんの話だ。ほかにもあれこれだめにした、と言いたいのか？」

「つつじは昔の面影を全然取り戻さないじゃない。それもこれも暇がありすぎるからよ。結局、必要のないことにまで手を出したがって」

「すまんが、紀子、どうも要点がつかめない。あそこのつつじもアンバランスだと言いたいのか」

紀子はまた庭に目をやってため息をついた。「万事、自然のままにしておくべきだったのに」

「言い返して悪いが、竹藪もつつじも、前よりずっとよくなったように見える。おまえの言うアンバランスなところはどこにも見えない」

「もしそうなら、目がかすんできたのよ、きっと。でなきゃ、単に趣味が悪くなっただけでしょ」

「趣味が悪い。そりゃ妙な考えだ。いいか、紀子、世間では概してわたしの名前を悪趣味と結びつけはしなかったはずだぞ」

「でもお父さま」と紀子はうんざりしたような口ぶりで言った。「あたしの目には、竹藪がアンバランスになったように見えるの。竹藪に覆いかぶさってるあの木の恰好もだめになってるし」

わたしはしばらく黙って庭を眺めた。「なるほど」とわたしはようやく言ってひとつうなずいた。「紀子にはそう見えるのかもしれない。おまえは最初から芸術的な直観というものを持っていなかった。おまえも節子も。賢治は別だったが、おまえたち女どものセンスは母親ゆずりだ。そう言えば、おまえの母親もおんなじように見当違いの批判をしていたものだ」

「お父さまは植木の手入れについてそれほどの権威者だったの。ちっとも知らなかったわ。ごめんなさい」

「権威者などと言った覚えはない。趣味が悪いとがめられて少々驚いただけだ。わたしの場合、そいつは異例の批判だからな。それだけのことさ」

「よくわかったわ。すべて見解の相違ね」

「紀子、お母さんもおまえにかなり似ていたよ。なんでも思いついたことを平気でしゃべっていた。まことに正直と言うべきかな」

「お父さまはこういうことをいちばんよくご存じなのよね、きっと。議論の余地はないんでしょ、もちろん」

「いまでも覚えているが、お母さんはわたしが絵を描いている最中でさえ、あれこれ批評したものだ。なにかしきりに言い張ってはわたしを笑わせる。するとお母さんも笑い出して、実は言い出したことについてほとんど無知であることを告白したものだ」

「じゃ、お父さまは、ご自分の絵についても例外なく正しい判断を下していたってわけね」

「紀子、こいつは無意味な議論だ。それに、わたしの庭仕事が気に食わんのなら、おまえが庭に下りて、好きなように直したっていいんだよ」

「それはどうもご親切に。でも、いつやればいいっておっしゃるの。お父さまと違って、一日じゅう暇なわけじゃないのよ」

「どういう意味だ、紀子。わたしはきょうも一日じゅう忙しかった」わたしは一瞬娘をにらんだが、紀子は浮かぬ顔で庭を眺めつづけていた。わたしは目をそむけてため息をついた。「しかし、これは無意味な議論だ。おまえのお母さんなら、それくらいは正直に認めたものだ。そのあと、ふたりでいっしょに笑ったものさ」

そういうとき、わたしはどれほど娘の幸せのために努力しているか、ほんとうのことを話したい衝動に駆られた。もしそうしたら、紀子は驚いたに違いない。そしてきっと父親に対するこれまでの態度をはずかしく思ったことだろう。その同じ日、わたしは、げんに黒田が住んでいると聞いた柳川町まで出かけていったのだ。

黒田の住所を調べるのは、いざ始めてみると、ちっともむずかしいことではなかった。上町《うえまち》大学の美術の主任教授に、決して本人に迷惑をかけることはないからと言うと、黒田の住所だけでなく、ここ数年の職歴まで教えてくれた。黒田は終戦に伴う釈放のあと、悪くない暮らしをしていたらしい。何年もの獄中生活が黒田にとって大きな名誉になった。それが現代社会の風潮であり、ある種の団体はいつも彼をもてはやし、生活の面倒まで見ていた。こうして黒田はあまり苦労することなく仕事——主として小人数相手の個人教授——と、彼自身の画業を再開するのに必要な画材とを手に入れることができた。そして、昨年の初夏に上町大学の美術専任教員の職を与えられたのである。

ややひねくれた言い方に聞こえるかもしれないが、わたしは黒田の順調な出世ぶりを聞いてうれしかった。いや、それを誇りにすら思った。考えてみると、たとえ天下の形勢によって師弟の仲が隔てられようとも、教師が昔の弟子の出世を誇らしく思うのは、ごく当たりまえのことだろう。

黒田は閑静な住宅地に住んでいるわけではない。わたしは軒の傾いた下宿屋がずらりと並ぶ狭い路地を少し歩いたあと、工場の前庭みたいに見えるコンクリート敷きの広場に出た。実際、広場の奥には数台のトラックが止まっており、その先の金網フェンスの向こうでは一台のブルドーザーが土を掘り返していた。しばらく立ち止まってそのブルドーザーを眺めているうちに、頭上の大きな新しい建物こそ黒田が住んでいる共同住宅であることに気づいた。

わたしは三階まで階段を上がり、ふたりの小さな男の子が三輪車を走らせている廊下を通って黒田の部屋を探し当てた。最初ベルを押したときには応答がなかったが、その時点ではもう黒田と会う決心が十分に固まっていたので、もう一度ベルを押してみた。二十《はたち》ばかりの、いきのいい顔をした青年がドアを開けた。

「たいへん申し訳ありませんが」と、その青年はひどくかしこまって言った。「黒田先生はただいま外出中です。先生のお仕事上のご関係者とお見受けしましたが？」

「まあそういったところです。黒田さんと二、三お話したいことがありましてね」

「それなら、上がってお待ちいただけませんか。もうじき帰ってこられると思いますし、お目にかかれなかったとなれば、とても残念がられるでしょうから」

「しかし、あなたにご迷惑をかけるわけにはいかない」

「迷惑だなんて、とんでもない。どうぞ。どうぞお上がりになって」

その家は小さかった。近年の共同住居の例に漏れず、玄関と呼べるほどのものはなく、ドアの少し奥を軽く一段上がればすぐ畳の部屋になっていた。なかはきちんと片づいており、どの壁もたくさんの絵や掛け物で飾られていた。狭いバルコニーに向かって開いた大きな窓から日光がたっぷり入っていた。外からさっきのブルドーザーの音が聞こえた。

「お急ぎでなければいいんですが」と、さっきの青年が座布団を置きながら言った。「でも、もしこのままお帰りいただいたら、先生から大目玉を頂戴するでしょう。ただいまお茶を持ってまいります」

「これはこれはご親切に」とわたしは座りながら言った。「黒田さんのお弟子さん？」

青年は小さく笑った。「先生はご好意から弟子と呼んでくださるのですが、ぼく自身は弟子の名に値《あたい》しないのでは、と恐れています。申しおくれましたが、円地《えんち》という者です。黒田先生から個人指導を受けておりました。先生は大学の仕事が非常にお忙しいにもかかわらず、ありがたいことに、いまでもぼくの作品に興味を示してくださいます」

「そう」

外から作業中のブルドーザーの騒音が響いた。青年はそのままぎごちなく突っ立っていたが、やがて「ちょっと失礼して、お茶を用意してまいります」と言って引っ込んだ。二、三分後、彼が戻ってきたとき、わたしは壁にかかった絵のひとつを指さして言った。

「まぎれもなく黒田さんの画風だね」

すると青年は笑い出し、お茶盆をまだ両手に持ったまま、気まずそうな顔を絵に向けてから言った——

「先生のレベルには及びもつきません」

「黒田さんの絵ではないとでも」

「わたしの習作に過ぎません。先生は寛大な方ですから、壁を飾ってもいいと判断されたのです」

「ほう。それはそれは」

わたしはその絵をじっと見つづけた。青年はわたしのそばの低いテーブルに盆を下ろして、自分も座った。

「そうか、あなたが自分で。うん、大した才能と言わねばならぬ。まったく、大した才能をお持ちだ」

青年はまた照れたように笑った。「ぼくは黒田先生という恩師に恵まれて、ほんとうに幸運でした。でも、これからもっと多くのことを学ぶ必要があると思います」

「てっきり黒田さんの作品だと思った。筆の勢いが黒田さんそのものだ」

円地という青年は、まるで手順を忘れたかのように、急須を不器用に扱っていた。わたしは彼がその蓋を取って、なかをのぞき込むのを眺めていた。

「先生はいつも」と彼は言った。「もっとはっきり、おまえらしいスタイルで描くよう努力しろとおっしゃるのですが、先生の画風にすっかり心酔しているものですから、つい模倣しないではいられないのです」

「ある一時期、師匠の描き方を模倣することは決して悪くないはずです。そうすれば多くのことを学べるから。しかし、そのうちにあなたも独自の構想や技巧を生み出すでしょう。どう見てもあなたは大した才能を持った若者だから。うん、まちがいなく前途有望だ。黒田さんがあなたに興味を示すのも、まことにもっともだ」

「黒田先生からどれほどおかげをこうむっているか、とても口では言い表せません。ごらんのとおり、先生のお宅に下宿までさせていただいています。こちらへうかがってからもう二週間になります。前の下宿から追い払われたのを、先生が助けてくださったのです。これまでどれほど先生のお世話になったか、とてもお話しきれません」

「下宿を追い払われたって？」

「そのとおりです」と、青年は口先だけで笑ってから言った。「下宿代は払ってたんですが、いくら気をつけても絵の具を畳に散らすのを避けられなくって。とうとうおばさんから追い立てを食らったんです」

ふたりは声を立てて笑った。そのあとでわたしは言った――

「失敬。笑うつもりはなかった。わたしも初心者のころそっくりの問題にぶつかったことを思い出しただけだ。しかし、辛抱していれば、いまにいい条件で制作できるようになる。わたしが保証するよ」

ふたりはまた笑った。

「おかげで励みになりました」と青年は言って、お茶を入れはじめた。「黒田先生はまもなくお帰りだと存じますから、急いでお引き取りにならぬようお願いします。先生はお世話になったお礼を申し上げる機会を得て、たいへんお喜びになるでしょう」

わたしは驚いて青年の顔を見た。「黒田さんがわたしに礼を言いたい……と、そう思うの？」

「すみません、コードン協会の方とお見受けしましたが」

「コードン協会？　失礼だが、それはなんです？」

青年は最初のように、いささか落ち着きをなくしてわたしの顔をのぞき込んだ。「申し訳ありません。早とちりでした。てっきりコードン協会の方と思い込んでいました」

「勘違いらしいね。わたしはただ黒田さんの古い知人に過ぎないんだ」

「そうですか。先生の以前のご同僚で？」

「そのとおり。そう言って差し支えないだろうね」わたしはもういちど目を上げて、壁にかかっているその青年の絵を見た。「うん、なるほど」とわたしは言った。「大した才能だ。まさしく、大した才能の持ち主だ」そのときわたしは、青年が用心深くこちらを見つめているのに気づいた。彼はだいぶたってからやっと言った――

「失礼ですが、お名前をうかがえますか」

「これはすまない。ずいぶん無礼なやつだと思ったでしょうね。わたしは小野という者です」

「そうですか」

青年は立ち上がって窓のほうに行った。数秒のあいだ、わたしはテーブルの上のふたつの湯呑みから湯気が立つのを見ていた。

「黒田さんの帰りはまだ先になりそうですか」とわたしはようやく言った。

最初、青年は返事をしないつもりかと思ったが、そのうちに窓から振り向きもしないで言った。「もし先生がすぐお帰りにならぬようでしたら、あまりお引き止めして、つぎのご用に差し支えてもいけませんね」

「ま、せっかくここまで出てきたのだから、かまわなければもう少し待たせていただくとしよう」

「ご来訪のことは先生にお伝えしておきます。たぶん先生がお手紙を差し上げると思います」

外の廊下から、子供たちが近くの壁に三輪車をぶつけてなにやら大声でやり合っているらしい物音が聞こえた。その瞬間、窓際の青年がふくれっ面をしている男の子そっくりに見えた。

「こんなことを言っては悪いけど、円地君」とわたしは言った。「きみはまだとても若い。そう、黒田君とわたしがはじめて知り合ったころ、きみはほんの子供だったに違いない。だから、十分な事情を知らない事柄について早急な結論を出さぬようお願いしたいな」

「十分な事情？」と円地青年はわたしのほうに向き直って言った。「失礼ですが、あなたご自身、十分な事情をご存じなんですか。先生がどんな苦しみを味わわれたか、ご存じですか」

「世の中のたいていのことは、見かけより複雑なんだよ、円地君。きみらの世代の若者はものごとをあまりにも単純化して見る傾向がある。とにかく、いまふたりだけでそんなことを議論してもはじまらない。きみさえかまわなければ、黒田君を待たしてもらおうか」

「これ以上遅くなって、ほかのお仕事に差し障りがあるといけません。先生がお帰りになったらお話しておきます」青年はそこまではかろうじて丁寧な口調を保ってきたが、急に自制心を失ったようであった。「率直に言って、あなたの図太さにはあきれました。まるで先生の親しい話相手みたいな顔をしてここに来るなんて」

「しかし、わたしは親しい話相手としてこちらにうかがった。それに、こう言っちゃなんだが、わたしをそういう相手として受け入れたいかどうかは、黒田君自身が決めることではないかな」

「いまのぼくには、先生のお気持ちがよくわかるんです。そういうぼくの判断では、早くお帰りになるのがいちばんです。先生はあなたと会いたくないでしょうからね」

わたしはため息をついて立ち上がった。青年はまた窓から外を見ていたが、わたしが入り口のコート掛けから帽子を取ると、もういちどわたしのほうを向いた。「十分な事情ですか、小野さん」と彼は妙に落ち着き払った調子で言った。「十分な事情を知らないのは明らかにあなたのほうです。でなきゃ、どうしてこう平気でここへ来れるでしょう。例えば、あなたは黒田先生の肩のことを全然知らないんでしょう、きっと。ものすごい痛みだったのに、ご都合主義の看守どもはその傷についての報告をわざと忘れた。おかげで終戦後まで治療を受けられなかった。でももちろん、連中は先生の肩の傷のことをちゃんと覚えていながら、何度もなぐる蹴るの乱暴を繰り返したんです。この国賊め。先生をそう呼んだんですよ、連中は。国賊と。夜も昼も休みなくそう呼んだ。しかしいま、だれがほんものの国賊か、みんなちゃんと知ってますよ」

わたしは靴のひもを結び終え、ドアの前に立っていた。

「円地君、きみは世間のこと、その複雑さを知るにはまだ若すぎる」

「いまではだれがほんものの国賊か、みんなちゃんとわかってます。そういう裏切り者の多くが、いまでも大手を振って歩いているんだ」

「ここへ来たことは黒田君に伝えてくれるだろうね。きっと黒田君は手紙をくれるだろう。ご機嫌よう、円地君」

むろんわたしは一書生のことばにくよくよするような人間ではないが、紀子の縁談を考えるとき、円地がほのめかしたように、黒田が記憶のなかのわたしに対して敵意を燃やしているとすれば、まことに困った事態と言うほかなかった。いずれにせよ、不快なことはがまんして、話の進行をはかるのが父親としてのわたしの義務であったから、夕方近く帰宅するとすぐ黒田に手紙を書き、微妙かつ重大な問題について話し合いたいこともあるので、ぜひ面談の機会を作ってくれるよう伝えた。こちらとしては親愛の情をこめて、わだかまりを解くような手紙を書いただけに、数日後、実にそっけない返信に接してがっかりさせられた。

「あらためてお会いしても、実りあるお話ができるという保証はございません」と、かつての愛弟子は書いていた。「先日ご来訪いただいたご厚情には感謝しておりますが、重ねてそのようなお心づかいをいただくのは、ご遠慮すべきかと存じます」

正直に言うと、黒田とのこの一件はわたしの心に影のようなものを落とした。それが紀子の縁談についてのわたしの楽天的な見通しを暗くしたことは確実である。そして、前にも言ったとおり、黒田に会おうとする試みについてくわしいことはなにひとつ話さなかったにもかかわらず、紀子はそれが実現しなかったことを察知して、ますます不安をつのらせたに相違ない。

見合いの当日、娘はあまりにも緊張しすぎていたので、斎藤家の人々に会ったとき悪い印象を与えるのではないかと、いささか心配になった。なにしろ斎藤家の人々は、家柄についての自信から来る大らかさや屈託のなさをひけらかすに違いなかった。その日の夕方近く、わたしは紀子の気持ちを少しでも軽くしてやるのが親のつとめだと思ったので、茶の間で新聞を読んでいるところへ紀子が入ってきたとき、つい軽口を叩いてしまった――

「紀子、ほかのことは一切差し置いて、一日じゅう身づくろいとは恐れ入ったな。まるできょうが結婚式の当日みたいだ」

「お父さまらしいわ。自分の支度もろくにしないで、人をからからなんて」

「支度なんてあっという間にできるさ」と、わたしは笑いながら言った。「まる一日かけるおまえのほうがよっぽど変わってる」

「そこがお父さまの困ったところ。自尊心が強すぎるものだから、こういうときにちゃんと準備ができないじゃない」

わたしは驚いて娘の顔を見上げた。「どういう意味かね、自尊心が強すぎるとは。なにを言いたいんだ」

娘は顔をそむけてヘアピンの位置を直していた。

「紀子、どういう意味だ、自尊心が強すぎるとは。いったいなにを言いたい」

「娘の将来なんていう些細なことでばたばたしたくないというお気持ちなら、まことにごもっとも。とにかく、まだ新聞も読み終えてないんでしょ」

「急に風向きが変わったな。たったいまわたしの自尊心が強すぎるとか言っていたのに。その先をなぜ言おうとしない」

「あたしはただ、肝心なときにお父さまが身なりをきちんと整えてくだされば、それでいいの」と紀子は言って、当てつけがましく茶の間から出ていった。

気づまりな数週間のあいだ何度も経験したことだが、そのときもわたしは、前の年に三宅家との縁談を進めていたころの紀子の態度と、いまの紀子の態度との極端な違いを意識しないではいられなかった。以前の紀子はのびのびとして、ほとんど自己満足に浸っているとさえ見えたものだ。だが、考えてみると、紀子は三宅二郎をよく知っていたので、結婚できると信じきっており、両家の話し合いは形を整えるための面倒な手続きくらいに甘く見ていたのかもしれない。それだけに破談のショックは強烈であったに相違ないが、なにもさっきのような当てこすりを言う必要はあるまい、とわたしは思った。とにかく、そういう小さな言い争いは、見合いにふさわしい気分をもたらすはずもなく、その晩の春日パークホテルでの成り行きにも影響を及ぼしてしまったような気がする。

長年にわたって春日パークホテルは、この市で最も好感の持てる洋式ホテルのひとつと考えられていた。ところが近年、そこの経営者は部屋の内装をやや俗悪なものに変えてしまっていた。「日本風」の魅力に引かれてこのホテルに泊まりたがるアメリカ人が多いので、彼らの趣味に迎合した経営戦略をとっているに違いない。にもかかわらず、京氏が予約した部屋はなかなか感じがよかった。主な取り柄は、広い張り出し窓から春日山の西側斜面に開けた眺めで、はるか下のほうに市内の明かりを見ることができた。そのほか、この部屋で目立つものといえば、大きな円型テーブルとそれを囲む背もたれの高いいす、そして一方の壁にかかっている絵であった。戦前に顔見知りであった松本画伯の絵であることは、ひと目でわかった。

緊張のあまり、飲むピッチがつい速まっていたのかもしれない。その晩の記憶に限っては妙に不明瞭なところがある。ただ、娘婿としてどうかと言われていた斎藤太郎に対しては、ひと目見たときから好印象を抱いたことをはっきりと覚えている。その青年は知的で、責任感も強そうに見えただけでなく、父親のあの気品と自信に満ちた態度をも受け継いでいた。実際、わたしと紀子を出迎えてくれた斎藤太郎の落ち着き払った、それでいて非常に鄭重《ていちょう》な態度は、数年前の同じような機会にわたしを感心させた別の青年のことを思い起こさせた。当時帝国荘と名乗っていたホテルで節子と見合いをした素一である。そしてふと、斎藤太郎の礼儀正しさや人柄のよさも、素一の場合と同じように、時と共に確実に薄れていくのかと思った。しかし、もちろん斎藤太郎は、素一が耐えてきたと言っているような悲痛な経験を生涯しないですむのかもしれない。

斎藤博士その人は、相も変わらず堂々たる風格であった。その晩まで正式に紹介されたことは一度もなかったが、博士とわたしは何年も前からの顔なじみで、道で会うと、おたがいの名声を承知しているしるしとしてあいさつを交わしていた。五十代で、整った顔立ちの斎藤夫人とも、やはりあいさつくらいは交わしていたが、それ以上のつきあいはなかった。博士と同じように、夫人も大らかな感じで、どれほどむずかしい事態に直面しても悠々と切り抜けられる自信がうかがえた。斎藤家でただひとりあまりいい印象を受けなかったのは次男の満男《みつお》で、二十代の前半と見受けられた。

いまその晩のことを思い返すと、若い満男に対する疑惑は、はじめて顔を見たその瞬間から始まっていたに違いない。なにが警戒心を起こさせたのかはまだよくわからない。ひと目見たとたんに、黒田のアパートで出会った円地という若者を思い出したせいかもしれない。とにかく、みなで食事を始めたとき、わたしは疑惑がしだいに深まるのを自覚した。そのとき満男はちゃんと作法にかなった動作を示していたにもかかわらず、ふと気がつくたびに、わたしを見る目つきに、あるいはテーブル越しに茶碗をよこす手つきに、なにかしら敵意や非難を感じないではいられなかった。

食事が始まって何分かたったあと、突然ひとつの考えがひらめいた。実は斎藤家の者はみな同じ考えを抱いているのに、満男だけが不器用だから本心をさらけ出してしまったのではないか。そのあとわたしは何度も満男の顔を盗み見た。あたかもその顔が斎藤家の人々の本心をなによりもはっきりと明かしてくれるかのように。しかし、満男はテーブルをはさんで少し遠いところに座っていたし、隣の京氏からしょっちゅう話しかけられているらしいので、その段階では満男と意味のあることばを交わすことは全然できなかった。

食事中に斎藤夫人が、「紀子さん、ピアノがお好きとうかがいましたけど」とたずねたことを思い出す。

紀子ははずかしそうに小さく笑って言った。「お稽古が足りなくて」

「わたしも若いころは弾いたものですが」と斎藤夫人は言った。「いまはさっぱり練習できないんですよ。わたしたち女には、そういう趣味を楽しむ時間なんてほとんど与えられてない。そう思いません？」

「ほんとうに」とわたしの娘はこわごわと答えていた。

「ぼくは、音楽のほうはからっきしだめなんです」と、斎藤太郎が紀子の顔をまっすぐ見つめながら話に割り込んだ。「実を言うと、母は年じゅうぼくのことを音痴だと言って責めるんですよ。おかげで、自分の好みに自信が持てなくて、どの作曲家を尊敬すべきか、いちいち母におうかがいを立てる始末」

「まあ、いいかげんなことを」と斎藤夫人は言った。

「ねえ紀子さん」と太郎は話をつづけた。「以前、ブラームスのピアノ協奏曲のレコードを一組手に入れたんです。とても気に入ってたんですが、母は絶えずけちをつけて、趣味が悪いと文句を言ったものです。もちろんぼくの意見なんて、この母にかかってはひとたまりもありません。そんなわけで、いまではほとんどブラームスを聞きません。でも、紀子さんは味方になってくれるんじゃないかな。ブラームスは好きじゃありませんか」

「ブラームス？」一瞬、娘は途方に暮れたようであった。だが、すぐ笑顔を見せて言った、「ええ、それはもう。大好きです」

「そうら」と斎藤太郎は得意げに言った。「これで母も考え直さなければならないでしょう」

「この子は出まかせを言ってるんですよ、紀子さん。わたしはブラームスの作品全部をひとからげにして批判したことなど一度もないんですから。でも紀子さん、ピアノだけについて言えば、あなたもショパンのほうが心に響くとお思いになりません？」

「ほんとうに」と紀子は言った。

見合いの前半を通じて、そういう堅苦しい返事が娘の言動の大半を代表していた。もっとも、娘のそういう態度を全然予想できなかったと言えばうそになる。紀子は、家族だけのときや、親しい友達に囲まれているときには、多少軽はずみなものの言い方をする癖があるし、ちょっとしたウィットや雄弁ぶりを発揮することも珍しくないのに、多少とも形式ばった場合には、適切な口調を見つけるのに苦労することがよくあって、未熟で臆病な娘という印象を与えてしまうようだ。しかし、よりによって見合いの席でそんなことになってしまい、わたしとしては不安にならずにいられなかった。それというのも、明らかに斎藤家の人々は、主婦や娘たちが黙って取り澄ましていることを好む古風な家族ではないように思えたし、斎藤夫人のきりっとした横顔はそのことをはっきり証明しているようにわたしには見えたからである。実を言うと、わたしはそのことを事前に察知し、見合いの準備をしているあいだに、紀子は――場違いにならぬ限り――活発で知的な面を大いに発揮すべきだという考えを強調しておいた。紀子自身もその戦術に大賛成であり、ごく自然に振る舞い、ざっくばらんに話すつもりだとはっきりと言っていた。この分だとはね上がりすぎて自滅するのではあるまいかと、かえって心配になったほどである。そういういきさつがあっただけに、対話に誘い込もうとする斎藤親子の質問に対して、茶碗からほとんど目を離そうともせず、ただ相手の考えに合わせた短い返事をやっと絞り出している紀子を見ていると、胸中のあせりがそのまま伝わってくるような感じだった。

ただ、緊張しすぎた紀子を別にすれば、食卓の会話は大いに弾んでいるように思われた。殊に斎藤博士はくつろいだ雰囲気を作り出すことにかけては名人で、わたしも、もし若い満男がこちらを見る目さえ意識しなければ、重苦しい立場を忘れて、肩の力を抜いたかもしれない。食事中のある時点で、斎藤博士がゆったりといすの背にもたれかかってこう言ったのを思い出す——

「きょう、市の目抜き通りではまたデモがあったようです。昼過ぎ、電車に乗っていましたら、ひたいに大きな傷を負った男が乗り込んで、すぐ隣に座りました。ま、自然な成り行きで、大丈夫か、医者にかかったほうがいいんじゃないかと言いますと、たったいま病院に行ってきたばかりで、またすぐデモの仲間のところに戻るつもりだと答えました。いかがです、小野先生、こういう光景をごらんになったら?」

斎藤博士は実にさりげない調子で話したのだが、わたしは一瞬、紀子をも含んで満座の者がわたしの返答を聞くために箸を止めた、という印象を受けた。もちろん思い過ごしだったのかもしれない。しかし、ちらっと満男に目を向けたとき、彼が格別目を凝らしてわたしを見つめていたことだけは、いまでもはっきりと覚えている。

「大勢の人が傷を負っているのは」とわたしは言った。「まったく残念です。きっと気が高ぶっているのでしょう」

「そのとおりですわ、小野さま」と斎藤夫人がことばをさしはさんだ。「たしかに気が高ぶってるんでしょうね。けれども、このごろ人々のやることはどう見ても度が過ぎてます。あんなに怪我人が出たりして。主人《たく》は、万事いい結果を生むためだと言い張るんですが、どういう意味なのか、わたしにはさっぱりわかりませんの」

きっと斎藤博士が反論するだろうと思ったが、案に相違してまた沈黙が流れ、そのあいだ、みなの注意はまたわたしに向けられているように思われた。

「おっしゃるとおり」とわたしは言った。「あんなに負傷者が出るなんて、ほんとうに残念です」

「家内は例によって、わたしの考えを曲げて伝えているんです」と斎藤博士は言った。「ああいう力ずくの争いがいいことだなんて、一度も言ったことはありません。ただ、ああいう行動には多くの怪我人が出るというだけでなく、ほかにも意味があるということを家内に理解させたかったのです。もちろん、だれも人が怪我をするのは見たくありません。しかし、あそこの根本にある精神――つまり民衆が大っぴらに、強力に、自分たちの意見を表明する必要があると信じている、その信条ですね――それは健康なものだと、そうお考えになりませんか、小野先生？」

たぶんわたしは一瞬ためらったのだろう。いずれにせよ、わたしが答えを見つける前に斎藤太郎が話し出した――

「しかしお父さん、事態はもうだれの手にも負えなくなっているんじゃありませんか。民主主義は大いに結構ですが、だからといって、市民がなにかに不賛成だと考えるたびに暴れ回る権利があるってことにはならんでしょう。その点、われわれ日本人はまだ幼児性から脱け出してません。われわれは民主主義に伴う責任の取り方をもっと学ぶべきでしょう」

「これは世にもまれなるケースです」と斎藤博士は笑いながら言った。「少なくともこの問題に関する限り、息子よりも父親のほうがはるかにリベラルなんですから。太郎の言うとおりかもしれない。いまのわが国は、歩き方や走り方を覚えはじめた赤ん坊みたいなものだ。しかし根本的な精神は健全だというわたしの考えに変わりはない。幼い息子が走ろうとするたびにひざ小僧をすりむくようなものでね。あぶないからやめろと言って、部屋のなかに閉じこめることがいいとは思えない。そうお思いになりませんか、先生。それとも、家内や息子が言うとおり、わたしはリベラル過ぎるんでしょうか」

わたしは――さっきも言ったとおり、酒を飲むピッチを無意識のうちにやや速めていたせいもあって――またもや誤解したのかもしれないが、斎藤家内部の見解の相違らしきものは、不思議なことに家族のなかにちっとも波風を立てていないように見えた。その一方、若い満男がまたもやこちらをじっと見つめているのに気づいた。

「まったく」とわたしは言った。「これ以上負傷者は出てほしくないものです」

たしかこの段階で、斎藤太郎は話題を変え、市内に最近できたデパートについて紀子の感想を求め、そのあとしばらくはみなで雑多なことを話し合った。

当然ながら、どんな花嫁候補にとっても見合いは難儀なことだろう。若い女性が相手側から品定めされている状態で、将来の幸せを大きく左右する問題について判断を求められるのは無理というものだろう。それにしても、紀子があんなに硬くなってしまうとは、正直言って予想していなかった。時間がたつにつれて紀子の自信は薄れる一方らしく、とうとう「はい」と「いいえ」以外はほとんどなにも言えぬ状態に陥ってしまった。わたしの見るところでは、斎藤太郎は紀子の気分をくつろがせるために全力を尽くしていたが、場所柄をわきまえぬしつこさは許されぬと思ったせいか、ユーモラスな会話を交わそうとする彼の試みはしばしば気まずい沈黙を誘うだけだった。わたしは娘の緊張ぶりを見ながら、またもや前年の見合いとの目立った相違を意識せざるを得なかった。前年には、里帰りをしていた節子が紀子の介添《かいぞ》えとして見合いの席に列なったが、その晩の紀子はだれの介添えもいらないような顔をしていた。それどころか紀子と三宅二郎は、まるで古いしきたりをあざ笑うかのようにいたずらっぽくテーブル越しに目くばせをつづけ、わたしをいらだたせたものだ。

「先生、ご記憶でしょうが」と、斎藤博士が言った。「先日お会いした折、共通の知人がいることに気づきましたな。黒田さんという」

そろそろ食事が終わるころだった。

「ああ、そう、そうでしたね」とわたしは言った。

「この子は」と、斎藤博士はわたしがそれまでほとんどひと言も交わしていない満男を目で示しながら言った。「いま上町大学の学生でしてね。ご承知のとおり、黒田さんが教えておられる大学です」

「そうですか」わたしは満男のほうに顔を向けた。「では、黒田先生をよくご存じのわけだ」

「よくは知りません」とその若者は言った。「残念ですが、美術の才能がまるでないんで、美術の教授たちとの接触もごく限られているんです」

「しかし、黒田先生の評判はいいんだろう」と斎藤博士がわきから言った。

「抜群です」

「小野先生はかつて黒田先生と近しい間柄だった。そのことは知っていたかね」

「ええ、聞いたことがあります」と満男は言った。

ちょうどそのとき、斎藤太郎がまた話題を変えて、こう言った——

「ねえ紀子さん、自分はどうして音楽が苦手だったか、その理由はぼくなりにずっと前からわかっていました。子供のころ、両親はピアノの調律を頼んだことが一度もないんです。ぼくは大事な性格形成期に、毎日毎日、この母が音程の狂ったピアノで練習するのをいやおうなしに聞かされた。ぼくのあらゆる短所の根っこにあるのはそれらしい。ねえ、ぼくの考えは正しいでしょ、紀子さん」

「ええ」と紀子は言って、また皿に目を落とした。

「そうら。ぼくはいつも母のせいだと言い張っているんです。ところが、母は何年も前から、ぼくの耳が悪いと絶えず非難してきました。こんな無茶な話ってありませんよね」

紀子は微笑を浮かべたが、なにも言わなかった。

明らかにこのあたりで、それまで発言をなるべく控えていた京氏がお得意の冗談を披露しはじめた。少なくとも紀子の話によれば、わたしは京氏を途中でさえぎるようにして斎藤満男のほうを向いてこう言ったとのことである――

「きっと黒田先生からわたしのことをお聞きでしょう」

満男はけげんそうな顔を持ち上げてわたしを見た。

「小野さんのこと、ですか」と彼はためらいがちに言った。「黒田先生のお話のなかにはしょっちゅう小野さんのことが出てくると思いますが、ぼくは黒田先生をよく存じ上げないものですから……」満男はことばを濁し、助け船を求めるかのように両親のほうを見た。

「わたしの知る限り」と、斎藤博士はわたしの耳にはややわざとらしく聞こえる調子で言った。「黒田さんは小野先生のことをとてもよく覚えておられます」

「黒田先生は」と、わたしはふたたび満男の顔を見ながら言った。「わたしをあまり高く買っておらんでしょうな」

若い満男はまたもや気まずそうに両親のほうを見た。今度は斎藤夫人のほうが言った――

「それどころか、小野さまをいちばん尊敬しておられると存じますよ」

「奥さん」と、わたしはたぶん大きすぎる声で言った。「かつてのわたしが世の中に悪影響を及ぼしたと信じている者もいるのです。現在なら、抹殺したり忘れたりするのがいちばんいいような影響です。そういう見方もあることに、自分で気づかぬわけではありません。黒田君もそういう見解の持ち主ではないかと思います」

「そうですか」これまたわたしの勘違いかもしれないが、斎藤博士は、あたかも読本を暗誦している生徒がつぎの段階に進むのを待っている先生のような態度でわたしを見つめているように思えた。

「そうなのです。そして現在のわたしは、そういった意見の妥当性を認めるのにやぶさかではありません」

「ご自分に対してつらく当たり過ぎているように見えますが」と斎藤太郎が言いはじめた

が、わたしは急いであとをつづけた——

「わが国に生じたあの恐ろしい事態については、わたしのような者どもに責任があると言う人々がいます。わたし自身に関する限り、多くの過ちを犯したことを率直に認めます。わたしが行なったことの多くが、究極的にはわが国にとって有害であったことを、また、国民に対して筆舌に尽くし難い苦難をもたらした一連の社会的影響力にわたしも加担していたことを、否定いたしません。そのことをはっきり認めます。申し上げておきますが、斎藤先生、わたしはこうしたことを事実としてきわめて率直に認めております」

斎藤博士は戸惑いの表情を見せて体を乗り出した。

「失礼ですが」と博士は言った。「ご自分の芸術活動に不満だとおっしゃるのですか。お描きになった絵に？」

「自分の絵にも。教育の仕事にも。いまお聞きのとおり、わたしはきわめて率直にそのことを認めております。いま言えることはただ、当時のわたしは信念を持って行動していたということだけです。わたしは同胞である日本国民のお役に立つことをしていると、心から信じておりました。しかし、現在はごらんのとおり、自分がまちがっていたことを躊躇《ちゅうちょ》なく認めます」

「それではご自分に対してあまりにも厳しすぎますよ」と斎藤太郎が明るい声で言った。

それから彼は紀子のほうを向いて言った。「どうなんです、紀子さん、お父さまはいつもご自分に対してこんなに厳しい方なんですか」

紀子はさっきから驚いてわたしの顔を見つめていたが、たぶんそのせいで太郎から不意を突かれた感じになり、とっさに日ごろの軽い調子がその席ではじめて飛び出した。

「ちっとも厳しくなんかありません。わたしのほうで父に厳しくする必要があるんです。さもないと、朝食に間に合う時間には決して起きてこないんですから」

「そうでしたか」と、斎藤太郎は紀子から少しはくつろいだ返答を引き出すことができて悦に入っていた。「うちの父も朝寝坊でしてね。若い者と違って年寄りは宵っ張りの早起きと言われてますが、わが家ではまったくそんなことはありません」

紀子は笑って言った。「外れているのは父親だけですわ、きっと。お母さまはもちろん苦もなく早起きなさるでしょ」

「なかなかやりますなあ」と斎藤博士がわたしにむかって言った。「ご両人でわれわれを笑い者にしている。まだわれわれが部屋にいるというのに」

その時まで縁談のすべてがどっちつかずの状態であった、とまで言うつもりはないが、なんとなくぎくしゃくとして不本意な結果にもなりかねなかった両家の会合は、この時を境にして順調なものになったというのが、わたしの偽らざる実感である。わたしたちは食後もかなり遅くまで酒を飲みながら座談に興じた。そして、タクシーを呼ぶころには、全員がおたがいにすっかり親しくなったという気持ちになっていた。いちばん肝心な斎藤太郎と紀子のふたりも、たがいに適当な距離を置いてはいるものの、相手に好意を抱いていることは確実に見てとれた。

もちろん、その晩何度か苦痛を味わったことを隠すつもりはない。そして過去についてのああいう発言も、決して軽々しいものではなく、慎重な状況判断に基づいたものであることを明らかにしておきたい。ついでに言っておきたいが、自尊心を重んじる人々のなかに、自分の過去の行為に対する責任からいつまでも逃げ回ろうとする手合いがいるとは、わたしにはとても信じられない。過去の責任をとることは必ずしも容易なことではないが、人生行路のあちこちで犯した自分の過ちを堂々と直視すれば、確実に満足感が得られ、自尊心が高まるはずだ。とにかく、強固な信念のゆえに犯してしまった過ちなら、そう深く恥じ入るにも及ぶまい。むしろ、そういう過ちを自分では認められない、あるいは認めたくないというほうが、よほどはずかしいことに違いない。

例えば信太郎だ。ついでながら彼は、のどから手が出るほど欲しがっていた教員のいすをどうやら確保したらしい。わたしの考えでは、もし信太郎に過去の自分の行為を直視する勇気と正直さとがあったならば、彼はもっと幸せな人間になれたはずだ。彼が正月のあの午後、わたしから冷たい返答に接したあと反省して、シナ事変のポスターの件に関して任用審議会に妙な工作をすることを断念したという可能性も、ないとは言えない。しかし、わたしの勘では、信太郎は自分の目的を達成するために、彼一流の小さな偽善的行為をつづけたことだろう。それどころか、わたしはこのごろ、信太郎の性格の裏側には（かつてのわたしの目には触れなかったけれども）最初からずるがしこい面があったと思い込むようになった。

つい先だっての晩も、マダム川上の店でわたしは言った。「ねえ、ママ、わたしたちは信太郎のことを世間知らずと信じていたけど、実は見かけほどではなかったような気がするよ。あれは人々につけ入って、自分の思うとおりに事を運ぶ作戦だったんだ。信太郎のような人間は、なにかやりたくないことがあると、そういうことについてはからっきし無力みたいなふりをする。それで、なにもかも勘弁してもらえるのさ」

「そんな、先生」とマダムはまゆをしかめて言った。無理もない。長年格別のひいきにあずかった客のことを悪く思いたくなかったのだろう。

「例えば」とわたしはかまわずにつづけた。「あの男がいかに巧妙に戦争を逃がれたか考えてごらん。ほかの者が大きな犠牲を払っているときに、信太郎は自分の小さなアトリエで、何事もなかったかのように絵を描きつづけるだけだった」

「でも先生、信太郎さんは足が不自由だから……」

「足が不自由であろうがあるまいが、みんな召集されてたんだよ。もちろん最後には彼も見つけられた。が、その後数日で戦争は終わってしまった。ママ、いいかい、信太郎はわたしにこう言ったものだ──戦争のおかげで制作期間を二週間も失いましたって。戦争による信太郎の被害はそれだけなんだ。わたしたちの古い友人は、あの子供っぽい表面からはうかがい知れないものを秘めているに違いない」

「まあ、とにかく」とマダム川上はつかれたような声で言った。「信太郎さんはもうここへは来てくださらないようね」

「そう。ママはあの客を永久に失ったらしい」

　マダムは火のついたたばこを手にしてカウンターの端に寄りかかり、自分の小さなバーを見回した。客は例によってわたしだけだった。窓の防虫網からまだ明るい夕日が差し込んでおり、店内は電燈で照らし出された夜間よりもほこりっぽく、古ぼけて見えた。外ではまだ工事がつづいていた。一時間ほど前から、どこかのハンマーの音が響いてきたし、発進するダンプやリベットを打ち込むドリルの轟音がしょっちゅう店全体を揺り動かしていた。そして、その春の夕方、マダム川上の目を追って店内を見回したわたしは、すでに市の開発会社はコンクリートの高層ビルの建設を開始していたのであり、そんなものに囲まれてしまえば、マダムの小さなバーは、いやおうなくちっぽけで、みすぼらしく、場違いに見えるだろうと、痛切に感じた。そして言った――

「ねえ、ママ、開発会社の申し出を受け入れて、ほかへ移ることをまじめに考えたほうがいい。願ってもないチャンスだ」

「でも、こんなに長いことここにいるんですから」とマダムは言い、自分のたばこの煙を払うために手を泳がせた。

「新しい、いい店を持てるさ。北橋町か、それとも本町にだって。近くへ行ったら必ず寄るから。当てにしてていいよ、ママ」

マダム川上は、外の作業員たちがたてる物音のなかからなにかを聞き分けようとするかのように、しばらく黙りこくっていた。やがてその顔に笑みがひろがったと思うと、彼女は言った。「昔ここはすばらしい街だったわね。覚えてらっしゃる、先生？」

わたしはほほ笑みを返したが、なにも言わなかった。たしかにここはとても活気のある街だった。われわれはみんな大いに楽しんだ。そして、冗談を飛ばすにせよ、議論を戦わせるにせよ、その底に通じていた精神は常に生真面目なものであった。ただ、その同じ精神が必ずしも最善の結果をもたらすとは言えなかったのだろう。いまとなれば、他の多くのものと同様に、この小世界もすっかり姿を消して、二度と戻ってこないほうがいいのかもしれない。わたしはその夕刻、マダム川上にそう言いたい衝動に駆られたが、気持ちを逆なでしてもと思って抑えた。なにしろ、かつての歓楽街は、そこに生活とエネルギーの大半を傾けたマダム川上にとって明らかにかけがえのないものであったし、それが永久に消滅したことを決して認めたくない彼女の気持ちも、痛いほどよくわかったからである。

一九四九年十一月

斎藤博士とはじめて会ったときのことはいまでもはっきりと覚えている。記憶の正確さについては十分に自信がある。あれはたしか十六年前、わたしがいまの家に移ってきた翌日のことである。明るい夏の日で、わたしは外に出て塀だか門だかを手入れしながら、通りすがりの新しい隣人たちとあいさつを交わしていた。その途中、しばらく道に背中を向けていたが、うしろにだれかが立ってわたしの仕事ぶりを眺めているような気配を感じた。振り返ると、わたしとほぼ同年くらいの紳士が門柱に新しく刻み込まれたわたしの名前を興味深げに見つめていた。

「すると、あなたが小野先生ですか」とその紳士は言った。「これはこれは、名誉なことです。あなたほどの名士が来てくださったとは、近所に住む者にとって実に名誉なことです。このわたしも美術界にかかわりを持っておりまして、市立皇国大学の斎藤と申します」

「そうですか、斎藤先生でしたか。まことに光栄の至りです。お名前はかねがね承っておりました」

わたしたちは門の外でなおしばらく話をした覚えがあるし、そのとき斎藤博士がわたしの作品と経歴についてさらに言及したということも、わたしの思い違いではないはずだ。そして博士が坂道を下る前に、「小野先生、あなたのような大家《たいか》に来ていただいたことは、近所に住むわたしどもにとってまことに名誉なことです」という意味のことを繰り返して言ったことを、いまだによく覚えている。

その後、斎藤博士とわたしは、顔を合わすたびに、必ず敬意をこめてあいさつを交わした。初対面のとき以外——最近の縁談で両者が急に親しみを増すまでは——おたがいに立ち止まって長話をする機会はたしかにまれであった。しかし、初対面のときの思い出や、斎藤博士が門柱のわたしの名前に注目したという明らかな事実を考えると、長女節子が先月ほのめかしたことの少なくとも一部は誤りだと、かなりの確信をもって言うことができそうだ。例えば節子は、昨年縁談が起こるまで、斎藤博士はわたしの素姓を知らなかったなどと言うが、とんでもない話だ。

今年の節子の里帰りはほんの数日に限られていたうえ、和泉《いずみ》町にある紀子の新居に泊まったので、朝いっしょに川辺公園を散歩したのが、節子とまともに話をする唯一の機会であった。だから、その後幾日かのあいだ、公園での会話をしきりに思い返したのも、自然の成り行きだろう。そしていま、公園で節子が言ったことのいくつかに関してしだいにいらだちをつのらせているのも、同じく当然のことのように思える。

しかし、当初は節子のことばにそれほどこだわる理由はなかった。いま思い出すと、わたしはすこぶる上機嫌だった。娘とゆっくり話ができるのもうれしいし、久しぶりで川辺公園を散歩するのも楽しかったからだ。これは一ヵ月と少し前のことで、落ち葉の季節に入っているというのに、よく陽の射す日々がずっとつづいていたように思う。節子とわたしは公園のまんなかに通じている広い並木道を歩いていた。山口市長の銅像の前で、一郎を連れた紀子と落ち合う約束になっていたが、まだたっぷり時間があるので、ふたりでゆっくりと足を運び、何度も立ち止まっては秋の景色を眺めるのであった。

これは誰もが同意するだろうが、数ある市内の公園のなかでも、川辺公園ほど人々に満足感を与えてくれるところはほかにないと思う。川辺町のあのごった返した狭い通りをしばらく歩き回ったあと、大木に覆われた広くて長い並木道に入ってみれば、確実に爽快感を味わうことができる。しかし、この市に住みはじめたばかりで、川辺公園の歴史をよく知らない人もおられるだろうから、以前からこの公園がなぜわたしの興味を引いてきたかを、少し説明しておいたほうがいいだろう。

この公園の並木道を散歩した人々は、あちこちで（せいぜい小学校の校庭くらいの広さの）孤立した草地が木々のあいだから見えたことを思い出すに違いない。まるでこの公園の設計者が途中で混乱して、いくつかの計画を未完のまま放棄したかのような感じだが、実際そんなものだったと言えなくもない。二十数年前、（その死後まもなくわたしが家屋敷を買うことになった）杉村明がきわめて野心的な川辺公園改造計画を立てた。このごろ杉村明の名前はほとんど聞かれなくなったようだが、そう遠くない過去において杉村が疑いもなくこの市の最有力者のひとりであったことを改めて指摘しておきたい。杉村はある時期に四つの邸宅を持っていたという話だし、市内をどちらの方向に歩いても、少し行くたびに杉村が所有している、あるいは杉村と縁の深い会社などに必ずぶつかったものだ。そして、一九二〇年か二一年、出世の坂を登りつめた杉村は、蓄財と資本との大半を賭けて、この市と市民に末永くその名を刻みつけるような事業を興そうとした。杉村は当時あまり人の寄りつかぬ、特色も乏しかった川辺公園を、この市の文化の中心に変貌させようと計画したのである。敷地を拡大して、人々がそこでくつろげるような自然緑地を増やすだけでなく、いくつかの輝かしい文化施設を集中させる。科学博物館、火災で白浜通りの小屋を失った高橋流歌舞伎のための新しい専用劇場、ヨーロッパ風のコンサート・ホール、そしてやや風変わりな構想だが、市立の犬猫共同墓地までも。ほかにどんな計画があったかは忘れたが、すべてはまぎれもなく巨大な野心の産物であった。杉村は川辺町一帯の面目を一新させるだけでなく、市全体の文化的なバランスを変えて、川の北側に新しい重点を置こうとしたのだ。それは、いまも言ったとおり、この市の性格に末永く自分の名前を刻み込む試みにほかならなかった。

公園改造の工事がかなり進んだ段階で、事業計画は深刻な財政難に陥ったらしい。くわしいいきさつは知らないが、杉村の「文化センター」を構成するはずの建物は結局ひとつも建てられなかった。杉村自身は巨額の金を失い、以前の影響力をふたたび回復することはなかった。終戦後に川辺公園は市当局が直接管理することになり、広い並木道も市によって造成された。今日、杉村構想の名残りを留めるものは、そこに彼の博物館や劇場が建てられるはずであった、あの妙に空虚な感じの草地だけである。

前にも言ったかもしれないが、杉村明の没後に（ひとつだけ残っていた杉村邸を購入するため）遺族と交渉した経緯は、あまり故人への好感を誘うようなものではなかった。にもかかわらず、わたしはこのごろ川辺公園を散歩するたびに、杉村のことや、杉村がしようとしたことについて考える。そして、正直に言うと、この人物に対して一種の敬意さえ抱きはじめている。だれであれ、並外れた人間になろう、非凡の域に達しようとあこがれる者は、たとえ最後に挫折し、その野心のせいで財産を失ったとしても、十分尊敬に値する。だから、杉村明は不幸な人間となって死んだのではない、というのがわたしの信念だ。杉村の失敗はありふれた凡人のみっともない失敗とは似ても似つかぬものであったし、杉村明ほどの人物なら、そのことをよく知っていたことだろう。

並みの人間にはとてもできないことを勇敢に試みた意欲的な人間は、たとえ失敗に終わったとしても、晩年に生涯を振り返ったとき、ひとつの慰めを——それどころか深い満足を——感じるはずである。

いや、ここで杉村明の話をするつもりはなかった。さっきも言ったとおり、その日、節子といっしょに川辺公園を散歩したとき、わたしはおおむね上機嫌だった。節子がなにか思わせぶりなことを言っていたのは事実だが、その意味をはっきり理解したのは、だいぶたって話のやりとりを思い返してからであった。とにかく、節子との会話が途絶えたのは、ほかでもなくすぐ目の前、いま歩いている並木道のまんなかに、紀子や一郎と落ち合う場所と決めてあった山口市長の銅像が現れたからである。かつて名市長としてうたわれた故山口氏の銅像を取り巻くベンチに目を走らせていると、男の子の声が聞こえた——「あっ、おじいちゃんだ！」

一郎は抱き上げられるのを予期しているかのように、両腕をひろげて走ってきた。けれどもわたしの前まで来ると、急に思い直したらしく、えらくいかめしい表情を作り、片手を伸ばして握手を求めた。

「こんにちは」と、妙に世慣れた調子である。

「ほほう、ずいぶんおとなになったな、一郎。いくつになった」

「さあ、八歳じゃなかったかな？　こっちへきて、おじいちゃん、ちょっと話があるの」

節子とわたしは一郎のあとについて、紀子が座って待っているベンチの前まで行った。紀子はいじめて見る派手な服を着ていた。

「ずいぶん若々しく見えるじゃないか、紀子」とわたしは声をかけた。「娘はいったん実家を離れると、とたんに変身しはじめるものらしい」

「女が結婚してるからって、地味な服装をする必要はないでしょ」と紀子はたちまち言い返したが、わたしのお世辞にまんざらでもない様子だった。

わたしたちはみな元市長の銅像の下に座って、しばらくおしゃべりをした覚えがある。公園で落ち合ったのは、娘たちが少し時間をかけていくつか織物を買いにいくあいだ、わたしが一郎を預かってデパートでいっしょに昼食をとり、午後から市内のにぎやかな場所に連れていってやる約束をしていたからだ。一郎は早く出かけたいといらだって、母親と話しているわたしの腕を何度もつついては言った——

「おじいちゃん、おしゃべりは女にまかせておこうよ。ぼくたちには用があるんだから」

わたしが孫といっしょにデパートに着いたとき、いつもの昼食時間を少し過ぎており、食堂はもう空《す》きはじめていた。一郎は入り口のたくさんのサンプルをひとつひとつ丹念に眺めていたが、その途中で振り返って言った——

「おじいちゃん、ぼくがこのごろ好きになった食べもの、なんだかわかる?」

「さて。わからんなあ。ホットケーキかな。アイスクリームか」

「ホウレンソウだよ！ ホウレンソウを食べればつよくなる！」一郎は胸をふくらませ、力こぶを見せる動作をした。

「なるほど。とするとうん、このお子さまランチにはホウレンソウがついてる」

「お子さまランチはちっちゃい子が食べるもんだよ」

「そうかもしれないが、とてもおいしそうだ。おじいちゃんはこれにするつもりだ」

「じゃ、ぼくもお子さまランチにしよう。おつきあいだ。でも、ホウレンソウをたくさんのせるように言って」

「いいとも」

「おじいちゃんもなるべくホウレンソウを食べるようにしたほうがいいよ。つよくなれるからね」

一郎は広い窓辺のテーブル席のひとつを選び、注文の食事が来るのを待っているあいだ、ガラス窓に額をくっつけて、五階下の往来のはげしい大通りをずっと見つめていた。一郎と会うのは、節子が一年以上前に里帰りして以来であり、わたしはその間《かん》の孫の成長ぶりに目を見張る思いであった。目立って背が伸びただけでなく、態度全体に子供っぽさが薄れ、おちつきが見えた。特にその眼差《まなざ》しには一年余りの成長の証しがくっきりとにじみ出ていた。

実際、その日、ひたいをガラスにつけて通りを見おろしている一郎を見ていると、彼がその父親にびっくりするほど似てきたことに気がついた。節子に似ているところもあったが、それは主として体や顔を動かすほんのちょっとした癖にうかがえた。そして、一郎が賢治の八歳ごろの面影を宿していることにも、あらためて驚きを感じた。実際、子や孫たちがほかの家族とこんなふうに似ていることに気づくと、奇妙な安心感を覚える。一郎がおとなになるまでそういう特徴を持ちつづけてくれるよう願わずにはいられない。

こういう小さな特徴を受け継ぐのは、もちろん子供に限ったことではない。青年もまた、尊敬してやまない教師や師匠からなにかを伝えられる。そして、教えられたことの大部分を再評価せざるを得なくなった――場合によっては否定せざるを得なくなった――ずっとあとでさえ、旧師のいくつかの特徴は、かつての影響力の影のような形で残り、生涯その人に焼きついてしまうものだ。例えばわたしは、自分の癖の一部――なにかを人に説明するとき宙に浮かした手の恰好、皮肉やいらだちを表現するときの声のちょっとしたひねり方、人々がもうわたし独特のものだと考えている、お得意の言い回しのすべて――が、実はもともと旧師であるモリさんから受け継がれたものであることを自覚している。同じように、弟子たちの多くもわたしからいろいろと小さなものを受け継いでいると思うが、そう言ったからとて、べつに不当なうぬぼれにはならぬと思う。さらにわたしは、弟子たちが長年にわたるわたしの指導に関してなにか再評価する必要を感じたとしても、彼らの大部分は、わたしから学んだ多くのものに対して永久に感謝の念を抱くだろうと期待している。少なくともわたし自身は、みなでモリさんと呼びならわしていた旧師、森山誠治にどれほど明白な欠点があったにせよ、また彼とわたしとのあいだが結果としてどうなったにせよ、若葉郡の高原にあった森山家の別荘で過ごしたあの七年間は、生涯のうちで最も重要な部分のひとつであったと、いつまでも認めるに違いない。

このごろモリさんの別荘のことを思い出そうと努めるたびに、たいがい目に浮かぶのは、いちばん近くの村に通じる山道から眺めたその別荘の格別美しい光景である。その山道を登ると、眼下の谷間にその別荘が見えてくるのであった。天を突くほど高い杉木立ちのまんなかに、暗い長方形の立木の群が見える。別荘の長い三つの棟は連なり合って、中庭の三方を形成しており、もうひとつ残った側は杉材の塀と門とで閉じられているので、当然のことながら庭は外界から完全に遮断されていた。そういうわけで、昔は、いったん重い門扉が閉ざされたあと、よからぬことを企む人間がなかに忍び込むのは容易な業ではなかっただろう。

もっとも、このごろの犯罪者ならば難なく侵入できたかもしれない。山道からは見抜けなかったかもしれないが、モリさんの別荘は当時でさえずいぶん荒れていた。山の上から眺めただけでは、別荘の内部がどの部屋も破れ障子や破れぶすまだらけで、畳もあちこち腐れはて、うっかり歩くと踏み抜いて床下に落ちかねないといった状態だったとわかるはずがなかった。実際、間近に見たその別荘を思い出そうとしてすぐ目に浮かぶのは、壊れた屋根瓦、朽ちかけた窓格子、ささくれ立ったり、腐りかけたりしている廊下のありさまだ。天井にはいつも新しい雨漏りの個所が見つかるし、ひと晩も降りつづこうものなら、じめじめした木とかびた枯れ葉の匂いがあらゆる部屋に立ちこめた。そして羽虫や蛾が群をなして侵入し、柱や板など至るところにへばりつき、ちょっとしたひび割れでもあればすぐにそのなかに食い込んでいくので、いまに家全体が完全に崩れ落ちるのではないかと心配になったほどである。

　別荘のかつての美しさを多少ともしのばせるのは、たくさんの部屋のなかでもせいぜい二、三室にすぎなかった。そのうちの一室は、日中ほとんど澄んだ光に満たされる明るい部屋で、特別の機会にしか使用されなかった。いまも思い出すが、ときどきモリさんは新しい絵を描き上げると、十人いた弟子を全員その部屋に呼び集めた。われわれはなかに入ろうとすると、思わず敷居の前に立ち止まり、部屋の中央に立てかけてある絵を目の当《ま》たりにして、あまりのみごとさに息をのんだものである。そのあいだモリさんは、弟子たちの到来など気がつかぬかのように、盆栽の手入れをしたり、窓から外を眺めたりしているのだった。やがてみなは絵の前に半円形に座り、おたがいにささやき声でモリさんの新しい作品の特長を指摘しあうのだった――「あの隅のあたりを色で潰された手法を見てみろ。すごいなあ！」しかし、だれひとりとして口に出して「先生、なんとすばらしい絵でしょう」と言う者はいなかった。なぜかこういうときには、師匠が目の前にいないかのように振る舞うのがしきたりになっていたのだ。

モリさんの新しい作品はしばしば驚くべき革新的な技術も示しており、それをめぐってわれわれのあいだに熱っぽい議論が起こったものである。例えば、あるときその部屋に行ってみると、ひとりのひざまずいている女を格別に低い視点から描いている絵が置いてあった。あまりにもロー・アングルからの肖像なので、畳の高さから女を見上げているような感じであった。

だれかがこう主張していたのを覚えている。「この女がきりっとして見えるのは、明らかに低い視点のおかげだ。ほかの手法ではとてもこれだけの気品は出せない。実に驚くべき技法じゃないか。この女はほかのあらゆる面ではなんだか自分をあわれんでいる感じを与える。その違いがもたらす緊張感が作品に微妙な力を与えているんだ」

「そうかもしれない」と別の男が言った。「この女には一種の気品が備わっていると見ることもできるだろう。が、それは視点の低さから来るものとはとても思えない。明らかに先生は、われわれにもっともっと大事なことを教えておられるのだ。先生がおっしゃりたいのは、視点が低く見えるのはわれわれが特定の目の高さに慣れきっているからに過ぎない、ということだ。われわれをそういう必然性も自由もない習慣から解放してやりたいというのが、先生のお志に違いない。先生はわれわれに対して、『物事をいつでもお決まりのつまらぬアングルから見る必要はない』と言っておられる。この絵が特にわれわれの心を打つのはそのためさ」

　やがてわれわれはみな大声をあげて、モリさんの意図についてのそれぞれの解釈をぶつけ合うのだった。そして議論をしながら絶えず師匠の顔を盗み見たけれども、ご当人はどの説が当たっているかを、目の動きでほのめかすことさえ決してしなかった。いまでも覚えているが、モリさんはただ部屋の奥に立ち、腕組みをして、激論ぶりを楽しんでいるような表情を浮かべ、窓格子のあいだから庭のほうを眺めていた。そして、いっとき議論に耳を貸したあと、われわれのほうを向いて言った。「この辺でひとりにしてくれないか。二つ三つ片づけておきたいことがあるから」するとわれわれは、またもや小声で新しい作品を褒めそやしながら、ぞろぞろと部屋から退出するのであった。

　こんなふうに話すと、モリさんの言動がいささか高慢であったという印象を与えるに違いない。しかし、自分でも絶えず尊敬され、崇拝される立場に身を置いたことのある人ならば、そういう機会にモリさんが超然とした態度をとったのも無理はないと思うだろう。師と仰がれる者にとって、のべつ弟子たちに教えさとすことが望ましいとは、決して言えない。むしろ沈黙を守ることによって、弟子たち自身に議論や考察の機会を与えたほうがよい状況はいくらでもある。繰り返しになるが、大きな影響力を行使する立場にあった者なら、そのことを理解してくれると思う。

　とにかく、そういう沈黙のおかげで、師匠の作品についてのわれわれの議論は何週間もつづくことがあった。モリさん自身はいつまでたっても解説めいたことを明かさないから、われわれは仲間のひとりで、当時モリさんの一番弟子という地位を占めていた佐々木という画家の意見をしばしば尊重することになった。いま言ったとおり、議論はずいぶん長期に及ぶこともあったが、いったん佐々木がその問題についての考えを固めると、たいがいは一件落着ということになった。同じように、いったん佐々木がだれそれの絵はなんらかの意味で先生の教えに「背いている」とほのめかそうものなら、その不届き者はまず例外なく直ちに全面降伏して、その絵を放棄せざるを得なかった。本人がその絵を生ごみといっしょに焼いてしまうことさえあった。

そう言えばカメさんは、わたしといっしょに別荘生活を始めてから数ヵ月のあいだに、いま言ったような理由で、何度も何度も作品を廃棄していた。わたし自身はそこの流儀に難なく染まることができたのに、この友人は師匠の主義に背くと思わせる要素を強く感じさせる作品を、性懲りもなく制作しつづけた。わたしは新しい仲間たちに何度も頭を下げ、カメさんは決してわざと森山先生の教えを裏切っているわけではない、と釈明したことを覚えている。そのころカメさんはしばしばうちしおれた様子でやってきては、完成に近づいた彼の作品のところへわたしを連れていき、声をひそめて質問をするのであった――

「小野さん、教えてください。森山先生ならこんなふうに描かれるでしょうか」

そういうカメさんが、無意識とはいえ、まぎれもなく師匠の意に背く要素をまたもや取り込んでいるのを発見すると、このわたしでさえ腹の立つことがあった。モリさんの好みを理解するのは決して困難なことではなかったからだ。そのころ、われわれの師匠はしばしば「現代の歌麿」と呼ばれていた。当時、この呼び名は、遊女や芸者の絵を得意とする多少とも有能な画家に対して安易に使われすぎる傾向があったけれども、モリさんの画風をかなり適切に要約しているように思われた。モリさんは歌麿の伝統を「現代化」しようと意識的に努力していたからである。モリさんの最も注目すべき作品の多く――例えば〈鼓《つづみ》の緒《お》を結ぶ〉とか〈湯上がり〉――では、女は歌麿風にうしろから見られている。ほかにも、そういう古典的な特色がモリさんの作品にはしばしば見られる。〈手拭いを顔に当てる女〉とか、〈長い洗い髪に櫛《くし》を通す女〉などがそうだ。それにモリさんは女の表情よりも、女が手に持ったり、身にまとったりしている織物によって感情を表現するという伝統的な技法をふんだんに用いた。しかし、それと同時に、モリさんの作品にはヨーロッパの影響も非常に強く、歌麿に心酔しきっている人々からは、偶像破壊者と見なされたかもしれない。例えばモリさんは、墨色の輪郭線で形を表現する伝統的な技法をとうの昔に捨てて、ヨーロッパ風の色彩ブロックを用いたうえ、光と影で立体効果を出すことを好んだ。そして、疑問の余地なくヨーロッパの絵画からヒントを得て、モリさんの最も重要な原則――つまり、地味な色彩の使用という原則――をうち立てたのである。モリさんの念願は、描いた女たちのまわりに、ある種の愁いを帯びた夜の雰囲気を醸し出すことであった。わたしが弟子として学んでいた何年かのあいだ、モリさんは行燈《あんどん》や提灯の明かりの感じを再現するため、盛んに色彩の実験を重ねていた。そんなわけで、モリさんの作品というと、絵のどこかに必ず行燈か提灯の存在が（たとえ現物が描かれていないとしても、ちょっとした暗示によって）感じられるというのが、一種の通り相場になっていた。カメさんはモリさんの芸術の本質を把握する点で、典型的な歩みののろさを発揮し、別荘生活が一年を越えても、まだ見当違いの効果しか生まない色を使っていたから、構図のなかにちゃんと提灯を入れたときでさえ、あいかわらずなぜ自分は裏切り者として非難されるのだろうかと悩むことになった。

わたしがしきりに釈明に努めたにもかかわらず、佐々木みたいな連中はカメさんの不従順さを許そうとはせず、ときどき画塾の雰囲気は、あの武田工房での最悪の時期と同じように、カメさんに対する憎悪が芽生えてしまうおそれがあった。ところがその後——われわれが別荘暮らしをして二年目だったと思うが——ひとつの変化が佐々木を襲った。佐々木はその変化のおかげで、彼自身がかつてカメさん相手に仕組んだどんなものよりも烈しく暗い憎悪を浴びることになったのである。

一般に修業中の弟子たちは、仲間うちのリーダーを求める傾向があるようだ。リーダーになれるのは、その能力において他の弟子たちの手本になれると師匠が認めた人物である。そして、そういうリーダー格の弟子が、師匠の理念をいちばんよく理解していると考えられ、佐々木自身がそうであったように、師匠の理念の主要な解説者として、能力や経験の浅いおとうと弟子たちを指導するのが常である。その反面、同じ一番弟子が、能力がすぐれているという同じ理由によって、師匠の作品の短所を見抜く可能性、あるいは師匠の理念から離れて自分の見解を編み出す可能性も非常に大きい。もちろん建前から言えば、すぐれた教師はこの傾向を受け入れるべきである。というより、自分が育てた弟子がようやく成熟の域に達した証拠と見て、歓迎すべきである。だが現実には、きわめて複雑な感情が絡んでくる。有能な弟子を長年にわたって熱心に育てたあと、こういう才能の成熟ぶりを見たとき、裏切られたとしか思えないことがあるのだ。そういう場合にはなにか不幸な事態が生じやすい。

佐々木が師匠モリさんと言い合ったあと、われわれが彼に食らわせた仕打ちはとても正当化のできないものであったから、ここでそんなことを思い出したところでなんの益にもならぬだろう。ただ、佐々木がついに別荘から去った晩のことはいくつか鮮やかな記憶として残っている。

弟子たちの大部分はすでに床に入っていた。わたし自身も朽ちかけた部屋のひとつで横になり、暗闇のなかでまだ目を開けているあいだに、少し離れた縁側でだれかに話しかけている佐々木の声が聞こえた。相手がだれであるにせよ返事はなかったらしく、やがて障子が閉まる音と、こちらに近づく佐々木の足音が聞こえた。その足音は別の部屋の前で止まり、彼がなにか言ったが、戻ってくるのは沈黙ばかりであったらしい。彼の足音がもっと近づき、今度はわたしの隣の部屋の障子が開く音がした。

「おまえは長年の親友じゃないか」と言う佐々木の声が聞き取れた。「せめてひと言くらい話をしてくれてもいいだろう」

相手からはなんの反応もなかった。すると佐々木が言った——

「おれの絵はどこにある。それだけでも教えてくれないか」

やはり反応はなかった。しかし、暗闇のなかに横たわっているわたしの耳には、隣室の床下を駆け回っているネズミどもの足音が聞こえ、なんとなくその音が一種の返答になっているような気がした。

「それほど不愉快な作品だと思うんなら」と佐々木の声がつづいた。「おまえがあれをしまっておく理由はない。ところがいまのおれにとっては、どれもかけがえのない作品だ。これからどこへ行くにせよ、ぜひあれを持っていきたい。ほかに持っていくものなんかひとつもないんだ」

またもや返答はネズミの足音ばかりで、それが収まると長い沈黙がつづいた。あまりにも長い沈黙なので、たぶん佐々木は暗闇のなかに立ち去ったのだろう、その足音をつい聞きそこなったのだろう、と思った矢先に、また彼の声がした——

「ここ何日かのあいだ、ほかの連中からひどい目に遭わされた。しかし、おれの心をいちばん傷つけたのは、おまえが慰めのことばひとつかけてくれなかったことだ」

またひとしきり沈黙。そして佐々木の声。「いま、おれの顔を見てさよならと言うだけでもいやなのか」

最後に障子がスッと閉まる音と、縁側から下りて庭を歩み去る佐々木の足音だけが聞こえた。

この脱退劇のあと、別荘で佐々木の名前はほとんど持ち出されなかったし、ごくたまに名前が出たとしても、単なる「裏切り者」で片づけられるのがおちだった。実際、われわれのあいだで佐々木の思い出がどれほどの憎しみをもたらすかは、われわれがしばしば演じたののしり合戦で二、三回経験したことからも明らかだ。

暖かい日にはたいがい部屋の障子を開け放つものだから、たまたまどこかの部屋に集まった面々には、向かいの棟にやはり集まっている仲間がすぐ見える。そんなとき、だれかがきっと庭越しになにかひょうきんな挑発のことばを叫ぶ。するとまもなく、双方ともひとり残らず縁側に出て、おたがいに大声でののしり合う。こんなことを言うと、ずいぶんばかげたことをやっていたように聞こえるだろうが、別荘の構造とか、向き合う棟どうしで交わす叫び声の反響効果には、われわれをこういう子供っぽい競技にのめり込ませるなにかがあったのだ。からかいの対象はむやみに広がることがあった。例えば、だれかの豪傑ぶった振る舞いとか、完成したばかりの絵とかにけちをつけるのである。が、通常は相手をほんとうに傷つける意図などまるでなく、最終的には双方が顔を真っ赤にして笑いころげることになるような愉快なやりとりが何度もあった。一般的に言えば、わたしの記憶に残っているこれらの合戦は、別荘で長年しのぎを削りながらも、家族のように仲よくしていたわれわれの生活を象徴していたように思える。ところが、佐々木の名前が飛び出そうものなら、とたんに手のつけられない事態となり、多くの仲間が自制心を失い、庭で取っ組み合いのけんかまで始めてしまった。たとえ面白半分とはいえ、だれかを「あの裏切り者」にそっくりと言ってしまえば、絶対に冗談ごとではすまぬことを知るのに時間はかからなかった。

こういう思い出話は、師匠とその指導方針とに対するわれわれの忠誠ぶりがいささかも揺るぎのないものであった、という印象を与えるかもしれない。そして、後知恵《あと》で——特に影響力のマイナス面が表に出たあとで——そういう雰囲気を作り出した教師を批判することはたやすい。だが、もう一度言うが、けた外れの大望を抱いたことのある者なら、なにか壮大なことを成し遂げる立場に身を置き、自己の理念をできるものなら余すところなく他人に伝えたいと考えたことのある者なら、モリさんのやり方に多少は共感を覚えるはずである。師匠の後年にどういう変化が生じたかを考えれば、多少ばかげたことのように思われるかもしれないが、当時のモリさんは、この市で制作されていた絵画の本質を根本的に変革しようと志していたのである。モリさんはそれだけの大目標を持って、弟子たちを育成するために時間と富の大半をなげうったのだ。わたしの旧師についてなにか判断を下そうとするとき、この事実をいつも念頭に置く必要があると思う。

われわれに対するモリさんの影響は、もちろん絵画の領域だけに限られてはいなかった。われわれは長い年月、モリさんの価値観や生活様式にほぼ全面的に従って暮らしていた。その結果、大いに時間を費して、この市の「浮世《うきよ》」――われわれ全員の絵の背景を成す夜の歓楽と酒の世界――を探訪した。わたしはそのころの繁華街を思い出すたびに、いまでもある種の郷愁を感じる。通りにはそれほど交通騒音はなく、夜気に漂う季節の花の香りを奪うほど悪臭を放つ工場も、まだなかった。われわれが好んで行ったのは、児島通りの掘割のそばにある〈水提灯《みずちょうちん》〉という名の小さなお茶屋であった。近づくと、その名のとおり、掘割の水に映った軒下の提灯が見えてきたものである。おかみがモリさんの古い友達だったおかげで、われわれはいつも格別のサービスを受けたし、何度かおかみといっしょに飲めや歌えの愉快な夜を過ごしたことを今でも覚えている。もう一軒みんなでよく行ったのは永田通りの弓場《ゆば》であったが、そこのおかみはわれわれの顔を見るたびに、何年か前に秋原町で芸者をしているとき森山先生から版画のモデルになるよう頼まれ、その結果として、先生の連作版画がたいへんな評判になったと、飽きもせずに自慢するのだった。その弓場では六、七人の若い女がわれわれをもてなした。一行はしばらく弓矢で遊んだあと、めいめいお気に入りの相手を選び、一本のきせるを代わるがわる吸ってから、いっしょに夜を過ごすのであった。

われわれの楽しみはこういう市内探検だけに限られたものではなかった。モリさんは芸能界に数え切れぬほどの知人がいるとみえて、貧しい旅役者や踊り子の一座とか、楽団のメンバーなどが絶えず別荘を訪れては、長らく消息を絶っていた旧友のような歓待を受けていた。そんなとき、ふんだんに酒が振る舞われ、客たちは夜通し歌ったり踊ったりし、そのうちに酒が足りなくなり、だれかがいちばん近くの村の酒屋を起こしにいく羽目に陥った。そのころしきりに訪ねてくる客に三木という物語作家がいた。ふとった陽気な男で、昔話を自分なりにアレンジして、みんなをたったいま腹がよじれるほど笑わせたかと思うと、つぎの瞬間には同情の涙を誘うような芸当を演じた。ずっと後年に、わたしは〈みぎひだり〉で何回か三木に出会ったが、そうした際にはふたりは一種の驚嘆の念を覚えながら、あの別荘での夜のことをなつかしむのであった。三木は夜通しはおろか、翌日も、翌晩までもつづいた宴会の多くを確実に覚えていると言っていた。わたしは記憶にそれほど自信がなかったけれども、日中のモリさんの別荘の至るところに、眠ったり酔いつぶれたりしている連中の体がころがり、庭のカンカン照りの太陽のもとにさえ倒れ込んでいる者がいたという彼の思い出は、はっきり事実と認めざるを得なかった。

だが、わたしはそういう夜についてのもっと鮮明な記憶を持っている。その晩、わたしは騒々しい宴席からしばらく逃がれ、さわやかな夜風を心地よく受けながら中庭をぶらついて収納庫の入り口まで歩いていったことを思い出す。なかに入る前にふと振り返って庭の向こうを見ると、画塾の仲間と客人たちとが相変わらずおたがいをもてなしていた。障子には踊っている人々のたくさんのシルエットが映り、歌い手の声が夜の静寂《しじま》を抜けてわたしの耳に達していた。

収納庫に足を向けたのは、そこがこの別荘で何時間でもプライバシーを保てる数少ない場所のひとつだったからだ。その倉はそこが別荘になるずっと前、警固の武士が詰めていたころ、武器や甲冑をしまっておく場所であったと思われる。だが、その晩なかに入って扉の上のカンテラに明かりをともして見ると、床にはさまざまなものが散らばっており、わずかな隙間を飛び石伝いに歩くしかなかった。至るところに麻縄で縛った古いカンバスの山や壊れたイーゼル、絵筆や棒切れが突っ込まれたあらゆる類の瓶や壺などが置いてあった。やっとのことで少し広い場所まで行って座り込むと、扉の上のカンテラが周囲のものに大げさな影を作っているのに気がついてぞっとした。どこかの小さくてグロテスクな共同墓地に迷い込んだ気分であった。

しばらくのあいだ、すっかり我を忘れていたに違いない。ハッと気がつくと、倉の扉がガラガラと開く音がしていた。顔を上げると入り口にモリさんが立っていたので、わたしはあわてて言った。「先生、こんばんは」

もしかすると扉の上のカンテラには、わたしが座っているあたりを照らすだけの明かるさがなかったのか、それとも、わたしの顔が陰に入っていただけのことか。いずれにせよ、モリさんは奥をじっとのぞき込んでから言った――

「だれかね。小野か？」

「そのとおりです、先生」

モリさんはそのまましばらく前をのぞき込んだあと、梁《はり》からカンテラを下ろし、それを目の前に掲げて、床上のがらくたに用心しながらこちらに近づいてきた。その間、手にしたカンテラの光がわたしの周囲のあらゆる影をあちこちに動かした。わたしは先生の座り場所を作ろうと、あわてて床の上を片づけはじめたけれども、うまくゆかぬうちに、モリさんは少し離れたところに置いてあった古い木の櫃《ひつ》に腰を下ろしていた。彼はひとつため息をついてから言った――

「少し風に当たろうと思って出たら、ここの明かりが見えた。どこも真っ暗なのに、ここだけ明かるい。しかし、まさか惚れた者どうしが収納庫などに隠れるわけもなし。あそこにいるのはよほど寂しがりやの人間だろうと見当をつけてきたよ」

「きっと夢うつつのうちに座り込んでいたんです。こんなところに長居するつもりなどなかったのですから」

モリさんはカンテラをすぐわきの床の上に置いたので、わたしの座っているところからは彼の黒いシルエットだけしか見えなかった。「さっきの様子だと、踊り子のひとりはかなりおまえに惚れていたようだ」とモリさんは言った。「せっかく夜がふけたというのに、おまえが姿を消したとなれば、さぞがっかりするだろう」

「お客さんに失礼なことをする気はまったくなかったのです。先生と同じように、少し新鮮な空気を吸おうと思って外に出ただけでして」

ふたりのあいだにしばらく沈黙が流れた。庭のむこうから手拍子に合わせて歌う声が聞こえた。

「ところで小野」と、モリさんがようやく口を開いた。「わしの昔なじみ、義三郎のことをどう思う。なかなかの人物だろう」

「おっしゃるとおりです。とても気持ちのいい人だと思います」

「あれは近ごろボロをまとっているかもしれんが、あれでも一時はたいへんな人気者だった。今夜も披露していたとおり、芸はまだほとんど衰えておらんな」

「仰せのとおりです」

「それはそうと、小野。なにを気に病んでいる」

「気に病んでいる？　先生、そんなことはなにも」

「もしかしてあの義三郎のことで、なにか気に食わんことでもあるのかな」

「なんてことを」わたしは照れたような笑い声を発していた。「そんなことは全然。いえ、ほんとうに魅力的な人だと思います」

そのあと何分間か、ふたりは思いつくままにとりとめもないことを話していたが、やがてモリさんがもういちどわたしの「気の病い」に話を戻し、おまえが心の重荷を下ろしてしまうまではこの場を動かないぞ、という気構えを示したので、わたしは思い切って言った——「義三郎さんは掛け値なしに人柄のいい方です。義三郎さんも、連れの踊り子さんたちも、懸命にぼくらを楽しませてくれます。でも先生、ここ何カ月か、ああいう人たちの訪問が多すぎるような気がしてならないのですが」

モリさんの返事がないので、わたしはつづけて言った——

「すみません、先生。義三郎さんや、あの方のお仲間について失礼なことを申すつもりはなかったのです。ただ、ほんのちょっと疑問を感じることがありまして。わたしたち芸術家は、あの義三郎さんみたいな方々と、これほど時間をかけてつき合うべきなのだろうかと」

わたしの記憶では、たしかそのあたりで師匠は立ち上がり、カンテラを手にして、床を注意深く歩いて奥の壁まで近づいた。その壁は暗かったのに、モリさんがカンテラをかざすと、縦に並べて掛けてある三つの木版画が鮮やかに照らし出された。それぞれの版画にひとりずつ、畳に座って髪を梳《す》いている芸者のうしろ姿が描かれていた。モリさんはカンテラを上下に動かしながら、ひとつひとつ丹念に眺めていたが、やがて首を左右に振ってつぶやいた。「致命的な欠陥がある。細部にこだわり過ぎたのが、命取りだった」彼は数秒後に、版画から目をそらさずにことばをつづけた。「とはいえ、自分の若いころの作品にはいつでも愛着を感じるものだ。きっとおまえたちも、ここで描いた作品について、おんなじことを感じる時が来るだろう」そして、また首を左右に振りながら言った。「それにしても、これにはみな致命的な欠陥がある」

「なにをおっしゃいます」とわたしは言った。「その版画は、芸術家の才能がひとつの様式の限界をいかに超越できるかを教えてくれる、すばらしいお手本だと思います。ぼくはしょっちゅう考えるんですが、先生のお若いころの版画をこんな倉にしまっておくなんて、ほんとにもったいない。ほかの絵といっしょに公開すべきだと思います」

モリさんは相変わらず目の前の版画に気を取られていた。「致命的な欠陥がある」と彼はもういちど言った。「だが、わしもずいぶん若かったんだな」モリさんがカンテラを動かすと、ひとつの版画が陰のなかに消え、もうひとつの版画が現れた。そのあとモリさんは言った。「どれも本町にあった料理屋の光景だ。わしの若いころには、なかなか格式の高い店として知られていた。義三郎とわしはよく連れだってこういう料理屋に行っては芸者遊びをしたものだ」そして、少し間を置いてからまた言った。「致命的な欠陥があるんだよ、小野」

「でも先生、どんなに目の鋭い批評家でも、この版画の欠陥を探し出すことなどできないはずです」

モリさんはまだじっと版画を見つめていたが、やがて倉の出口のほうに歩きはじめた。床の上の雑多なものを踏まぬよう用心するにしても、むやみに時間をかけた歩き方のように思われた。ときどきモリさんがぶつぶつつぶやくひとりごとや、足で壺や箱を押しのけている音が聞こえた。わたしは一度か二度、モリさんはこのがらくたのなかから本気でなにか——もっとほかの初期の版画でも——探しているのではないかと思った。が、彼は結局もとの古い木の櫃に腰を下ろしてため息をついた。またしばらく沈黙がつづいたのちにモリさんは言った——

「義三郎は気の毒な男だ。不幸な人生を送ってきた。かつての才能もしぼんでしまった。義三郎がかつて愛した人たちもとうに死んだ。さもなければ、彼を捨ててしまった。わしらが若かったころでさえ、義三郎はすでに孤独な、不幸な人間だった」モリさんは少し間を置いてからまたつづけた。「もっとも、わしらはときどき遊廓の女たちと酒を飲んで遊んだものだ。そんなときには義三郎も楽しそうだった。そういうところの女たちは、義三郎が喜ぶようなことをたっぷりと話して聞かせる。彼もその晩は女の話を真《ま》に受ける。もちろん朝が来ると、知性が邪魔して、もうそんな話を信じることはできない。だからといって、義三郎は遊女との夜の楽しみにいささかでもけちをつけるような男ではなかった。

彼はいつも、世の中でいちばんいいものは夜に集まってきて、夜明けと共に消えていく、と言っていた。人々が浮世と呼んでいるのはな、小野、義三郎が大事にすべきだと心得ていたそういう世界だ」

モリさんはまた口をつぐんだ。さっきと同じように、わたしにはモリさんのシルエットだけしか見えなかったが、モリさんは庭のむこうの華やかな宴会の音に耳を傾けているように思われた。やがてモリさんは話をつづけた。「義三郎はずいぶん年をとり、前よりも不幸になったが、昔と変わらない点もいろいろある。今夜の義三郎はああいう遊廓で遊んだときと同じように、とても楽しそうだ」モリさんはたばこでも吸うかのように大きく息を吸いこんでから、またつづけた。「画家がなんとか捉えることのできる最も微妙で、最も繊細な美は、夕闇が訪れたあとのああいう妓楼《ぎろう》のなかに漂っている。そして、こんな晩にはそういう美が多少ともこの別荘に流れ込むんだ。ところが、あそこにある版画には、そういうはかない、幻想的な雰囲気がちっとも表現されていない。あれはたいへんな傷物だよ、小野」

「でも先生、ぼくの目には、まさしくいまおっしゃった特長を印象的に暗示しているように見えますが」

「あれを制作したころ、わしはずいぶん若かった。浮世の風俗を賛美できなかったのは、その価値をまだどうしても信じる気になれなかったからだろう。若者はえてして快楽を罪悪視しがちだ。わしも例外ではなかったと思う。そんなところで時間を費やし、そんなにはかなくて、つかみどころのないものを美化するために才能や技術を用いるなんて、そんなことはすべて浪費であり、デカダン趣味とさえ言えると、そう考えていたような気がする。ある世界の妥当性そのものに疑問を持っているあいだは、その世界の美しさを観賞することなど、とてもできない」

わたしはその考えを頭のなかで反芻してから言った。「ごもっともです。いまおっしゃったことはぼく自身の絵にもぴったり当てはまりそうです。今後とも正しい道を進むよう全力を尽くします」

モリさんの耳にはわたしのことばが入っていないかのようだった。「しかし、わしはそういう疑問をとうの昔にすっかり捨てた」と、彼は話をつづけた。「年をとってから振り返り、自分の生涯はそういう世界のユニークな美しさを把握する使命のために捧げられたと自覚できたならば、わしは大きな満足を感じるに違いない。そして、だれがなんと言おうと、人生を無駄に過ごしたとは決して思わないだろう」

もちろん、モリさんは正確にそのとおり言ったわけではないかもしれない。考えてみるとこの口調は、わたし自身が〈みぎひだり〉でいくらか飲んだあと、弟子たちに自分の考えを言い聞かせたときの口ぶりに近いような気もする。「きみたちは新世代の日本の美術家として、祖国の文化に対する重大な責任を担っている。わたしはきみたちのような青年を弟子に持ったことを誇りに思っている。わたしの絵はあまり褒めてもらえるような代物ではないが、将来わたしの生涯を振り返って、ここにいるみんなの画業を助け育てたことを思い出したならば、そう、そのときには、だれがなんと言おうと、わたしの人生を無駄に過ごしたとは決して思わないだろう」そして、わたしがこういうことを言明するたびに、テーブルを取り巻く若者たちは先を争って、自作に対するわたし自身の過小評価に激しく抗議しはじめ、わたしの作品こそ疑問の余地なく後世に残る名作だと声を大にして主張するのであった。だがもういちど考え直してみると、前にも言ったように、わたし独特の口調と見なされるようになったものの多くは、ほかならぬモリさんから受け継いだものである。だから、その晩のモリさんもやはりさっきのことばどおり話したのであり、それが強烈な印象としてわたしの脳裏に刻み込まれた、とも考えられる。

それはとにかく、話がまた脱線してしまった。わたしは先月、川辺公園で節子と妙に気になる会話を交わしたあと、孫といっしょにデパートの食堂で昼食をとったことを思い出そうとしていたのだ。特に、一郎がホウレンソウを礼賛している場面を思い出していたと思う。

そう、ランチがテーブルにくると、一郎は皿に盛られたホウレンソウに注意を集中し、ときどきスプーンでそれをつついた。やがて彼は顔を上げて言った。「おじいちゃん、見て！」

孫はスプーンに山盛りのホウレンソウをのせ、それを空中高く持ち上げてから、口のなかにほうり込みはじめた。それはボトルの底に残ったウイスキーをあおる動作に似ていた。

「一郎」とわたしは言った。「あまりお行儀のいい食べ方には見えないな」

ところが、孫はたてつづけにホウレンソウをほおばり、力強くかみつづける。スプーンを下ろすのは、それが空になり、ほっぺたが弾けそうにふくらんでいるときだけだ。そのうちに彼は、まだもぐもぐかみながら、顔にいかめしい表情を浮かべ、胸を突き出して、そのあたりの空気を殴りはじめた。

「なにをしてる、一郎。なんのまねをしているのか、今度こそちゃんと言いなさい」

「当ててごらん、おじいちゃん！」と、孫は口いっぱいのホウレンソウでくぐもった声で言った。

「さあ、わからんなあ。酒を飲んでけんかをしてる男か。ちがう？　じゃあ、教えておくれ。おじいちゃんには見当もつかない」

「ポパイ・ザ・セーラーマン！」

「そりゃなんだね。一郎の新しいヒーローか」

「ポパイはホウレンソウを食べるんだ。ホウレンソウがポパイをつよくするんだ」一郎はまた胸を突き出して、空中にまたいっそうのパンチを食らわせた。

「そうだったのか」とわたしは笑いながら言った。「たしかにホウレンソウはすばらしい食べ物だ」

「おさけをのむとつよくなれる？」

わたしは笑って首を振った。「お酒を飲めば強くなったような気分になれる。でもほんとうは、飲む前にくらべてちっとも強くなっていないんだよ」

「じゃ、なぜ男はおさけをのむの？」

「さあ、なぜかな。たぶん、飲んだあとしばらくは強くなったような気分になれるからだろう。しかし、ほんとうのことを言うと、お酒は人を強くしてくれない」

「ホウレンソウを食べるとほんとにつよくなれるんだよ」

「じゃあ、ホウレンソウはお酒よりも上等だ。どんどんホウレンソウをおあがり。でも、お皿の上に手つかずで残っているほかのものはどうなんだい？」

「ぼくもおさけ、すきなんだ。ウイスキーも。うちにはバーがあって、ぼくはいつもそこへ行くんだ」

「そうかい。もっともっとホウレンソウを食べたほうがいいと思うがねえ。いまも言ってたろう、そうすると強くなれるって」

「いちばん好きなのはおさけ。まいばん十本ずつのんでるんだ。そのあと、ウイスキーを十本のむの」

「そうだったのか。それはまさしく大酒飲みだ。お母さんにとっては頭痛の種に違いない」

「おさけをのむぼくたち男のきもちなんて、女にはぜったいにわかんないさ」と一郎は言ってから、自分のランチに注意を向けた。しかし、すぐまた顔を上げて言った。「おじいちゃん、こんやごはんを食べにくる?」

「ああ行くよ。紀子おばちゃんがとてもおいしいものを作ってくれそうだからね」

「のり子おばちゃんはおさけをかったよ。おじいちゃんと太郎おじさんがみんなのんでしまうだろうって言ってた」

「まあ、そういうことになるかもしれない。女たちも少しは飲みたがるだろう。でも、紀子おばちゃんの言うとおりだ。お酒は主に男のものだな」

「おじいちゃん、もし女がおさけをのむとどうなるの」

「さあ、どうなるか。女はわれわれ男のように強くないからな。あっという間に酔っ払ってしまうかもしれんぞ」

「のり子おばちゃんがよっぱらうかもしれない! おちょこで一ぱいのんだだけでかんぜんによっぱらっちゃうかもね」

わたしはつい噴き出してしまった。「うん、大いにあり得る」

「のり子おばちゃんはかんぜんによっぱらうかもよ! うたなんかうたって、そのままテーブルでねちゃうかもしれない!」

「すると、一郎」と、わたしは笑いをこらえながら言った。「われわれ男たちはお酒を独占したほうがよさそうだ。なあ?」

「男のほうがつよいんだから、ぼくたちのほうがたくさんのめるんだ」

「そのとおりさ。男だけで全部飲んでしまったほうがいい」

そのあと、わたしはちょっと考えてから言い足した。「一郎、たしかいま八つだったな。いまに大きな男になるだろう、きっと。うん、今夜おまえも一杯飲めるよう、おじいちゃんが話してみようか」

孫はやや虚を突かれた表情でわたしの顔を見たが、なにも言わなかった。わたしは彼にほほ笑みかけてから、すぐわきの大きな窓から淡い灰色の空を眺めた。

「おまえは賢治おじさんに一度も会ったことがないけれども、そのおじさんは、一郎くらいの年のころ、一郎と同じくらい大きくて強かった。そう、お酒をはじめて口にしたのも、おまえと同じ年のころだった。一郎、今夜はおまえも少しだけ飲めるように、おじいちゃんが話をつけてやろう」

一郎はちょっと思案顔を見せて言った。「ママがうるさいことを言うかもしれないよ」

「お母さんのことなら心配しなくていい。おじいちゃんはちゃんと扱い方を心得ている」

一郎はうんざりしたような顔を左右に振った。「女って、男がおさけをのむことをちっともわかろうとしないんだから」と彼は言った。

「とにかく、おまえのような男なら、少しは酒をたしなんでいいころだ。心配しなくてい、お母さんのことはおじいちゃんに任せなさい。もう女どもがあれこれ指図するのを許してはおけない。だろう?」

わたしの孫はじっと考えていたが、突然大きな声を出した――

「のり子おばちゃんがよっぱらうかもね!」

わたしは笑って言った。「そいつは見ものだな」

「のり子おばちゃんはかんぜんによっぱらうかもしれないぞ!」

たぶん十五分かそこらのち、アイスクリームがくるのを待っているあいだに、一郎があらたまった調子でたずねた――

「おじいちゃん、なぐちゆうじろうって人しってる?」

「それはきっと那口幸雄のことだろう。いや、個人的な知り合いではない」

孫は窓ガラスに映った自分の姿に気を奪われているらしく、なんの返事もしなかった。

「けさ公園でおまえのお母さんと話をしたときにも、お母さんは那口さんのことを考えている様子だった。きのうの晩ごはんのとき、おとなたちは那口さんのことを話していたらしい。そうだろう?」

一郎はしばらく窓に映った自分の姿を見つめていた。やがて彼は向き直って言った――

「なぐちさんって、おじいちゃんみたいな人?」

「那口さんがおじいちゃんみたい？　さあね。少なくとも、おまえのお母さんはそう思っていないらしい。もとはと言えば、いつだったか、おじいちゃんが太郎おじさんに言ったことだ。なんでもないことさ。それをお母さんはあまりにも生真面目に受け止めたらしい。そのとき、太郎おじさんとなにを話していたか、もう覚えていないが、おじいちゃんがたまたま、太郎おじさんにはひとつふたつ那口さんみたいな人々と共通したところがあるようだと言った。それだけだ。ところで、一郎、きのうの晩、おとなたちはみんなでなにを言ってたんだね」

「おじいちゃん、なぐちさんはなんでじさつしたの」

「はっきりした理由はわからんな。那口さんとはまったく個人的なおつきあいがなかったから」

「でも、わるい人だったの？」

「いや、悪い人ではなかった。いちばんいいと信じていることのために、一生懸命努力した人だ。しかしなあ、一郎、戦争が終わると、なにもかもずいぶん変わってしまった。那口さんが作ったたくさんの歌は、この市だけではなくて、日本中に知れ渡り、ラジオでも放送され、酒場でも歌われていた。そして、賢治おじさんみたいな学生や兵隊も、行進するときや、戦闘に出かける前などに歌ったものだ。ところが、戦争が終わったあと、那口さんは自分の作った歌は——なんというか——一種のまちがいだと思うようになった。那口さんは戦争で亡くなったあらゆる人々のこと、親を亡くした一郎くらいの年のあらゆる坊やたちのことを考えた。そういったすべてのことを考えたうえで、自分の作った歌はまちがいだったと思った。そして、お詫びをする必要があると考えたのだ。残されたすべての人に。お父さんやお母さんを亡くした坊やたちに。おまえのようなかわいい坊やを亡くした親たちにも。そういうあらゆる人にごめんなさいと言いたかった。だから自殺をしたんだと、おじいちゃんは思う。一郎、那口さんは決して悪い人ではなかったんだよ。あの人は率直に自分の犯した過ちを認めた。那口さんはとても勇気のある立派な人だ」

一郎は思い詰めたような表情でわたしの顔をじっと見ていた。わたしは笑って言った。

「どうかしたのかい、一郎？」

孫はなにか言いかけたが、やめて横を向き、ガラスに映る自分の顔をのぞき込んだ。

「たしかにおじいちゃんは、太郎おじさんは那口さんに似ていると言ったけれども、べつになんの意味もなかった」とわたしは言った。「ほんの冗談のつもりで言っただけだよ。どうやら今度お母さんが那口さんのことを話してるのを聞いたら、そう言ってやりなさい。どうやらけさの話の調子だと、お母さんはたいへんな誤解をしているらしい。どうした、一郎、急におとなしくなって？」

昼食後、わたしたちはしばらく都心の店をぶらついて、おもちゃや本を見た。それから、三時過ぎに桜橋通りの一軒の洒落た喫茶店で一郎にまたアイスクリームをごちそうしてから、和泉町にある太郎と紀子の新居に向かった。

ご承知の方も多かろうが、最近、和泉町は比較的裕福な若夫婦のあいだでとても評判になっている。なるほど、そこには清潔で上品な雰囲気がある。ただ、そういう若夫婦が好んで住みたがる新しい団地は、わたしの目から見るとどうも想像力が欠けているし、いかにも狭苦しい。例えば、太郎と紀子が住んでいる団地の一室は、四階の小さな二間《ふたま》の間取りで、天井は低く、隣近所の物音が入ってくる。おまけに、窓からは向かいのブロックとその窓ぐらいしか見えない。ほんのしばらくそこにいるだけで閉所恐怖症に陥ってしまうのは、単にわたしが広い、伝統的な家に住み慣れているからではないと明言できる。ところが、紀子はこの新居を大いに自慢しており、絶えずそのモダンさをひけらかす。たしかに見たところ、掃除はとても簡単そうだし、通風も非常に能率的である。紀子は、特にこの団地はすべてキッチン、バス、トイレが洋式だから、実家の設備とは比べものにならぬくらい便利で使いやすい、と言い張っている。

台所はいくら便利とはいえ、とても狭いので、その日の夕方、娘たちの食事の用意ははかどっているかなと見にいったときも、わたしが立っている余地はなさそうだった。それもあり、娘たちがふたりとも忙しそうに見えたこともあって、長話は遠慮することにした。

ただ話の途中で、これだけはと思って言った――

「ところで、さっき一郎が少しでいいからぜひお酒を飲んでみたいと言ってたよ」肩を並べて野菜を切っていた節子と紀子は、同時に手を止めて、わたしのほうを振り返った。

「考えてみたが、少しなら味わわせてもいいんじゃないか」とわたしは話をつづけた。

「ただ、水で割ったほうがよかろうな」

「ごめんなさい、お父さま」と節子が言った。「それは、今夜、一郎にお酒を飲ませようってことかしら」

「ほんの少しだ。なんといっても、一郎は男の子として成長している。いま言ったとおり、水で薄めたらいい」

娘たちは目くばせをした。今度は紀子が言った。「お父さま、一郎はまだ八つよ」

「水を混ぜれば害はないさ。おまえたち女にはわからんかもしれんが、こういうことは一郎のような少年にとっては大きな意味を持つ。自尊心の問題だ。一郎は一生涯このことを忘れないだろう」

「そんなのナンセンス」と紀子が言った。「一郎が病気になるだけよ」

「ナンセンスであろうとあるまいと、慎重に考えた結果だ。おまえたち女は、男の子のプライドに十分な理解を示さないことがある」わたしは娘たちの頭上の棚に立っている酒瓶を指さした。「ほんの一滴でいいんだ」

そのままわたしは台所から出ようとしたが、うしろから紀子の声が聞こえた。「お姉さま、そんなの問題外よ。お父さまはいったいなにを考えているのかしら」

「なんだってそう騒ぎたてる」と、わたしはまた台所の入り口まで戻って言った。うしろの客間から太郎とわたしの孫がなにかを面白がって笑う声が聞こえた。わたしは声をひそめて説得をつづけた――

「とにかく、もうあの子に約束をしてしまった。だからもう期待をしている。おまえたち女は、どうもプライドについての理解がなさすぎるぞ」

わたしがまた立ち去ろうとすると、今度は節子が話しかけてきた。

「一郎の気持ちをそこまで深く考えてくださったお父さまの心づかいは、ほんとうにうれしいの。でも、どちらかというと、一郎がもう少し大きくなるまで待ったほうがいいんじゃないかしら」

わたしは小さな笑い声を漏らした。「思い出すな。賢治がいまの一郎と同じ年になったとき、酒をちょっぴり味わわせてやることにしたら、おまえたちの母親がいまとおんなじ調子で抗議したもんだ。もちろん、賢治になんの障りもなかったがね」

わたしはそういう小さな言い争いに賢治の名前を持ち込んだことをたちまち後悔した。とにかく、その直後は自分の軽はずみを責めるのに夢中だったのだろう、節子のことばを注意して聞いていなかったらしい。どうやら節子はこんなことを言っていたようだ――

「賢治を育てるとき、お父さまがこの上なく慎重に配慮なさったことは疑いませんけど、これまでの経験から考えても、ほんとうは母親のほうが正確な判断を下せることが、少なくともひとつやふたつはあるような気がします」

公平に考えれば、節子はそんな不愉快なことをひとつも言っていなかったのかもしれない。節子が実際に言ったことを、わたしがすっかり取り違えたという可能性もある。それというのも――わたしははっきり覚えているが――紀子はうんざりした様子でまた野菜のほうに向き直っただけで、姉のことばにはなんの反応も示さなかった。それに、節子が人との会話の途中でだしぬけにそんな口ぶりを示すとは、ふだんならちょっと考えられぬことだ。とはいうものの、その日の午前中に川辺公園で節子があういう当てこすりを言った事実を考えると、台所でもいまのようなことをやっぱり言ったと認めるほかないかもしれない。とにかく、節子が最後にこう言ったことを思い出す――

「それに、うちの人も、一郎がもうちょっと大きくなるまでお酒を飲ませたくないと言うでしょう。でも、一郎の気持ちをそこまで考えてくださって、ほんとうにありがとう」

わたしはこのやりとりが一郎の耳に届くことを恐れたし、ほんとうに久し振りの家族の集まりに水を差すことになってもいけないと思ったので、それ以上議論することはあきらめて台所を出た。思い返すと、そのあとしばらくは太郎や一郎といっしょに客間に座って、夕食を待つあいだ楽しいおしゃべりを交わしたはずである。

一時間かそこらあと、ようやく食事ということになった。みなが席につくと、一郎がテーブルの上の徳利《とっくり》に手を伸ばし、指でそれをはじきながら、心得顔でわたしのほうを見た。わたしは彼にほほ笑みを返したが、なにも言わなかった。

女たちはすばらしい料理の腕前を発揮しており、すぐにみんなの話がはずんだ。そのうち、太郎が会社の同僚の話をしてみんなを笑わせた。その同僚は、不幸な偶然と彼自身の滑稽な間抜けぶりとがいつも重なったおかげで、なにをやらせても約束の時間には間に合わぬやつという評判を立てられたという。その話のなかで太郎はこう言った――

「それどころか、万事あんまり度が過ぎるので、上役が揃って彼を〈カメさん〉と呼ぶようになったらしい。ついこのあいだの会議で、早坂さんがついうっかり、『ではここでカメさんの報告を聞いて、そのあと昼休みにしましょう』と口走ってしまったんです」

「ほう、そうなの」とわたしはやや驚いて大きな声を出した。「実に面白い。わたしにも昔おんなじニックネームをつけられた同僚がいた。理由も同じようなものだったらしいね」

しかし、太郎はこの偶然にあまり驚いたようなそぶりを見せなかった。彼はおとなしくうなずいてから言った。「そう言えばぼくの小学校にも〈カメ〉と呼ばれてる生徒がいました。実際、どんなグループにもひとりでにリーダーが生まれてくるのと同じように、どんなグループにもカメさんがいるようですね」

そう言うと、太郎はさっきの話の続きに戻った。いま考えてみると、もちろん太郎の言うとおりだと思う。たいていのどこの仲間うちにもカメさん役がいる——たとえカメというあだなはつけられていないとしても。例えば、わたし自身の弟子たちのあいだでその役を演じていたのは信太郎だ。だからといって、信太郎の基本的な能力を否定しているわけではない。ただ、黒田のような仲間と並ぶと、彼の才能は急に色あせて見えただけである。

大まかに言うと、わたしは世の中のカメさんたちをあまり尊敬していないようだ。人々は彼らの着実な歩みと生き残る能力を評価するとしても、率直さの欠如と裏切りの可能性とを疑わぬわけにはいかないだろう。それにカメさんたちは、いくら大望を抱いても、また、ある原理を信じるといっても、そのためにイチかバチかの冒険をする気がないので、人々は結局彼らの消極性を軽蔑するのだと思う。こういうカメさん族は、例えば杉村明が川辺公園の計画で経験したような、壮大な破局を味わうことは絶対にない。その反面彼らは、時には学校教員やなにかとして小さな尊敬を受けることはあるにしても、非凡な業績を挙げることなど決してあるまい。

モリさんの別荘でいっしょに暮らしている数年間、カメさんに大きな友情を感じるようになったのは事実だが、その後は友人としての彼に敬意を払ったことはまったくないと思う。これはわれわれの友情の特殊な性格から来ているに違いない。その友情は、カメさんが武田工房でいじめられているころや、別荘に移って最初の何ヵ月か、彼がやはり苦労していたあいだに結ばれた。つまり、わたしがカメさんに与える有形無形の「援助」に彼が絶えず感謝をするといった状況のなかで、友情が育ったのである。カメさんは、仲間の敵意を全然誘わないような絵を描くことを身につけ、愛想のいい素直な性格でみんなから愛されるようになったずっとあとでさえ、まだわたしにこんなことを言うのであった——

「小野さん、あんたにはほんとに感謝しているよ。みんなからこんなによくしてもらってるのも、あんたのおかげだもの」

もちろんある意味で、カメさんはたしかにわたしの恩恵を常にこうむっていた。というのも、もしわたしがリードしなかったら、彼は武田工房を去ってモリさんに弟子入りする気になど決してならなかっただろう。もともとそういう冒険的なことを極端にためらうたちであった。しかし、こちらがいったん腹を決めさせると、彼ももはや自分の決意に疑問を持たなかった。それどころか、カメさんはモリさんを深く尊敬するあまり、長いあいだ——少なくとも最初の二年間は——この師匠と会話を交わすことはなく、はたで聞いていると、口のなかでもぐもぐと「はい、先生」とか「いえ、先生」とか言っているだけであった。

カメさんは別荘に来てからも、以前とまったく同じようにのろのろと絵を描いていたが、そのことをとがめる者はひとりもいなかった。実際、同じように仕事ののろい者がほかに何人もいたのであり、むしろ仕事の速いわれわれのほうがひやかされるような風潮さえあった。筆の遅い連中はわれわれに〈機関士〉というレッテルを張ったものだ。いったんアイディアがひらめくと一気に描き上げるわれわれの猛烈ぶりを、蒸気の勢いがいまにも衰えるのではないかと恐れてシャベルで石炭を休みなく投げ入れる機関車の釜炊きにたとえたわけだ。お返しにわれわれは彼らを〈バック衝突屋〉と名づけた。もともと〈バック衝突屋〉というのは、別荘の仲間言葉であり、イーゼルをいっぱい並べた部屋で二、三分おきに必ずあとずさりをしてはカンバスを眺め、おかげでいつも、うしろで描いている仲間とぶつかる男を意味していた。もちろんそれは実に不公正な言い方であった。なぜなら、画家というものは絵の制作に時間をかけたがる——象徴的な意味で、あとずさりしたがる——ものだから、もはやこの反社会的な習慣にうしろめたさなど感じないはずである。それくらいのことはわかっていたが、われわれはそういうレッテルの挑発的な効果そのものを楽しんでいたのだ。その証拠に、わたしは〈機関士〉と〈バック衝突屋〉についてのユーモアあふれるののしりことばをたくさん覚えている。

もっとも、現実には、われわれのほとんどすべてがバック衝突の罪を犯しがちであった。そのため、制作の際には多人数が一カ所に集まらないよう、できるだけ注意した。夏のあいだ、仲間の多くは縁側のあちこちに離れて、あるいは庭に出て、イーゼルを立てた。なかにはふたつ以上の部屋の使用を予約しておく者もいた。彼らは光線の具合によって部屋から部屋へと移ることを好んだのだ。カメさんとわたしは、大体いつもいまは使われていない昔の調理場で制作にはげんだ。その古い調理場は、ある棟の裏側にある大きな納屋のような離れにあった。

その古い調理場は、入ったところは土間だが、奥のほうに少し高くなった板の間があり、われわれがイーゼルを据えるのに十分な広さがあった。かつて鍋や台所用品を吊り下げるのに使ったかぎの手が何本もついている低い横梁と、壁に取り付けてある竹製の棚は、われわれの絵筆、ボロきれ、絵の具等々をしまっておくのにちょうどよかった。それから、いまでもよく覚えているが、カメさんとわたしは古い大きな黒ずんだ壺に水をいっぱい汲み入れ、それを板の間まで運んで、古い滑車でふたりのあいだの肩の高さまで吊り上げてから絵を描いたものである。

ある日の午後、いつものようにその古い調理場で絵を描いているときに、カメさんが言った——

「小野さん、あんたのいまの絵にはとても好奇心をそそられるなあ。なんか特別のものだろうね、きっと」

わたしは描きかけの絵から目を離さずに微笑を浮かべた。「なんでそんなことを言い出す。ほんの小さな実験だ。それだけのことさ」

「でも、小野さんがそれほど根《こん》をつめて制作に励んでいるのを見るのは、ほんとに久しぶりだよ。しかもプライバシーを願い出た。少なくともここ二年間はプライバシーを求めなかったのに。はじめて展覧会に出す〈獅子舞い〉を制作していたとき以来はじめてじゃないの？」

ここで説明しておいたほうがよいと思うが、別荘の画家たちは完成前の絵がだれかの批評によって邪魔されそうだと思ったときには、いつでも「プライバシーを願い出る」ことができた。それが認められると、本人がそれを取り下げるまで、ほかの者は制作中の絵をのぞいて見ることさえ許されないのであった。これは大勢でいっしょに生活し、制作しているわれわれにとって有益な取り決めであり、他人から笑いものにされる心配なしに、いろいろな冒険を試みる余地を与えてくれた。

「そんなに目立つかなあ」とわたしは言った。「興奮をうまく隠しているつもりだったのに」

「忘れているのかな。ぼくらはもう八年も肩を並べて描いているんだよ。そうとも、ぼくは今度の絵があんたにとってあくまで特別なものだと見抜いているんだ」

「八年か」とわたしは言った。「もうそんなになるか」

「そうとも。そして、これほどの才能の人とこんなに近いところで勉強できるなんて、ほんとに光栄だ。ときどき、まいった、おれはもうだめだ、と思うこともあるけど、やっぱりたいへんな光栄だと思うな」

「大げさだよ」とわたしは笑って言い、絵筆を動かしつづけた。

「そんなことはない。ぼくは目の前に現れるあんたの絵から絶えずインスピレーションを受けてきた。もしそうでなかったら、ここ数年のぼくの進歩も全然なかったと思う。大した作品じゃないが、ぼくの〈秋の女〉が小野さんの傑作〈斜陽に立つ女〉からどれほど影響をこうむっているか、もちろん当のあんたは気づいているに違いない。あれは、小野さん、あんたのすばらしい才能に追い着こうとするぼくのいろいろな試みのひとつだった。弱々しい試みであることは自分でもわかってたけど、ありがたいことにモリさんは、ぼくにとって意味のある一歩前進だと褒めてくださった」

「今度はどうかな」わたしはしばらく絵筆の動きを止めて、作品を眺めた。「今度のこの絵もきみにインスピレーションを与えるかどうか」

　わたしは完成間近の絵をなおもじっと眺めたあと、ふたりのあいだにぶら下がっている古い壺越しに友人の横顔をちらっと見た。カメさんはわたしの視線に気づかず、楽しそうに絵を描いていた。武田工房ではじめて知り合ったころよりは少し肉がついており、当時のカメさんの被害者めいたおどおどした感じはほとんど消えて、その代わりに子供っぽい満足の表情が見えていた。そういえばあのころ、だれかがカメさんのことを、別荘のみんなが可愛がっていた小犬そっくりだと言っていた。古い調理場で描いているカメさんを見て受けたわたしの印象も、まあそんなものだった。

「なあ、カメさん」とわたしは言った。「いまのままで十分満足しているらしいな」

「おかげさまで十分に」とカメさんは躊躇《ちゅうちょ》なく答えた。そのあと彼は目を上げ、はずかしそうに笑いながらあわてて言い足した。「もちろん、ぼくなんかの絵が小野さんの作品の横に並ぶようになるまで、どれだけかかるかわからないけど」

カメさんはすぐ自分の絵に目を戻した。わたしはまたしばらく彼の制作ぶりを見つめていた。やがてわたしは質問をぶつけた――

「きみはなにか……なにか新しい手法を……試そうと思ったことはないの？」

「新しい手法？」と、カメさんは顔も上げずに言った。

「教えてほしいね、カメさん。きみはいつかほんとうに重要な美術作品を生み出したいという野心を持っていないのか。ぼくの言うのは、単にこの別荘のわれわれが褒めそやすような作品じゃない。ほんとうの重要性を備えた作品だ。日本国民に意義ある貢献をするような作品だ。ぼくは、カメさん、その目的を考えればこそ、新しい手法の必要を説いているんだ」

こう言いながらわたしは注意深くカメさんを見つめていたが、カメさんは絵筆の動きを少しも休めなかった。

「ほんとうのことを言うと」と彼は言った。「ぼくみたいに能のない者はいつも新しい手法をいろいろと試しているんだ。でも、ここ一年のあいだにようやく正しい道を見つけたと信じはじめている。ねえ小野さん、この一年間、先生はぼくの作品を少しずつ丹念に見てくださる。そんな気がするんだ。先生がぼくの成長を喜んでおられることはよくわかる。もしかすればの話だけど、ぼくの作品を小野さんや先生ご自身のと並んで展示することを許される日だって、来ないとは限らない」カメさんはようやくわたしのほうに顔を向け、照れ笑いを見せながら言った。「ごめんよ、小野さん。長いこと辛抱するためには、このくらいの夢を見なければね」

わたしはあきらめることにした。少し前までは、この友人の信頼をふたたびかち得て、本音を吐かせるつもりだったが、事の成り行きはわたしの意図をすでに封じていた。

こういう会話をしてから数日後のある晴れた朝、わたしが例の古い調理場に足を踏み入れたとたん、カメさんが納屋に似たその独立家屋の奥にある板の間に立って、わたしのほうを見据えているのに気がついた。朝の明るい屋外を見ていた目が薄暗がりに慣れるまでには何秒か必要だったが、まもなくカメさんの妙に構えた、いや、ほとんどおびえたような表情を見てとることができた。カメさんは片腕を胸のあたりまで上げたかと思うとすぐまた下ろしたが、それはまるでわたしが殴りかかってくるのをよけようとするしぐさに見えた。彼はイーゼルを立てておらず、そのほか、日課である制作の準備をなにひとつしていないようであった。そして、「おはよう」と声をかけても、返事をしない。わたしは近づいてたずねた――

「どうかしたの？」

「小野さん……」とカメさんはつぶやいたが、それきり口をつぐんでしまった。そして、わたしが板の間に上がろうとしたとき、彼はおずおずと左手を見た。その視線の先には、布で覆い、壁に向けてしまってあるわたしの未完成の絵があった。カメさんはやはりおずおずとそちらを指さして言った――

「小野さん、あれはあんたのお遊びか？」

「とんでもない」と、わたしは板の間に上がりながら答えた。「決して遊びなんてものじゃない」

わたしはつかつかと歩いて絵のところへ行き、覆いを引き剝がし、イーゼルをカメさんにも見えるように反対向きにした。カメさんはたちまち目をそむけた。

「カメさん」とわたしは言った。「きみはかつて勇気を奮ったぼくの忠告に耳を傾けた。その結果、ぼくらはいっしょに画家として重要な一歩を踏み出した。きみにはいま、ぼくといっしょにもう一歩踏み出すことを考えてほしい」

カメさんはやはり顔をそむけたまま言った――

「小野さん、先生はこの絵のことをご存じなの？」

「いや、まだだ。しかし、いずれお見せしてもいいと思ってる。これからはずっとこういうやり方で描くつもりだ。カメさん、この絵を見てくれ。いま試していることを説明しておきたいんだ。そうすれば、きっとまたいっしょに重要な一歩を踏み出せると思うから」

カメさんはようやくわたしのほうを向いた。

「小野さん」と、彼は声をひそめて言った。「あんたは裏切り者だ。じゃ、失礼させてもらうよ」

そう言うとカメさんは急いで外へ出ていった。

カメさんをそれほどびっくりさせた絵は〈独善〉というタイトルで、もうずいぶん前からわたしの手元にはないけれども、異常な情熱を傾けて描いた絵だから、細部に至るまでわたしの記憶に焼きついている。実際、もしその気にさえなれば、いまでもそっくりそのまま描けそうだ。構想にインスピレーションを与えたのは、その数週間前、松田といっしょに町を歩いているときに見かけた小さな風景であった。

それは、松田が岡田信源協会に属する何人かの同僚をぜひわたしに紹介したいというので、ふたりで彼らに会いにいく途中のことだった。夏の終わり近くで、すでに猛暑は去っていたものの、さっさと歩きつづける松田について西津留《にしづる》の鉄橋を渡るとき、ひたいの汗を拭いながら、松田がもっとゆっくり歩いてくれればいいのに、と思ったことを覚えている。その日、松田は白いエレガントな夏服を着て、粋《いき》なパナマ帽をいつものとおり目深《まぶか》にかぶっていた。ペースは速いのに、足の運びにはなんの苦もなさそうで、急いでいるそぶりはちっとも見えない。そして、鉄橋のまんなかで彼が立ち止まったとき、暑さもいっこうに苦にならぬという顔をしていた。

「ここに立って見たまえ。ちょいと面白い眺めだ」と松田は言った。「どうだい？」

眼下《がんか》の光景は、左からひとつ、右からひとつ張り出している工場によって縁取られていた。これらふたつの工場によってはさまれているのは、ごたごたとひしめき合っている屋根の群で、一部は安っぽいこけら板で、また一部は波型トタンで葺《ふ》いてあった。西津留地区はいまでもよく場末とか裏町とか言われるけれども、その当時の状況はいまとは比べものにならぬほどひどかった。事情を知らぬ者が鉄橋から見下ろしたら、荒れ放題で、すでに取り壊しの対象になっている空き家の群と誤解したかもしれないが、よく注意して見れば、たくさんの小さな人の姿が、岩に群がるアリのように忙しく家々のまわりを動き回っているのに気づいたはずである。

「見たまえ」と松田が言った。「この市にはああいう場所がどんどん増えている。ほんの二、三年前には、ここもそう悪いところではなかった。ところがこのごろでは掘っ立て小屋ばかりの貧民窟だ。このごろ貧乏人は増える一方だぞ、小野。連中は山の手の家を手放して、同類といっしょにこんなところに住むしかないんだ」

「ひどい話だ」とわたしは言った。「なんとかしてやりたい」

松田はわたしに向かって笑顔を見せた。いつもわたしの落ち着きと自信を失わせる、彼一流の高慢な微笑である。「善意の感傷だな」と彼は言って、またさっきの眺めに目を戻した。「だれもが口ではそう言う。人生のあらゆる局面で。にもかかわらず、ああいうものが青カビのように至るところで発生している。息を深く吸ってみろ。こんなに離れていてもドブの匂いがするぜ」

「前にもおかしな匂いに気がついたが、ほんとうにあそこからくるのか」

松田は返事をせず、奇妙な微笑を浮かべたまま掘っ立て小屋の群を見つづけていた。やがて彼は言った――

「政治家や実業家はこういう場所にはほとんど目を向けない。かりに見たとしても、いまのおれたちのように安全な距離を置いて、遠くから眺めるだけだ。あのなかまで入り込んだ政治家や実業家が大勢いるとは思えない。だがそういえば、画家だって同じことだろう」

わたしは松田の声の調子に挑戦のようなものを感じて、こう言った――

「約束の時間に遅れなければ、ぼくはかまわないよ」

「遅れるどころか、あそこを突っ切って行けば、一、二キロは近道になるさ」

悪臭の元はその地区のドブだという松田の推測は当たっていた。鉄橋の端まで歩き、何本かの路地を通り抜けるにつれて、臭気はますます強まり、やがて吐き気をもよおすほどになってきた。暑さを払う風はもはやそよとも吹いてくれず、周囲の空気を動かすものといえば、しつこくたかるハエの群ばかりであった。わたしはまたもや松田の歩みについていくのを苦痛に感じてきたが、今度ばかりは彼が足を緩めることを全然望まなかった。

路地の両側には露店のようなものが並んでいた。どこかの夜店に使うものを日中しまってあるのかと思ったが、実はこれが住宅であり、その何軒かは路地との境に布切れを一枚下げてあるだけだった。いくつかの家の入り口には年寄りがしゃがんでおり、われわれが前を通ると、珍しそうに、憎しみなどちっともこもっていない目でじっとこちらを見ていた。幼い子供たちが至るところに出入りしているように見えたし、やたらに多くの猫もわれわれの足元からこそこそ逃げ出していくように思われた。われわれは太い綱に干してある毛布や洗濯物をよけながら歩きつづけた。聞こえてくるのは、泣いている赤ん坊、ほえる犬、そして路地越しに——どうやら閉めたカーテンの陰から——愛想よく話しているお向かいさんどうしの声。そのうちに、狭い道の両側に掘られているふたのないドブがやたらに気になりだした。ドブの上には切れ目なくハエが群がっており、松田について歩くうちに、左右のドブの間隔がしだいしだいに狭まり、ついには倒木の上を危ない足取りで渡っているような気分になった。やがてわれわれは材料置場みたいなところに出た。そこには掘っ立て小屋が群がるように立ち並んでいて、その先の道を塞いでいるように見えた。しかし、松田はふたつの小屋の狭い透き間から見えるごみ捨て場を指さした。

「あそこを抜けると」と彼は言った。「小金通りに出られる」

松田が教えてくれた抜け道に入りかけたとき、わたしは三人の小さな男の子がかがみ込んで、棒切れで地上のなにかをつついているのに気づいた。近寄ると、彼らはしかめっ面をして振り向いた。なにも見えなかったが、子供たちの様子からすると小さな生き物をいじめていたらしい。松田も同じことを考えたに違いない。そこを通り過ぎるとき、彼は言った。「この辺じゃ、あんなことでもするほか楽しみがないんだな」

それっきり子供たちのことは忘れていたはずなのに、数日後なぜか、むさくるしい道端に立ってしかめっ面をわれわれのほうに向けたり、棒切れを振り回したりしている三人の男の子の姿が鮮やかによみがえった。それをわたしは〈独善〉の中心的なイメージとして用いたのである。しかし、カメさんがその朝わたしの未完成の作品を盗み見したとき、そこに描かれていた三人の少年は、ひとつふたつ重要な点でモデルとは違っていたことを指摘しておくべきだろう。絵のなかの少年たちも、やはりみすぼらしい掘っ立て小屋の前に立ち、本物の子供たちと同じくぼろぼろの服を着ていたが、彼らは顔をしかめていたものの、それは現行犯を見つけられた幼い犯罪者たちのうしろめたい、自己防衛的な表情ではなく、いまや戦いを始めようとする若武者の表情になっていたはずだからである。さらに、わたしの絵のなかの少年たちが伝統的な剣道の構えで棒を振り上げていたことも、むろん偶然ではない。

カメさんは、三人の子供の頭上で絵がぼかしてあり、別のイメージに連なっているのを見たはずである。子供の上に描かれていたのは、豪華なバーで酒を飲みながら談笑している三人の身なりのいい、でっぷり太った男たちであった。彼らの顔つきは退廃的であり、情婦についての冗談かなにかを交わしている様子であった。この対照的なふたつのイメージは日本列島の海岸線のなかにはめ込まれていた。右側の余白には肉太の赤い字で「独善」とあり、左手にはやや小さい字でアッピールが書き込まれていた——「ソレデモ若者ハ自己ノ尊厳ヲ守ルタメニ戦ウ覚悟ヲ決メテイル」

初期のこの——まことに単純明快な——作品についてこうやって説明すると、そのいくつかの特徴なら知っているという人もおられるだろう。〈地平ヲ望メ〉というわたしの絵を見た人々は少なくないはずだから。それは版画として一九三〇年代にこの市で評判になり、広く影響を及ぼした作品である。〈地平ヲ望メ〉は実を言うと〈独善〉の改作である。ただ、ふたつの作品のあいだの年月の経過から当然期待されるような相違はあった。ご記憶の方もあろうが、改作のほうもふたつの対照的なイメージが合体して、日本の海岸線のなかに収まっている。上半分のイメージはやはり立派な服装をした三人の男が会談しているさま。ただし、こちらは三人とも神経質な表情をしており、だれかが先になにか提案してくれるのを待ち受けている。改めて言うまでもなかろうが、三人の顔は当時の著名な三人の政治家に似ていた。下半分の、より広い画面を占めるイメージだが、貧しさに打ちひしがれた三人の少年は厳粛な顔つきの軍人に変わっていた。そのうちふたりは剣つき鉄砲を構えた兵士で、彼らにはさまれた形で、日本刀を突き出し、西のアジア大陸に向かっている将校の姿が描かれていた。背景はもはや貧しさを示すものではなく、朝日をかたどる軍旗だけであった。右側の余白にあった「独善」の文字は「地平ヲ望メ」に変えられ、左側には「空論ヲ重ネル時ニ非ズ。日本ハ今コソ前進スベシ」というメッセージが書き込まれていた。

もちろん、この市に来てから日の浅い人なら〈地平ヲ望メ〉を見る機会がなかったかもしれないが、戦争中にこの市で暮らしていた非常に多くの人がこの版画を見ている、と言っても誇張にはならないと思う。なにしろそれは、当時、勢いのある筆さばき、また特に力強い色彩の使用という点で大いに賞賛されたからである。しかし、〈地平ヲ望メ〉の芸術的な長所がどうであれ、それがいまや時代遅れになった精神を絵画化したものであることをわたしはもちろん十分に自覚している。そういう精神はおそらく非難に値する、と真っ先に認めてもいい。わたしは自分の過去の業績の欠点から目をそむけるような臆病者ではないのだ。

しかし、ここで〈地平ヲ望メ〉についてあれこれ語るつもりはなかった。それを引き合いに出したのは、ただ前の絵と明らかな関係があったからにすぎない。それに、松田との出会いがわたしのその後の人生に与えた強い影響を認めるという意味もあったのだろう。わたしが松田としょっちゅう会うようになったのは、カメさんがあの古い調理場でわたしの絵についての発見をした例の朝よりも数週間前からであった。松田に会いつづけたのは、もっぱら彼の思想に引かれたからだと思う。いま思い返すと、最初のうちこの男にはあまり好意を持てなかった。それどころか、知り合ってしばらくのあいだは会って話をするたびに、かえっておたがいにひどい敵意を燃やすばかりであった。例えば、こんなことも覚えている。松田の案内で貧しい西津留地区を歩いてから数日後の夕方、彼といっしょに中心街のバーに入った。どこのなんという店か忘れてしまったが、下層階級の人々がよく利用するらしい、暗くてきたない店だということだけはありありと覚えている。店に一歩入ったとたん不安を感じたが、松田はそこのなじみ客らしく、テーブルを囲んでトランプをしている数人の男に声をかけてから、小さなテーブルがひとつだけある、まだだれもいない奥の小部屋に案内した。

われわれが席についてまもなく、ふたりの荒っぽい感じの男が、かなり酔っているらしくよろよろと小部屋に入ってきて、話の仲間に入れてくれ、と言った。わたしの不安は収まるどころではなかった。松田はかなりきっぱりした口調で出て行けと言ったので、これはもめるなと思ったが、相手は松田の強い態度におじけづいたか、なにも言わずに出て行った。

そのあと酒を飲みながら松田と話をしたが、しばらくするうちに、ぎすぎすしたやりとりになったという覚えがある。たしかわたしは、ある段階でこんなことを言った――「なるほどわれわれ画家には、きみたちから嘲笑される理由が時にはあるかもしれない。

しかし、押しなべて絵描きは世間知らずだという、きみの考えは見当違いだと思う」

松田は笑って言った。「しかし、おれが大勢の画家とつきあっていることを忘れるなよ。きみらは概しておっそろしく退廃的な集団だ。この世界のできごとに関しては、まあ、小学生くらいの知識しか持っていない」

わたしは反論しかけたが、松田はさらにつづけて言った。「例えば、きみの計画。ずいぶん熱心に推進したがっているあの計画だ。あれはえらく感動的だが、こう言ってよければ、きみら絵描きに特有の無知さ加減を見事にさらけ出しているな」

「ぼくのアイディアがなぜそう軽蔑されるのか、よくわからん。ただ、きみがこの市の貧しい人たちを心にかけていたというのは、明らかに買い被りだった」

「そんな子供っぽい皮肉を飛ばす必要はない。おれがなにに関心を持っているか、よくわかっているはずだ。しかし、ここでちょっと、きみのささやかな計画について考えてみようじゃないか。とても無理とは思うが、かりにきみの師匠が同調したとする。するとあの別荘の連中全員が一週間、あるいは二週間、仕事に励んで、できるのが、さて、二十点の絵かな。ま、いくら多くても三十点。だいいち、それ以上制作したって意味はなさそうだ。どうせ十点か十一点売れればせいぜいだろう。それでどうする、小野。たいへんな重労働で稼いだ小銭の袋を持って、市内の貧困地区に入っていくのか。出くわす貧乏人に一銭ずつくれてやるつもりか？」

「悪いが、もいちど念を押しとく必要があるな。ぼくのことをそれほど世間知らずだと思ったら大まちがいだ。ぼくは展覧会をモリさんのグループだけでやりたいなんて、ひと言も言ってない。なんとか助けてあげたいと思う貧困者がどんなに多いか、それくらい十分にわかっているさ。だからこそ、あの案を示したんだ。岡田信源協会はそういう企画を実施する能力を持っている。もっと多くの画家の協力を得て、市内各所で大規模な展覧会を定期的に開けば、貧しい人々をかなり救えるだろう」

「残念ながら」と、松田は微笑を浮かべた顔を左右に振りながら言った。「やっぱりおれの考えが正しいと言うしかない。きみたち画家はどうしようもないほど世間知らずだ」彼はいすの背に反り返ってため息をついた。われわれのテーブルの表面はたばこの灰で一面覆われていたが、松田はなにか考えごとをしながら、前の客が置き去りにした空のマッチ箱の角でそのなかに丸い模様を描いていた。「このごろ」と彼はことばを継いだ。「現実世界から身を隠すことに汲々としているような画家がいる。現在は不幸にしてそういう画家が支配権を握っているようだ。小野、きみもそういった手合いに左右されている。まあそうむくれるな。これは事実なんだから。世界についてのきみの知識は子供並みだ。例えばきみはカール・マルクスが何者であったかも答えられないんじゃないか」

わたしはふくれっ面を見せたに違いないが、なにも言わなかった。松田は笑い声を上げてから言った。「ほらね。だが、そうあわてなくてもいい。きみの同業者は、たいがい同じように知らないんだから」

「ばか言っちゃいけない。カール・マルクスくらい、むろん知ってるさ」

「ほう。こりゃ失敬したな。きみを過小評価していたらしい。ぜひマルクスのことを話してほしいね」

わたしは肩をすくめてから言った。「マルクスはロシア革命を指導したはずだ」

「ではレーニンはどうだ。たぶんマルクスの副官だったと思うが」

「なんらかの意味でマルクスの同僚だった」松田がまたにやにやしはじめたので、わたしはなにか言われる前に急いでつけ足した。「とにかく、きみの言ってることは非常識千万だ。いまみたいなことはどこか遠い外国にしか関係がない。ぼくが言ってるのは、われわれが住んでいるこの市の貧しい人々のことだ」

「なるほど、なるほど。しかし、その点でもきみはほとんどなにも知らない。たしかに岡田信源協会は画家の目を覚まして、現実世界を理解させようと努力している。その点はきみの考えているとおりだが、われわれの協会が巨大なお布施鉢《ふせばち》になることを期待しているのなら、とんだ了見違いだぜ。慈善事業には興味がないんだから」

「多少の慈善なら、反対する理由はないと思うがね。おまけに、それがわれわれ退廃的な絵描きどもの目を開かせるとすれば、一石二鳥じゃないか」

「善意に満ちたささやかな慈善でわが国の貧民が救われると見ているのなら、きみの目は節穴《ふしあな》だ。現実に、日本は危機に直面している。われわれは貪欲な実業家や、腰抜け政治家どもの手に握られている。連中は貧乏が日に日に広がることをわざともくろんでいるんだ。われわれ新進の世代が行動を起こすのを防ぐためさ。しかし、おれは政治的扇動家ではない。おれの関心は美術にある。きみたち画家にある。きみらが暮らしているあの狭苦しい世界によって目隠しされてない――まだ完全には目隠しをされていない――若い有能な画家たちにある。岡田信源協会は、きみみたいな画家が目を開いて、いまの困難な時代にとってほんとうに価値のある作品を生み出すのを手伝うために存在しているんだ」

「言っちゃ悪いが、ほんとに無知なのはきみのほうじゃないか。芸術家の関心は、どこであろうと、見つけた美をとらえることにある。しかし、それがどれほどうまくできるようになっても、きみが言ってるような問題に影響を及ぼすことなどほとんどあるまい。もし岡田信源協会がきみの主張するようなものだとすれば、設立の趣旨がまちがっているんだろう。芸術にとってなにが可能であり、なにが不可能であるかについての無知から発した誤解。そんな誤解の上に成り立った協会という感じだ」

「われわれが物事をそれほど単純に見ていないことは、小野、きみだってよく知ってるじゃないか。要するに、岡田信源協会は孤立した存在ではないってことだ。社会のあらゆる分野に――政界にも、軍部にも――われわれと同じ考えの若者がいる。いずれも新進気鋭の世代だ。これが力を合わせれば、われわれだけでもほんとうに価値のあることをやってのけられる。たまたまわれわれの一部は芸術に深い関心を持ち、芸術作品が今日の世界の要請に応えてほしいと願っている。実際、人々がますます貧しくなり、子供たちがますます飢えたり病気になったりするこんな時代に、画家たちがどこかに隠れて遊女の絵ばかり描いていていいものだろうか。こんなことを言われて腹を立てる気持ちはわかるよ。いまだって、どう言い返そうかと考えているところだろう。しかし、おれはよかれかしと思って言ってるんだ。あとでこのことを慎重に考えてくれると期待してるよ。きみはなによりも、並外れた才能の持ち主だからな」

「そうか。それなら教えてくれ。われわれ退廃的で愚かな絵描きが、きみらの政治的革命を実現させるために、どんな手助けができるというんだ？」

松田はまたもやテーブル越しにあざけるような笑みを見せて、わたしをいらいらさせた。

「革命？　なにを言い出す。革命を欲しているのは共産主義者さ。おれたちにそんなものはいらない。それどころか、まるっきり反対だ。求めてやまないのは王政復古。おれたちはただ、天皇陛下がふたたび祖国の元首としてふさわしい地位にお戻りになることだけを望んでいるんだ」

「しかし、陛下はまさしくその地位におられるじゃないか」

「恐れ入ったな。実に頭の混乱したお人よしだ」彼の声はいつものとおり平静そのものであったが、このとき急に調子が強まった感じであった。「天皇陛下はわれわれの正当な統治者であられる。ところが、現実にはなにが起こっているか。陛下から権力を奪い取っているのは、あの実業家や政治屋どもだ。いいか、小野、日本はもう貧乏百姓ばかりの後進国ではない。いまや、西洋のどんな国とも太刀打ちできる一大強国だ。この大アジアにおいて、日本は小人どものなかに立つ巨人だ。それでいながら、われわれは同胞がしだいに絶望的になり、子供たちが栄養不良で死んでいくのを漫然と見過ごしている。その一方で、実業家はどんどん金持ちになり、政治屋は絶えず言い訳とおしゃべりをつづけている。欧米列強のうち、こんな情勢を放置しておく国がひとつでもあると思うか。欧米なら、とっくの昔に行動を開始していたに違いない」

「行動？　どういう行動を？」

「われわれの手で、英国やフランスに劣らず強力で富める大帝国を建設すべき時が来ている。われわれの力を使って海外にもっと進出すべきだ。いまこそ、日本は世界列強のあいだで正当な地位を確保しなければならぬ。信じてくれ。われらの祖国にはそうするだけの十分な手だてがある。ただ、その意志がまだ見えてこないんだ。だからこそ、あの実業家や政治屋どもをやっつける必要があるのだ。そうすれば、軍部は天皇陛下にだけお仕えすることになるだろう」そこで彼は小さく笑ってから、たばこの灰のなかにさっきから描いている模様に目を落とした。「しかし、そんなことはおおむね他人が心配すればいい」と彼は言った。「おれたちみたいな人間は、ひたすら芸術に関心を向けるべきだ」

　こうは言っても、二、三週間後にあの古い調理場でカメさんが度肝を抜かれた理由は、その晩わたしが松田と議論した問題とはあまり関係がないと信じている。カメさんには、わたしの未完成の絵からそこまで見抜く力はなかった。彼はただ、小野の絵はあつかましくもモリさんの好みを無視している、と思っただけだろう。花柳界のおぼろげな行燈の光をとらえようとする画塾挙げての努力が無視されている。視覚に訴える強い手段として大胆な筆使いが見られる。おまけにカメさんは、太い輪郭線を各所で用いたわたしのテクニックを見てショックを受けたに違いない。周知のとおり、これはごく伝統的な技法だが、それを拒絶せよというのがモリさんの指導の基本方針であった。

　わたしはその朝、カメさんの憤慨の理由がなんであれ、すでに勢いよく湧き起こっているわたしのアイディアを、もはや周囲の者に隠してはおけないことを悟った。師匠自身がそれを聞きつけるのも、もう時間の問題であった。そこでわたしは、高見庭園のあずまやでモリさんと話をするよりも前に、釈明のことばを何度も考えておき、なんと言われようと絶対に屈服はすまいと心に誓っていた。

　調理場での一件から一週間かそこらたったころ、モリさんとわたしはなにかの用事で——よく覚えていないが、画材を選んだり注文したりするためかもしれない——市内で午後を過ごした。いま思い出してみると、歩き回っているあいだ、モリさんはわたしに対してちっとも不自然な態度を見せなかった。日が暮れたころ、汽車の発車時刻まではまだかなり間があったので、ふたりで四津川駅の裏手の急な坂を登って高見庭園へ行った。当時、高見庭園の見晴らし台には――そう、いま平和祈念碑が立っているところあたりだが――とても感じのいいあずまやがあった。そのあずまやの最も魅力的な特徴として目につくのは、優雅な屋根の下にぐるりと吊るしてあるたくさんの提灯であった。もっとも、その夕方わたしたちが行き着いたときには、まだそのどれにも明かりはついていなかった。軒下に入ると、そのあずまやは広間くらいの大きさだったが、どちらを向いても壁はないので、街を見下ろす視線をさえぎるものは、屋根を支える数本のアーチ型の柱だけであった。

そのあずまやの存在をはじめて知ったのは、たぶんモリさんと歩いたその夕方だったと思う。以後そのあずまやは、戦時中に焼失するまで、長らくわたしのお気に入りの場所となった。わたしは弟子たちといっしょに近くまで出かけるたびに、そこで休憩したものである。そういえば、開戦間近に、最も才能に恵まれていた弟子、黒田と最後に話をした場所も、たしか同じこのあずまやであったと思う。

それはとにかく、モリさんに従ってはじめてそのなかに入ったわたしは、空が淡いあかね色になり、たそがれのなかにまだぼんやりと見えるごたついた人家の屋根のあいだから電燈の明かりがつぎつぎに漏れてくるのを眺めていた覚えがある。モリさんはその眺めのほうに二、三歩近づいて、柱に肩をあずけ、満足げに空を仰いでから、わたしのほうを振り返りもせずに言った――

「小野、その風呂敷のなかにマッチと小さなろうそくがある。軒先の提灯に火をともしてくれないか。面白い眺めになりそうだ」

提灯に火をともしながらあずまやを回っているうちに、もはや人影も物音も絶えた周囲の庭園は、しだいに暗闇のなかに姿を消していった。わたしはそのあいだ、薄明かりの空を背景にして物思わしげに夕景を眺めつづけているモリさんのシルエットに、絶えず目を送っていた。提灯の半分ほどに明かりをつけたころ、モリさんの声が聞こえた――

「ところで、小野。それほどおまえを悩ませている問題というのは、なにかな」

「失礼ですが、先生？」

「今日おまえは言っていたな。なにかに悩んでいると」

わたしはまた別の提灯に手を伸ばしながら、小さく笑った。

「ごく些細な問題です。先生にご心配をかけるようなことではありません。ただ、自分だけではどうしたらいいか判断がつきかねております。実は、おととい、あの調理場にしまっておいたぼくの作品の一部がなくなっているのに気づいたのです」

モリさんはしばらく黙っていたあと、ようやくこう言った――

「で、ほかの者はなんと言っている？」

「みんなに聞いてみましたが、なにも知らぬようです。少なくとも、ほんとうのことを言いたがらぬようです。だれも」

「で、どういう結論に達したんだね。おまえに対する陰謀でもあるのか？」

「実はその、打ち明けて申しますと、ほかの塾生はぼくとのつきあいを避けているようです。げんにここ数日、あそこのだれともひと言も口をきく機会がありませんでした。どの部屋に入っても、みんなは黙りこくってしまうか、揃って外に出てしまうか、どっちかです」

モリさんはこれには一切感想を述べなかった。ちらっと顔を見ると、彼は夕焼け空にすっかり気を奪われているようであった。そのあと、もうひとつの提灯に火をともそうとしたとき、またモリさんの声が聞こえた——

「絵はいまわしの手元にある。勝手に持ってきたために心配をかけたとしたら、あいすまぬことだな。先日たまたま暇ができたので、おまえの最近の作品をたどってみるのにいい機会だと思った。その日、おまえはどこやらに出かけたらしい。帰ってきたらすぐ話すべきだった。すまぬことをしたな」

「いえ、とんでもございません。ぼくなんかの作品に関心を持っていただいて、ほんとうに感謝しております」

「いや、関心を持つのはごく当たりまえだ。おまえはわしの弟子のなかでも技量抜群だからな。わしは長い年月、手塩にかけておまえの才能を育ててきたのだ」

「まったくです、先生。どれほどおかげをこうむっているか知れません」

しばらくふたりとも口をつぐんでいた。わたしはまたひとしきり提灯に明かりをつけてから、動きを止めて言った——

「作品が傷物になっていないとわかって、ほんとに安心しました。こんな単純な理由もあるということに早く気づくべきでした。やっと気分が落ち着きました」

モリさんはこれにはなんとも言わなかった。夕景に浮かぶそのシルエットから判断するかぎり、モリさんはまだ街の眺めから目をそらしていなかった。わたしはいま言ったことが聞こえなかったのかもしれないと思ったので、もう少し大きな声で話しかけた——

「絵が無事とわかって、やっと安心できました」

「そうか」と、モリさんははるかに遠い思いから急に引き戻されたような感じで言った。「少し暇ができた。それで、おまえの最近の作品をだれやらに取りに行かせたのだ」

「あんなに心配したなんて、ばかげてました。絵が無事で喜んでおります」

モリさんはまたしばらく黙っているので、今度こそ聞こえなかったのかなと思ったとたんに、彼は言った。「持ってきたものを見て、少々驚いた。ずいぶん不思議な道を探っているようだな」

もちろん、モリさんがたしかに「不思議な道を探っている」ということばを使ったとは言い切れない。それは後年わたしが口癖のように何度も使っていたことばだからだ。だからわたしは、ずっとのちに同じあずまやで黒田に対して使ったわたし自身のことばを思い出しているのかもしれない。いや、やはりよく考えてみると、モリさんがときどき「不思議な道を探る」ということばを使ったことは確実だと思う。これもまた、旧師から受け継いだ特徴のひとつなのだろう。とにかく、わたしはただぎごちなく笑うだけで、つぎの提灯に手を伸ばした。するとモリさんの声が聞こえた――

「若い画家は少しばかり実験をしてみるのも悪くない。ひとつの効用として、そうすれば軽薄な興味をいくらかでも頭の外へ放出できる。その結果、以前にもましてまじめな作品に精神を集中できるだろう」それから、ちょっと間を置いて、ひとりごとのようにつぶやいた。「そう、実験してみるのも悪くない。それも若さの一部だ。決して悪いことではない」

「先生」とわたしは言った。「自分では、最近の作品がいちばん出来がいいと思い込んでいるのですが」

「悪くない。決して悪くない。ただ、ああいう実験に時間を取られ過ぎては困る。ちょっと散歩に出るといって、遠出しすぎるようなものだ。道に迷わぬうちに戻って、まじめな仕事をつづけるのがいちばんいい」

まだ先があるのではないかと思って待っていたが、沈黙がだいぶつづいたので、こちらから言った。「絵がどうなったか、ああまで心配するなんてまったく愚かでした。でも、ぼくは以前の作品よりもむしろ最近の作品のほうを誇りにしています。それにしても、紛失にこんな単純な説明がつくことくらい、当然予想しておくべきでした」

モリさんは黙ったままだった。明かりをつけている提灯のかげからそっと見たかぎりでは、彼がわたしのことばを反芻しているのか、それともまるで違ったことを考えているのか、判断がつかなかった。夕日が沈むにつれ、わたしが提灯に火をともすにつれて、あずまやには不思議な光の交錯が見られたが、わたしに背を向けて柱に寄りかかっているモリさんの姿は相変わらずシルエットのままだった。

「ところで、小野」と彼はようやく言った。「いま預かっている絵のほかに、最近完成した作品がひとつふたつあるという話だが」

「かもしれません。別にしまっておいたのが、一枚か二枚ありましたから」

「ほう。当然、いちばん気に入っているのがそれというわけだな」

わたしが答えないでいると、モリさんがさらに言った――

「別荘に帰ったら、その絵を持ってきてくれるだろうな。非常に興味があるので、ぜひ見せてほしい」

わたしはしばらく考えたあとで言った。「先生のご批評がいただけるなら、もちろんこんなにうれしいことはございません。ただ、どこにしまったか、さっぱり覚えがないのです」

「しかし、おまえのことだ、手を尽くして探してくれるだろう」

「はあ。ところで、わざわざ目を通してくださったほかの絵のほうは、もう片づけたいと存じます。お部屋をごたつかせ、さぞお邪魔でしょうから、帰ったらすぐ引き取りにうかがいます」

「あれなら心配はいらぬ。残りを見つけて持ってくるだけでいい」

「残念ですが、先生、残りの絵は見つかりそうにありません」

「そうか」モリさんはいかにも疲れたかのようにため息をついた。目を向けると、彼はふたたび空を見つめていた。「すると、その絵を持ってくるのは無理というわけだな」

「はあ。たぶん」

「なるほど。もちろんおまえは、わしの庇護のもとから去ったあとどうなるか、考えてみたんだろうな」

「先生ならぼくの立場を理解してくださる、今後とも画家として育ててくださる、と期待していたのですが」

モリさんは黙ったままなので、仕方なくわたしはつづけた――

「先生、あの別荘を去れば、途方もない苦労を背負うことになるでしょう。あそこでの長い生活はぼくにとって最も幸せな、最も有意義なものでした。ぼくは塾生仲間を実の兄弟と見なしています。先生ご自身について申し上げるなら、これはもう、とてもとても測り知れないご恩をこうむっております。その先生に、ぼくの新しい絵をもういちど見て、考え直してくださるようお願いしたいのです。きっと先生は、これから帰ったあと、ひとつひとつの作品についてぼくの意図を説明することを許してくださると存じますが」

モリさんは聞こえたようなそぶりをちっとも見せないので、わたしはつづけて言った──

「ここ何年ものあいだ、多くのことを学びました。歓楽の世界を見つめることも、そこにはかない美しさを発見することも、ずいぶん勉強になりました。でも、もうほかの方向に進む時期が来ているような気がします。先生、現在のような苦難の時代にあって芸術に携わる者は、夜明けの光と共にあえなく消えてしまうああいった享楽的なものよりも、もっと実体のあるものを尊重するよう頭を切り替えるべきだ、というのがぼくの信念です。画家が絶えずせせこましい退廃的な世界に閉じこもっている必要はないと思います。先生、ぼくの良心は、ぼくがいつまでも〈浮世の画家〉でいることを許さないのです」

そう言うと、わたしはまた提灯に注意を向けた。何秒かたってから、モリさんは言った──

「ここ数年、おまえは最も優秀な弟子だった。そのおまえが去るのを見るのは、多少つらいことだ。だからこうしよう。残りの絵を持ってくるまでに三日の猶予を与える。そのあいだに絵を持ってきて、あとはもっとまともなことに関心を戻せばいい」

「先生、さっきも申し上げましたように、たいへん残念ですが、残りの絵をお持ちすることはできないと思います」

モリさんは自嘲的な笑いのようなものを漏らしてから言った。「おまえの言うとおり、いまは苦難の時代だ。ほとんど名も知れず、金もない若い画家にとっては特につらい時代だ。もしおまえの才能がいまより乏しければ、わたしのもとを去るおまえの将来が案じられるだろう。が、おまえは頭のいい男だ。きっともう策を立てているだろう」

「対策など、ほんとうにひとつもありません。長いことあの別荘がわが家でした。そうでなくなる日が来るなんて、本気で考えたことは一度もありません」

「そうか。とにかく、いまも言ったとおり、おまえほどの才能がない人間なら、心配の種になったに違いない。しかし、おまえは頭のいい若者だ」その時点でモリさんのシルエットがわたしのほうに向くのが見えた。「雑誌の挿絵や漫画の仕事ならなんの苦もなく見つかるだろう。あるいは、うちに来る前に雇われていたような工房にでももぐり込めるかもしれん。もちろん、本格的な画家としての道は絶たれるわけだが、むろんそのくらいのことは考えたうえでの決断だろう」

これは、いまでも自分を尊敬しているとわかっている弟子に対する教師のことばにしては、あまりにも大人げないというか、あまりにも腹いせめいたせりふと聞こえるかもしれない。だが、考えてみると、ある画家が特定の弟子のために多大の時間と財産とを投じ、そのうえ、公《おおやけ》の場でその弟子の名を自分の名前と並べて出すことを許してやった場合には、その弟子の離反に際して、一時的にバランス感覚を失い、あとで悔やむような言動に出たとしても、それは——全面的には許せないとしても——理解できることだろう。そして、問題の作品を取り上げたモリさんのやり口はたしかに卑劣に見えるだろうが、絵の具をはじめ画材のほとんどを自費で買い与えてやった教師が、そういう機会に、弟子にも自己の作品に対する権利があるという事実を一瞬忘れたとしても、無理からぬことだと思う。

にもかかわらず、教師の側のそういう傲慢さと支配欲とは、いくら名の知れた人物の場合であろうと、明らかに遺憾千万と言わなければならない。わたしはいまでも折にふれてあの寒い冬の朝のこと、しだいに強く鼻を突くあの煙の匂いのことを思い起こさないではいられない。それは開戦前年の冬のことで、わたしは不安を抱きながら黒田の家の前に立っていた——中町で彼が借りていたみすぼらしい小さな家の前に。煙の匂いがたしかに屋内のどこかから流れてきていた。たぶん同じところから女のすすり泣きの声も聞こえた。わたしは呼び鈴のひもを何度も引っ張り、大きな声を出して、案内を乞うたが、なんの返事もなかった。とうとうわたしは勝手になかへ入ろうと決心した。しかし、門のくぐり戸を引き開けたとたん、玄関前に制服警官の姿が見えた。

「なんの用だ」とその警官が言った。

「黒田君に会いたいと思って来たのですが、おりますか」

「ここの借家人なら、取り調べのために本署へ連行された」

「取り調べ？」

「いいから、帰りなさい」と警官は言った。「さもなければ、おまえまで調べることになる。われわれはいま、この借家人と親しい人物全員に興味を持っているからな」

「しかし、なんでまた。黒田君がなにか罪でも犯したのですか」

「だれだって、あんなのは迷惑なやつだと思うさ。おまえもさっさと帰らんと、取り調べのために拘留するぞ」

家のなかでは女が——おそらく黒田の母親が——さっきからすすり泣きをつづけていた。その女にだれかがどなりつけている声も聞こえた。

「責任者はどこにおられます」とわたしはたずねた。

「帰んなさい。それとも逮捕されたいのか」

「この際」とわたしは言った。「いちおう申し上げておきたいが、わたしは小野と申す者です」警官はその名前に心当たりがない様子だったので、わたしはいささか自信を失いながら言った。「あなたがたがここに来られたのは、ほかでもなくこのわたしが提供した情報のせいです。わたしは小野益次。画家でして、内務省文化審議会の一員です。それに、非国民活動統制委員会の顧問にも任命されている。この件ではなにか誤解があったと思うので、どなたか責任者の方とお話をさせていただきたい」

警官は一瞬うさんくさそうにわたしの顔を見ると、うしろを向いて家のなかに入った。

ほどなく戻ってきた彼は、身振りでなかへ入れと指図した。

警官のあとについて黒田の家に上がってみると、床の至るところに、たんすや机の引き出しの中身が足の踏み場もないほど散乱していた。よく見ると、本がいくつも束ねてある。居間兼客間の畳は全部はがされ、ひとりの警官が床板を懐中電燈で調べていた。閉まっているふすまのかげから、黒田の母親の泣き声と、彼女を尋問している警官のどなり声とがさっきよりはっきりと聞こえた。

わたしは家の裏手の縁側に連れていかれた。小さな庭のまんなかに、もうひとりの制服警官と私服の刑事がたき火をはさんで立っていた。私服刑事が振り返って、二、三歩わたしのほうに近づいた。

「小野先生ですね」と彼はいかにも慇懃《いんぎん》な口ぶりで言った。

わたしを案内した警官は、先刻の無礼な態度がまずかったことに気づいたらしく、そそくさと背を向けて家のなかに入った。

「黒田君がどうかしたのですか？」

「取り調べのために連行しました。万事われわれの手で面倒を見ますから、どうぞご心配なく」

わたしは私服のうしろの、ほとんど燃え尽きそうになっているたき火に目をやった。制服警官が棒切れで火の山をつついていた。

「その絵を燃やせという命令でもあったのですか」とわたしは質問した。

「証拠として役に立たぬいかがわしいものは、すべて破壊ないし焼却するというのがわれわれの方針です。代表的な作品一点はぬかりなく選んでおきました。残りの屑を燃やしているところです」

「こんなことになろうとは想像もつかなかった」とわたしは言った。「わたしはただ委員会に、だれかを派遣して注意をしてもらったら、黒田君本人のためになるだろうと助言しただけなのに」わたしは庭のなかでくすぶっている灰の山をふたたび見つめた。「焼き捨てる必要など、まるでなかった。そのなかには優秀な作品もたくさんあったのです」

「小野先生、ご協力には感謝しております。しかし、すでに捜査が開始されておりますので、すべて当局にお任せいただくほかありません。ご心配になっておられる黒田氏については、不当な扱いのないよう配慮いたします」

私服刑事はにやっと笑うと、またたき火のほうを向き、制服の警官になにか耳打ちした。制服のほうはまた火を突つき、低い声でなにかつぶやいたが、それは「非国民のクズめ」と聞こえたような気がした。

わたしは縁側に立ったまま、信じられぬ思いで目の前の光景を見つめていた。そのうちに、私服刑事がまたわたしのほうを向いて言った。「先生、もうお引き取りいただきましょうか」

「これは行き過ぎだ」とわたしは言った。「それに、なぜ黒田君のお母さんまで尋問するんです。どんな事件にせよ、お母さんがどう関わっているというんです」

「これはすでに警察の問題ですよ、先生。もうあなたの出る幕ではありません」

「行き過ぎだ。生方《うぶかた》さんに話してみるつもりです。いや、直接あの佐分利さんに談じ込むことだってできる」

私服刑事は家のなかにいた警官に声をかけた。するとさきほど玄関前で会った警官がわたしの横に現れた。

「小野先生のご協力にお礼を申し上げてから、お見送りしろ」と私服が言った。彼はまたたき火のほうに向き直ると、突然せきこんだ。「くせえ絵はくせえ煙を吐きやがる」と彼はにたりと笑いながら言って、顔のまわりの空気を激しく払いのけるしぐさを見せた。

本筋に大して関係のないことをながながと話してしまった。たしかわたしは、節子が先月ほんの数日だけ里帰りをしたときのことを思い出していたはずだ。そう、夕食の席で太郎が会社の同僚のことを話して、みんなを笑わせたというところで脱線をしたのだ。

わたしの記憶では、夕食は申し分のない雰囲気のうちに進んだ。しかし、紀子が酒を注いでくれるたびに、ちょっとつらい気持ちで一郎の顔色をうかがわざるを得なかった。最初数回は、一郎がテーブル越しに共謀者という感じでにやっとして見せ、わたしのほうはできるだけどっちつかずの微笑を返そうと努力した。けれども、食事が進み、飲む酒の量が多くなるにつれて、一郎はわたしの顔を見るのはやめて、われわれ男の杯にお酌をしつづける叔母の顔ばかり恨めしげににらんでいた。

太郎がまたひとしきり面白おかしく同僚の話をしたあとで、節子が話しかけた――

「愉快なお話ね、太郎さん。でも、紀子の話だと、いまおたくの会社では社員の士気がとても盛り上がっているんですって？　そんな雰囲気で働いたら、どうしたって張り切らざるを得ないでしょうね」

この質問を聞くと、太郎は急に大真面目な顔になった。「そうなんです、節子さん」と彼はうなずきながら言った。「終戦後のいろいろな変革の努力が、会社のあらゆるレベルでようやく実を結んできたんです。ぼくらは会社の将来にとても明るい見通しを持っています。もし全力を尽くせば、今後十年以内にＫＮＣの名は日本全国はおろか、世界じゅうに知れ渡りますよ」

「まあすてき。それに紀子は、おたくの支社長さんがとても親切な方だと言ってたわ。それもずいぶん士気に関係するんでしょうね」

「まさしく。でも、早坂さんは親切なだけでなく、能力も洞察力も最高です。はっきり言って、節子さん、いくら親切でも無能な上司に仕えたら、たいがいの人間はくさってしまいます。早坂さんのような方に率いられるぼくらは実に幸運です」

「そうですね。うちの素一さんもたいへん有能な上役に恵まれました。とても運がよかったんです」

「そうですか。でも、日本電機ほどの会社ならそれくらい当然でしょう。ああいう会社では最優秀の人々だけが責任のある地位につくんですから」

「幸いなことに、太郎さんがおっしゃるとおりみたい。でも、もちろんKNCだって同じでしょ。素一さんはいつもKNCは大したもんだと言ってますもの」

「太郎君、ちょっと失敬」と、そこでわたしが割り込んだ。「きみがKNCの将来に楽観的なのは、もちろん十分な理由があるからに相違ない。ただ、これだけは聞いておきたかった。戦後きみの会社で大々的に行なった急激な変革は、きみの考えではすべて有益だったのだろうか。聞くところによると、戦前からの経営者はひとりも残っていないということだけど」

娘婿は慎重な微笑を浮かべて言った。「ご心配をいただいて、ほんとにどうも。若さと体力だけでは必ずしも最善の結果は得られませんからね。でも、お父さん、ごく率直に言いまして、完全なオーバーホールが要求されていました。ぼくらには、現代の世界にふさわしい、新鮮な発想のできる新しい指導者たちが必要だったのです」

「もちろん、もちろん。そして、きみらの新しい指導者がきわめて優秀な人々であることは疑いない。ただねえ、太郎君、われわれのアメリカ追随はいささか急ぎすぎだと心配になることはないだろうか。旧来のやり方の多くをいまこそ永久に抹殺せよという考えに、わたしだって真っ先に賛成するだろうが、ときどき、いいものまで悪いものといっしょに捨てられていると思わないかな。実際、日本は変なおとなからものを教え込まれる子供みたいになったような気がする」

「おっしゃるとおりで、たしかにあわて過ぎることも、多少はあるようですね。でも、大きな目で見ると、アメリカには学ぶべきものが山ほどあります。例えば、ぼくらはここ数年のあいだに民主主義や、個人の権利などについてずいぶん理解を深めてきました。それどころか、ぼくはこの日本が、輝かしい未来を築くための基盤をようやく据え終わったとさえ思っているんです。だからこそ、うちみたいな会社が最大の自信をもって将来を展望できるのです」

「同感だわ、太郎さん」と節子が言った。「うちの素一さんの考えもまったくおんなじなの。あの人は最近何度か機会をとらえては、日本は四年間の混乱ののち、ようやく未来への展望を持てるようになったという自説を述べているんです」

長女は太郎に向かってそう言ったのだが、ほんとうはわたしに聞かせるつもりだったな、という強い印象を受けた。太郎もやはりそう思ったらしく、節子に直接答える代わりにこう言った――

「実はお父さん、つい先週、中学の同窓会で宴会をやったんですが、そこに集まったさまざまな職業の連中が、無条件降伏以来はじめて将来について楽観的な見通しを語っていました。ですから、万事がようやくまともになってきたという感じは、KNCだけのものじゃないんです。お父さんのご懸念も十分にわかるのですが、総じて見れば、過去数年間の教訓は有益なものであり、ぼくらみんなを明るい未来に導いてくれると堅く信じています。でも、この考えはまちがっているかもしれませんね」

「いやいや、決して」とわたしは言って、彼に微笑を送った。「太郎君の言うとおりだ。きみたちの世代はすばらしい未来を迎えるに違いない。そしてきみたちは自信にあふれている。わたしはただ、きみたちの前途が最善であることを祈るのみだ」

娘婿はこれに対してなにか言いかけたが、その矢先に一郎が手を伸ばして、前にもやったとおり、指先で徳利をはじいた。太郎は彼のほうを向いて言った。「ああ、一郎君。話相手にちょうどきみが必要だった。おじさんたちに教えてくれないか。大きくなったらなにになりたい」

孫はまだしばらく徳利を見つめ、それからふくれっ面をしてわたしの顔をちらっと見た。母親が彼の腕に触れてささやいた。「一郎、太郎叔父ちゃまがたずねておいででしょう。なにになりたいか教えておあげなさい」

「日本でんきのしゃちょう！」と一郎は大声で宣言した。

みんながどっと笑った。

「ほんとにそう決めたのかなあ」と太郎が言った。「それよりもKNCでおじさんたちの社長になってくれない？」

「日本でんきがいちばんいいかい、いいしゃだもん！」

わたしたちはまたいっせいに笑った。

「うちの会社も、まるでかたなしだ」と太郎が言った。「一郎君こそ、KNCが二、三年後には必要とする人間なんだがなあ」

このやりとりのおかげで、一郎は酒のことを忘れて浮かれ出したらしく、なにかにつけておとなといっしょにケラケラと笑うようになった。ただ夕食が終わりかけたころ、一郎はすっかり興のさめたような声でたずねた——

「おさけ、もうおわったの？」

「全部からっぽ」と紀子が言った。「一郎、もう少しオレンジ・ジュース飲む？」

一郎は行儀よくそれを断って、さっきから彼になにかを説明している太郎のほうに向き直った。しかしわたしは、孫の落胆ぶりが手にとるようにわかるだけに、紀子だって男の子の気持ちをもう少し理解してやってもいいではないかと、多少いらいらした気分で考えた。

一時間かそこらあと、一郎に別れを告げるため、アパートの小さな空き部屋に入ったとき、孫とふたりだけで話す機会を得た。電燈がまだついていたが、一郎は布団をかぶり、片方のほおを枕に押しつけるような形で腹這いになって寝ていた。電気を消すと、向かいの団地の棟の灯りがブラインド越しに入ってきて、壁と天井に縞模様を作っていた。隣の部屋からなにか面白がって笑っている娘たちの声が聞こえた。わたしが布団のそばにひざをつくと一郎がささやき声で言った――

「おじいちゃん、のり子おばちゃんはよっぱらってるの」

「そんなことはないだろう。なにかおかしいから笑っているだけさ」

「おばちゃん、ちょっとよっぱらっているかもしれない。そうおもわない、おじいちゃん？」

「うん、そうかもしれんな。ほんの少し。だが、べつに差し支えはあるまい」

「女はおさけによわいんだ。ね、おじいちゃん」と一郎は言って、枕にむかってクスクスと笑った。

わたしは声をたてて笑ってから言った。「なあ、一郎、お酒のことなんかでくよくよするんじゃない。大したことじゃないんだ。いまに一郎も大きくなる。そうしたら、いくらだってお酒を飲めるだろう」

わたしは立って窓際に行き、ブラインドがもっと効果的に外の灯りを遮断しないかと試してみた。二、三度開け閉めしてみたが、桟の間隔がせばまらず、向かいの団地の棟の明るい窓がいつまでも見えた。

「そうだ、一郎。くよくよするようなことじゃないさ」

孫はすぐには反応を示さなかった。しばらくして、うしろから彼の声が聞こえた。「おじいちゃん、しんぱいしなくていいから」

「うん？　どういうことだ、一郎」

「おじいちゃんはしんぱいしなくていい。しんぱいするとねられないでしょ。としよりがねむれないと、びょうきになっちゃうもの」

「そうか。よくわかった。心配しないと約束しよう。その代わり一郎もめそめそしないこと。だって、気に病むようなことはなんにもないんだから」

一郎は黙ったままだった。わたしはブラインドを開けたり閉めたりしていた。

「けれども」とわたしは言った。「今日もし一郎がどうしてもお酒を飲みたいと言ったとしたら、おじいちゃんだって助け船を出して、ちょっぴりなら飲めるようにしてあげるつもりだったよ。でもなあ、今度ばかりは女の思うようにさせてやってよかったんじゃないか。あんなつまらんことで女どもにぎゃあぎゃあ言わせたくないからな」

「うちではときどき」と一郎が言った。「パパがなにかしようとすると、ママがそんなことはいけませんと言うの。パパだってママにかなわないことがあるんだよ」

「そうかい」とわたしは笑いながら言った。

「だからさ、おじいちゃんはしんぱいしなくていいよ」

「おじいちゃんもおまえも、心配することなんかひとつもないさ」わたしは窓際から離れて、また孫の布団のそばにひざをついた。「さあ、ぐっすりおやすみ」

「おじいちゃん、とまっていく？」

「いや、もうじきおじいちゃんのおうちに帰るよ」

「とまればいいのに、どうしてかえるの」

「ここにはとまれるお部屋がないだろう。おじいちゃんは大きなおうちにひとりで住んでいる。覚えてるだろ？」

「あした、さよならを言いにえきまできてくれる？」

「もちろん。必ず行く。一郎だって、近いうちにきっとまた来てくれるだろうな」

「ママがおさけをのませてくれなかったこと、しんぱいしなくていいからね」

「おまえは急に大きくなったな」と、わたしはまた笑いながら言った。「一郎がおとなになったら、さぞかし立派な人間になるだろう。もしかすると、ほんとに日本電機の社長になれるかもしれない。そうでなくても、同じくらい偉い人に。さ、おしゃべりはこのくらいにして、一郎が眠れるようにしてあげよう」わたしはそのまま孫のそばに座って、話しかけられるたびに小声で返事をした。そして、暗くしたこの部屋で、隣室から時折漏れてくる楽しそうな笑い声を聞きながら孫が寝つくのを待っているあいだに、その日の朝、川辺公園で節子と交わした会話をなぞりはじめたと記憶している。話を思い返したのは、たぶんそのときが最初であった。というのも、夕食が終わるまで、節子のことばによっていらだった覚えはないからだ。ところが、眠り込んだ孫のそばから離れて、客間の子供たちのところに戻ろうとしかけたところには、長女に対するいらだちがずいぶん強まっていたらしい。客間に座ってまもなく太郎にこんなことを言ったのも、きっとそのせいに違いない

――

「太郎君、考えてみると不思議だね。きみのお父さんと顔見知りになってもう十六年にもなるだろうが、いまみたいに親しい友達になれたのが、わずか一年あまり前だとは」

「まったく」と娘婿は答えた。「でも、そんなものかもしれませんよ。ご近所にはいつもたくさんの人がおられるのに、交わすことばといえば、おはようございますのひと言だけ。考えてみれば残念なことですね」

「ところが」とわたしは言った。「斎藤博士とわたしの場合、もちろんただのご近所どうしではなかった。どちらも美術界に関係していて、おたがいに名前をよく聞いていた。そういうお父さんとわたしだけに、もっと早く友達になるよう努力しなかったのはいっそう残念だ。そう思わないかね、太郎君」

わたしはそう言いながら節子の顔にちらっと目を走らせて、いまのことばを聞いていたかどうか探った。

「まったく残念です」と太郎が言った。「でも、少なくともお父さんは、結局ぼくの父と友達になっていただきました」

「しかし、言いたいのはね、わたしたちは美術界におけるおたがいの名声を昔から知っていた……いただけにいっそう残念だということだよ」

「ええ、とても残念です、たしかに。近所に住む人が著名な同業者だと知ったなら、つきあいが深まるというのが常識かもしれません。ただそうは言っても、忙しいスケジュールや、なにやかやで、そうもいかぬことのほうが多いんだと思います」

わたしはいささか満足して節子の顔に目をやったが、娘が太郎のことばの意味を理解したそぶりはまるで見えなかった。全然聞き耳を立てていないという可能性ももちろんあったが、わたしの推測では、ほんとうはよくわかっていながら、プライドにはばまれて、わたしに目を返すことができないのであった。節子はその日の朝、川辺公園でわたしに当てこすりを言ったが、それが誤解に基づくものであったという証拠を、いま太郎から突きつけられたというわけだ。

節子とわたしは左右に連なる紅葉を観賞しながら、公園の中央に通じる広い並木道をゆっくりと歩いていた。わたしたちは新しい生活になじんでいる紀子についての印象を比べあっていたが、どの点から見ても紀子がほんとうに幸せそうだということでは意見が一致していた。

「万事めでたしめでたし」とわたしは言った。「あの子の将来が頭痛の種だったけれども、いまではあらゆる面で順調に運んでいるらしい。太郎君もなかなか立派な男だ。ま、あれ以上の縁組みは望めなかっただろう」

「考えてみるとおかしいわ」と節子が微笑を浮かべて言った。「みんなであの子のことを心配しはじめたのがたった一年前だなんて」

「万事めでたく収まった」とわたしは言った。「そして、節子、おまえが果たしてくれた役割には感謝しているよ。事がはかばかしくなかったときに、おまえが妹の心を支えてくれたんだ」

「それどころか、あんな遠くに住んでるものだから、ほとんどなにもできなくて」

「それに」とわたしは笑いながら言った。「去年、注意してくれたのも、もちろんおまえだった。慎重な手順をって――覚えているかな、節子。知ってのとおり、わたしはあの忠告を無視しなかった」

「ごめんなさい、お父さま、忠告って?」

「もうそんなに警戒する必要はないだろう。いまのわたしは、過去にいくつか自慢できない部分があったことを、ちゃんと認める覚悟ができているんだ。実際、おまえの希望どおり、縁談の過程でそのことを認めたよ」

「悪いけど、おっしゃることがよく飲み込めないの」

「紀子は見合いのことをおまえに話さなかったのかね。とにかく、あの晩、わたしは紀子の幸せがわたしの過去の経歴によって妨げられぬよう、しっかり手を打っておいた。いずれにしても、わたしは早晩認めるべきものは認めただろう。しかし、去年のおまえの忠告はやはりありがたいと思っているんだ」

「ごめんなさい。でも、去年お父さまに忠告したなんて、まるで覚えがないのよ。けど、お見合いのことなら、紀子が何度も話してくれたわ。実は、お見合いのすぐあとに手紙をくれて、お父さまの……ご自分のことについてのお父さまのことばには、びっくりしたって言ってた」

「あの子はきっと驚いただろう。紀子はいつも老いぼれおやじを過小評価していたから。しかし、わたしは自尊心のために事実を直視できないような、またそのために娘がつらい目に遭うのを平気で見ていられるような、そんな人間ではないんだ」

「紀子はあの晩のお父さまの態度にすっかり面食らったらしいの。斎藤家のみなさんも同じように当惑なさったみたい。どういう意味であああいうことをおっしゃったのか、だれにもよくわからなかったんでしょう。そうそう、素一さんにも紀子の手紙を読んで聞かせたけど、やっぱりわけがわからないと言ってたわ」

「しかし、それはひどい」とわたしは笑いながら言った。「いいかね、節子、去年わたしにそれを強いたのはおまえだよ。三宅さんのところみたいに斎藤さんが手を引いたらたいへんだから、慎重な手順を踏んで、と言ったのはおまえじゃないか。覚えてないのか」

「このごろ物忘れがひどいのは確かだけど、お父さまのおっしゃるようなことはどうしても思い出せないの」

「おいおい、節子、それはひどいぞ」

節子は突然立ち止まって、大きな声を上げた。「この時期の紅葉はなんてきれいなんでしょう！」

「まったく」とわたしは言った。「秋が深まるにつれて、いっそう見栄えがするだろう」

「ほんとにすてき」と娘は言うと、にっこり笑った。そしてふたりでまた歩きだした。やがて節子は言った。「実は、きのうの晩あれこれおしゃべりしてるうちに、太郎さんが、つい先週お父さまとこんなことを話したって言ってました。最近自殺を遂げられた作曲家のこと」

「那口幸雄か。ああ、その話なら覚えている。待てよ、たしか太郎君はあの男の自殺は無意味だなんて言ってたな」

「太郎さんは、お父さまが那口さんの死にあまり関心を示すものだから、ちょっと心配だったらしいの。お父さまが那口さんの過去と自分の過去とを引き比べているように見えたのね。あのニュースでみんな気を揉んだわ。ほんとのことを言うと、引退後のお父さまは少し弱気になっているんじゃないかって、いくらか案じていたのよ、みんなで」

わたしは大きな声で笑ってから言った。「心配無用だよ、節子。わたしは那口氏のような行為に及ぼうなんて、ただの一瞬だって考えることはないんだから」

「わたしの知る限り」と節子はことばをつづけた。「那口さんの歌は戦意高揚のあらゆるレベルでとても大きな役割を果たしていた。だから、政治家や将軍たちといっしょに責任をとろうという那口さんの考えには、多少納得できるものがあるように見えるんでしょうね。でも、お父さまの場合、ほんの少しでもそんなふうに考えたらまちがいよ。お父さまは、なんといったって、ひとりの画家にすぎないんですから」

「安心しなさい、節子、わたしは那口氏のような行動をとるなんて、ただの一瞬だって考えはしないだろう。ただ、わたしも多少の影響力を持った人間として、悲惨な結果をもたらした目的のためにその影響力を行使したことだけは、すなおに認めたい」

娘はこれについて思案をめぐらしたらしく、しばらくたってから言った——

「差し出がましいことを言うようだけど、ものごとを広い視野で見ることが大切だと思うの。お父さまはすばらしい絵を描いたわ。だから、もちろんほかの絵描きさんのあいだではとても影響力を持つようになった。でも、お父さまのお仕事は、わたしたちが問題にしているような、あの大きな事柄とはほとんど関係がなかったでしょ。お父さまは画家にすぎなかったんですから。大きな過ちを犯したなんて、もう考えてはだめよ」

「ほほう。去年とはえらく違った忠告だね。去年は、過去の大きな責任を指摘されたように覚えているが」

「悪いけど、去年の縁談についてさっきから言われていることは覚えがないって、何度でも言うほかないの。だいいち、お父さまの経歴が縁談を特に左右するという考え自体、よくわからないわ。斎藤家の方々がそんなことを問題にしていなかったことは確かでしょうね。とにかく、さっきも言ったように、見合いの席でのお父さまの発言をとても不思議がっておられたらしいの」

「いやはや、驚いた。考えてごらん、斎藤博士とわたしは昔からの知り合いだ。博士はこの市の最も著名な美術評論家のひとりとして、長年にわたってわたしの仕事を見てこられ、わたしの経歴のなかで最も遺憾な部分をよくご存じのはずだ。だから、あの席でわたしの態度を明らかにしたのは、その場にきわめてふさわしい行動だった。わたしは実際、斎藤博士がわたしの態度表明を高く評価してくださったと固く信じているよ」

「こんなこと言ってごめんなさい。でも、太郎さんの話だと、斎藤先生はお父さまの経歴をあまりよくご存じなかったみたい。もちろん、近所にお父さまが住んでいることは前から知ってらしたようだけど。でも、去年あの縁談が持ち上がるまで、お父さまが美術界に関係していることさえ、全然気づいておられなかったらしいわ」

「とんだ誤解だ」とわたしは笑って言った。「斎藤博士とはずいぶん古くからの知り合いだ。しょっちゅう路上に立ち止まっては、おたがいに美術界のニュースを紹介しあったものだ」

「なら、きっとわたしの思い違いね。ごめんなさい。でも、お父さまの過去を非難したがっている人なんていない。これは大事なことだから強調しておきたいの。だからお父さまには、あのお気の毒な作曲家みたいな考えを持ってご自分を見るのはやめていただきたいの」

それ以上しつこく節子と議論をする気はなかった。ふたりはまもなく当たり障りのないことに話を移したように覚えている。しかし、この朝わたしの娘が主張したことの多くが誤りであるという事実には、まったく疑問の余地がない。そのひとつとして、斎藤博士が長いあいだわたしの画家としての評判に気づかなかったというが、まったくあり得ないことだ。その日の夕食後、太郎を誘導して事実を認めさせたのも、もっぱら節子の誤解を解くためであった。わたし自身は、改めて太郎に聞くまでもなく、確信を持っていた。例えば、十六年ばかり前のよく晴れた日に、新居の塀の修理をしているとき、斎藤博士からはじめて声をかけられたときのことは、いまでも鮮やかに覚えている。博士は門柱のわたしの名前に気づくと、「あなたのような大家《たいか》に来ていただいたことは、近所に住むわたしどもにとってまことに名誉なことです」と言った。その出会いは非常にはっきりと記憶に残っている。だから節子のほうがまちがっていることに疑問の余地のあろうはずがない。

一九五〇年六月

松田が死んだという知らせを午前中に受け取ったわたしは、自分で用意した軽い食事をとってから、少し体を動かすために外へ出た。

丘を下りながら吸い込む空気は心地よく暖かだった。ふもとの川まで行ったわたしは〈ためらい橋〉に立って周囲を見渡した。空は青く澄み、少し川下の、新しい団地がそこから広がっている土手の下の川っぷちで、ふたりの小さな男の子が釣り竿を持って遊んでいた。わたしはしばらくそれを眺めながら松田の訃報について思いをめぐらした。

松田とは紀子の縁談を進めているあいだに久方ぶりの再会をしたが、その後も訪ねよう訪ねようといつも思っていた。しかし、実際に荒川まで足を伸ばすことがなかなかできず、訪問を果たしたのはほんのひと月あまり前であった。まったくの衝動に駆られた訪問で、そのときは彼の死が迫っているなどとは夢にも思わなかった。しかし、松田もその日の午後、かねて考えていたことをわたしに打ち明けることができたので、少しは安らかに逝けたのではないかと思う。

松田の自宅に着くと、鈴木さんがわたしの顔を覚えており、やや興奮した面持ちですぐなかに通してくれた。いそいそとしたその振る舞いは、一年半前にわたしがここを訪れて以来、ほとんど来客がなかったことを暗示しているように見えた。

「松田さまは、この前お越しいただいたときよりずっとお元気です」と彼女はうれしそうに告げた。

客間に案内されてからまもなく、ゆったりとした和服姿の松田が人手を借りずに入ってきた。久しぶりにわたしに会えたことを心から喜んでいる様子で、しばらくは日常的なことや、共通の知人のことなどを話し合った。わたしの記憶では、鈴木さんがお茶を運んできて、それからもう一度引っ込んだあと、はじめて最近の病気中に松田がくれた励ましの手紙に対するお礼を言ったと思う。

「順調に回復したようだな」と松田が言った。「見ただけでは、つい先だって病気した人間とはとても思えない」

「おかげでずいぶんよくなった」とわたしは言った。「過労にならぬように気をつけなければならんし、いつも杖に頼るようになってしまった。しかし、そのほかは、以前のとおり元気だよ」

「がっかりさせるじゃないか。老いぼれどうし、同病相憐《あいあわ》れみたいと楽しみにしていたのに。会ってみると、きみはこの前来たときとちっとも変わらん。おれは指をくわえてきみの健康をうらやむ始末だ」

「ばか言うな。とても元気そうじゃないか」

「元気だと思わせようったって、そりゃ無理だよ」と松田は笑って言った。「ただ、ここ一年のあいだに少し体重が増えたことは事実だ。ところで、紀ちゃんは幸せに暮らしてるかね。結婚の話はうまくいったそうじゃないか。この前来たときには行く末をずいぶん案じていたが」

「万事非常に順調でね、秋には出産の予定だ。ずいぶん心配したが、いろいろとうまく運んで、紀子にとってこの上ない結果になった」

「秋には孫か。さぞ楽しみだろう」

「実を言うと、来月、長女のところにふたり目の子供が生まれる。前からもうひとりほしいと言いつづけていたから、大喜びだ」

「そうか、そうか。孫がふたりも増えるのか」松田はにこにこしながらしきりにうなずいていた。やがて彼は言った。「小野、もちろん覚えてるだろうが、おれは年じゅう社会改革に夢中で、結婚のことなんか考える暇もなかった。きみと道子さんがいっしょになる直前、おれたちはよく議論したな。覚えているだろ」

わたしたちはそこで笑い出した。

「ふたりの孫か」と松田はもういちど言った。「そいつはほんとに楽しみだ」

「まったく。娘に関しては、ほんとうに恵まれている」

「で、どうなんだ。このごろ描いているのか？」

「暇つぶしに水彩画を少々。たいがいは鉢植えか花か。ひとりで楽しんでいるだけさ」

「とにかく、また絵筆をとっていると聞いてうれしい。この前来てくれたときには、永久に絵をあきらめたという感じだった。あのときは意気消沈していたなあ」

「たしかに。長いこと絵の具に手を触れることもなかった」

「うん、ひどい幻滅を感じている様子だった」松田はそこで顔を上げ、にっこりしてわたしを見ながら言った。「それにしても、きみは社会に壮大な貢献をしようと望んでいたじゃないか」

わたしも微笑を返しながら言った。「いや、きみも同じだ。きみの目標も負けず劣らず壮大だった。なんといっても、シナ事変のとき、われわれの運動の宣言を起草したのはきみだからな。あれはちっぽけな野心とはとても言えない」

ふたりはまた笑った。やがて彼は言った——

「昔きみのことをよく無知呼ばわりしたことは、もちろんよく覚えているだろう。画家の視野なんて狭すぎると言って、よくいじめたもんだ。そのたびにえらく腹を立てたじゃないか。ところが、ふたりとも十分に広い視野なんか持ち合わせていなかったらしい」

「そうらしいな。だが、人間なんてわからんものでね。かりにもう少しものがはっきり見えていたら、きみやぼくみたいな人間はほんとうに役に立つことをやってのけたかもしれない。昔のわれわれには大きなエネルギーと勇気があった。実際、その両方がなければ、あの新日本精神運動みたいなものを始められるわけがなかった。そうだろ」

「まったくだ。あのころ、おれたちはすごい圧力をかけられた。たちまち怖じ気づいたとしても不思議ではなかった。おれたちはよほどの覚悟をしてたんだな」

「だがあのころのぼくは、物事をあまりはっきり見ることができなかった。きみの言うとおり、画家の狭い視野だな。いや、いまでも、この市のはるか外に広がっている世界のことなんか、ほとんど考えることもできない」

「このごろでは」と松田が言った。「うちの庭の外に広がる世界すらほとんど考えることもできない。だから、きっときみのほうが広い視野を持っているぜ」

　ふたりはまたひとしきり笑った。松田はそのあと湯呑みからお茶をすすった。

「しかし、自分たちのことを不当に非難する必要はない」と彼は言った。「少なくともおれたちは信念に従って行動し、全力を尽くして事に当たった。ところが、結局おれたちはただの人であることを思い知らされた。特別な洞察力など授かっていないただの人だ。あいう時代にただの人であったのは、おれたちの運が悪かっただけさ」

松田が「庭」と言ったときから、わたしの目はそちらに向けられていた。おだやかな晩春の午後で、鈴木さんが障子を少し開け放していたので、わたしの座っているところから縁側のつやつやした板に反射している太陽の光がまぶしく見えた。そよ風が部屋に流れ込んだと思うと、かすかに煙の匂いがした。わたしは立ち上がって、障子のところに行った。「ものが焦げる匂いがすると、いまでも不安になる」とわたしは言った。「ついこの前までは、すぐ空襲と火災を連想したものだ」わたしはそのまま庭を眺めながらつづけた。「来月、道子が死んでからもう五年になるよ」

松田はしばらく黙ったままだった。やがて背中から声が聞こえた——

「このごろものが焦げる匂いといえば、たいていは隣の家で庭掃除をしている証拠さ」

家のどこからか柱時計の鳴る音が聞こえた。

「鯉に餌をやる時間だ」と松田が言った。「実は、鯉に餌をやるのを許可してくれといって、鈴木さんとえらい議論をしたものさ。前には毎日ちゃんとおれが餌をやっていたんだが、二、三ヵ月前、そこの飛び石に蹴つまずいて転んでしまった。それ以来長いこと彼女と議論しなければならなかった」

松田は立ち上がり、縁側にのせてあったぞうりをつっかけて庭に下りた。わたしも同じようなぞうりを履いて下りた。池は庭の奥の日当りのいいところにあるので、わたしたちは滑らかな苔で覆われた盛り土を横切る飛び石を注意深くたどった。

わたしたちが池のほとりに立って濃い緑色の水のなかをじっと眺めているとき、なにか音がしたので、ふたりとも目を上げた。そう離れていないところに、四、五歳ばかりの男の子が両腕で木の枝にしがみつき、塀の上からこちらをのぞいていた。松田がにこにこして声をかけた——

「やあ、こんにちは、坊や」

その子はそのまましばらくわたしたちを見つめてから、ひょいと姿を消した。松田は微笑を浮かべて池に餌を撒きはじめた。「近所の子供だよ」と松田は言った。「毎日この時間になるとその木に登って、おれが出てきて鯉に餌をやるのを眺めている。だが、はずかしがりやでね、話しかけようとするとすぐ逃げ出す」彼はひとりでフフッと笑った。「なんであんな苦労をするのか、いつも不思議に思うんだがね。大した見ものがあるわけじゃなし。杖をついた年寄りがひとり、鯉に餌をやっているだけだろ。そんな光景をなんで面白がるのかねえ」

わたしはさっき小さな顔がのぞいていた塀のほうにもう一度目をやってから言った。

「しかし、きょうはびっくりしたぞ。なにしろ杖をついた老人が**ふたり**池のそばに立っていたんだからな」

松田は愉快そうに笑って餌を撒きつづけた。二、三匹のみごとな鯉が日光にうろこを輝かせながら水面に上がってきた。

「軍の将校、政治家、実業家」と松田が言った。「連中はみんな、国民をあんな目に遭わせたといって非難されている。しかし、おれたちの仲間がやることはいつもたかが知れていた。きみやおれみたいなのが昔やったことを問題にする人間なんてどこにもいない。みんなおれたちを見て、杖にすがったふたりの年寄りとしか思わんさ」彼はわたしに笑みを見せて、鯉に餌を与えつづけた。「気にしているのはおれたちだけだ。過去の人生を振り返り、そこに傷があるのを見て、いまだにくよくよ気に病んでいるのは、世の中できみやおれみたいな人間だけだよ」

だがその日の松田には、こんなことを言っている最中でさえ、自信喪失なんかどこ吹く風という様子が残っていた。そして、松田には自信をなくしたまま死ぬ理由はなかったのだろう。彼は実際に人生を振り返り、そこに多少の傷があったことを認めたかもしれないが、同時に、誇りをもって見ることのできる面をも認めたはずである。なぜなら、彼自身が言っていたとおり、松田やわたしのような人間は、どんなことであれ、その時には信念に従って実行したという自覚を持ち、そこに満足を感じているからだ。もちろん、われわれは何度か冒険的なことをしたし、しばしばあまりにも馬車馬的に突っ走った。しかしそれは、意欲や勇気が欠けているために、自分の信念を実行できるかどうか試してもみない態度よりはよほどましだろう。だれでも確信を十分に深めれば、これ以上ぐずぐずしているのは恥ずかしいという心境に達するはずである。松田も過去の生き方を振り返ったとき、きっと同じようなことを考えたに違いない。

わたしはある一日のことを何度も思い起こす。それは一九三八年の五月、重田財団賞を授与されたすぐあとのことである。そのころまでには、すでにいろいろな賞や栄誉を受けていたが、重田財団賞は格別で、多くの人が非常に重要な登竜門と見なしていた。それだけではない、いま思い出してみると、同じ週にわれわれの新日本精神運動が終了していた。それも大成功のうちに。そういうわけで、授賞式の晩は大いに祝おうということになった。いまでもよく覚えているが、わたしは〈みぎひだり〉で弟子たちや何人もの画家仲間に取り巻かれ、酒攻めに遭いながら、わたしをたたえるかずかずのスピーチに耳を傾けていた。あらゆる種類の友人知己《ちき》がおめでとうを言うために〈みぎひだり〉に立ち寄った。以前会ったこともない警察署長までが入ってきて、お祝いを言うほどだった。その晩のわたしはもちろんうれしかったが、大きな賞がもたらすはずの強い勝利感や充足感は奇妙に欠落していた。実際そういうものは、数日後に若葉郡の山里に出かけるまで実感できなかった。

若葉郡に行くのは十六年ぶり——決意を固めながらも、空しい未来が待っているのではないかという不安を抱いてモリさんの別荘を去った日以来はじめて——であった。その間、わたしはモリさんとの文通などいっさい絶っていたけれども、旧師の消息はいつも気にしており、従って、この市でのモリさんの評判が下がる一方であることもよく承知していた。歌麿の伝統に西欧の影響を取り入れようとするモリさんの努力は、根本的に愛国心に反するものと見なされ、展覧会もしだいに二流、三流と格の低い画廊で、それも、苦労してようやく開かせてもらう状態だというわさをときどき耳にした。実際、わたしはふたつ以上の情報源から、モリさんが生活を維持するために大衆雑誌の挿絵を描きはじめたという話さえ聞いていた。と同時に、わたしはモリさんがわたしの画業を見守っており、重田財団賞受賞のことも聞いているだろうと確信していた。そんなわけで、わたしはその日、時がもたらした変化の大きさを痛感しながら、村の駅で汽車から降りた。

よく晴れた春の午後で、わたしは森林地帯を貫く上り勾配の道をたどってモリさんの別荘に向かった。かつて歩き慣れた山道をなつかしみながらゆっくりと歩いていくわたしは、もう一度モリさんと面と向かったときのありさまをあれこれ想像しつづけていた。賓客として鄭重《ていちょう》に迎えてくれるかもしれない。いや、あの別荘時代の最後の日々と同じように、冷たくよそよそしいあしらいを受けるかもしれない。でもやはり、わたしが一番弟子であったころいつも見せたのと同じような態度を示してくれるのではないか――ふたりの身分に大した変化は生じていないかのような態度を。この最後の可能性が最も大きいように思えたので、それにどう対応すべきかを考えながら歩いたことを思い出す。わたしは、昔流儀に戻って彼を「先生」と呼ぶことはせず、単なる同業者のように話そうと決心した。そして、もし彼がどうしてもいまのわたしの地位を認めようとしないのなら、屈託なく笑って、こういう意味のことを言ってやろうと思った――「いいですか、モリさん、あなたはいつぞや、おまえなど漫画でも描いて暮らすしかあるまいと心配してくれましたが、とんとその必要はありませんでしたよ」

いつの間にか、窪地に立つ別荘やそれを囲む木々の美しいたたずまいが見下ろせる高い峠まで来ていた。何年も前によくやったとおり、この日もしばらく立ち止まって、その風景に見とれた。気持ちのいい風が吹いており、木々が軽く揺れていた。別荘は改築されているだろうかという疑問が浮かんだが、そんな遠くからでは確かめるすべはなかった。

やがてわたしは、尾根に沿って茂っている雑草の上に腰を下ろして、モリさんの別荘を眺めつづけた。村の駅の売店でみかんを買っていたので、風呂敷包みから取り出し、ひとつ、またひとつと食べはじめた。そうやって座り、新鮮なみかんの味を楽しみながら別荘を見下ろしているあいだに、さっき言った勝利感と満足感が内から強く込み上げてきたのである。その感じをことばで説明することはむずかしい。それは小さな勝利の体験からくる得意さとはまったく違うし、前にも言ったように、〈みぎひだり〉における祝賀会のどの段階で経験したものともまるで違っていたからである。それは、自分の苦労がようやく報われた、これまでつづけた刻苦《こっく》勉励《べんれい》や疑惑克服の努力がすべて空しいものではなかった、自分はいまほんとうに価値あるもの、名誉あるものを成し遂げた、という確信から生まれる強い幸福感であった。その日、わたしはそれ以上は別荘のほうに近づかなかった。もはやまったくその必要がないと思えてきたからである。わたしは小一時間もただそこに座り、心からの満足感を抱きながらみかんを食べつづけた。

これはそう多くの人が経験できる感情ではないと思う。カメさんのような、あるいは信太郎のような、有能であっても当たり障りのない連中は、こつこつと精を出すかもしれないが、わたしがあの日に体験したようなものを生涯知らずに終わるだろう。あの手の人間には、自己の凡庸さを脱するためにすべてを賭けることがなにを意味するか、わかっていないからだ。

しかし、松田の場合は違う。松田とはよく喧嘩をしたけれども、人生に対するわれわれふたりの態度は共通していた。彼もそういう満足感の例のひとつやふたつ、容易に思い出せたであろうとわたしは信じている。最後に話し合ったあの日、松田はわれわれの共通性について考えていたからこそ、顔におだやかな笑みを浮かべてこう言ったのだと思う——「少なくともおれたちは信念に従って行動し、全力を尽くして事に当たった」後年に至って、自分の過去の業績をどう再評価することになろうとも、その人生に、あの日わたしが高い峠で経験したようなほんとうの満足を感じるときが多少ともあったと自覚できれば、必ず心の慰めを得られるはずだ。

きのうは、〈ためらい橋〉に立ってしばらく松田のことを考えたあと、昔よく訪れた歓楽街の跡へと足を運んだ。その地区は再建されて、ほとんど昔の面影を留めていない。かつて行き交う人々や、いろいろな店ののぼり旗でいやが上にも狭く見えた中心部の細長い道は、いま広いコンクリート道路になっており、一日じゅう大型トラックが走っている。マダム川上のバーがあったところは五階建ての総ガラス張りのオフィスになっている。隣近所も似たような大型ビルばかりで、日中は会社員や、配達の人などがみな忙しそうに出入りしている。いまでは古川まで行かないと飲み屋はない。ただ、そこここに塀の一部か、一本の立ち木とか、昔のまま残っているものに出くわすことがある。しかし、それらも新しい環境のなかでは妙に場違いな感じを与えるだけだ。

かつて〈みぎひだり〉のあったところは、道路から引っ込んだ場所に立っているオフィスビル群の前庭になっている。管理職クラスの会社員が何台か自家用車を駐《と》めているが、庭の大半はアスファルトで舗装された空き地で、あちこちに数本の若木が植えられている。この庭の前、道路に面したところに、公園でよく見かけるようなベンチがひとつだけ置いてある。だれのために用意したものかはわからない。忙しく出入りする人々のなかで、そこに座って休む者などひとりも見たことがない。だがそのベンチは、〈みぎひだり〉のわれわれ専用のテーブルがあったのとほとんど同じ位置に据えられているような気がしてならないので、わたしはときどきそこに腰を下ろす。それは公衆用ではないかもしれないが、歩道のすぐそばにあるせいか、座っていてとがめられたことはない。昨日も、わたしはまたそこに座り、快い日光を浴びながら、しばらくのあいだ周囲の活発な動きを眺めていた。

そろそろお昼どきになっていたのだと思う。筋向かいの、かつてマダム川上の店があったあたりの総ガラス張りのビルから、まぶしいほど白いワイシャツの袖をまくったサラリーマンがぞろぞろと出てくるのが見えた。眺めているうちに、その若者たちが底抜けに楽天的で情熱的であることをつくづく感じた。例えば、ふたりの青年がビルから出るとき、入ってくるもうひとりの青年と立ち話をする。彼らはガラス張りのビルの表階段に立って、太陽の光のなかでいっしょに笑っている。こちらからいちばんよく顔の見えるひとりの青年の笑い方は格別朗《ほが》らかで、幼いころの大らかな無邪気さがそのまま残っているかのようだ。そのうち、三人の社員仲間はすばやい身振りを見せたかと思うと、それぞれ目的の方向に向かった。

ベンチに座っているわたしは、こういう若いサラリーマンを眺めながら、口元がほころぶのを感じた。もちろんわたしは、夜もなお明るい酒場や街燈の下に寄り集まって、たぶん昨日オフィス街で見た若者たちよりも騒々しいけれども、同じくらい陽気に談笑していたあの人々を思い出すたびに、戦前の日々や、そのころの歓楽街にある種のノスタルジアを感じる。しかし、自分たちの住むこの市が復興し、ここ数年のあいだに万事が急速に活気を取り戻しているのを見ると、やはり純粋な喜びに満たされる。わが国は、過去にどんな過ちを犯したとしても、いまやあらゆる面でよりよい道を進む新たなチャンスを与えられているのだと思う。わたしなどはただ、あの若者たちの前途に祝福あれと心から祈るだけである。

訳者あとがき

『浮世の画家』の原著 *An Artist of the Floating World* は、一九八六年に出版された直後から英国の読書界で大好評を博し、同国で最も権威ある文学賞であるブッカー賞の候補作に選ばれて、惜しくも一票差で受賞を逸したものの、それに次ぐ文学賞として知られるウィットブレッド・ブック・オブ・ザ・イヤーを一九八七年の一月に受賞した。受賞を報じた『ニューズウィーク』誌は「英国文学の新しい獅子」という見出しをつけたが、この獅子は八九年に『日の名残り』で、今度こそみごとにブッカー賞を受賞し、文壇の王者としての実力を証明した。

カズオ・イシグロは一九五四年十一月に長崎で生まれ、五歳のときに、海洋学者である父親が英国政府に招かれたため、両親とひとりの姉とともに英国に渡った。最初は二、三年の予定であった滞在が延び、けっきょく両親とともに英国に定住することになった。八三年には英国の国籍を取得、八六年にスコットランド出身の女性ローナと結婚した。

ケント大学で英文学を専攻したカズオ・イシグロは、英国作家のなかではシャーロット・ブロンテの作品を特に好んでいたようである。大学卒業後の一時期、彼はロック・ミュージシャンになりたいと思ったが、その仕事は寿命が短いと考えて、創作の道を歩み出した。当時の英国としては珍しく、イースト・アングリア大学の大学院に創作法のコースがあることを知って入学し、キャンパス・ノベルの作家としても有名なマルコム・ブラッドベリ教授の指導を受けた。入学の際に数篇の短篇小説を書いたのが、本格的な創作の第一歩であったという。一九八一年には、三つの短篇がフェイバー社の新人作家アンソロジーに発表され、翌年出した小説『遠い山なみの光』が、イシグロの作家としての地位を確固たるものにした。

イシグロの話によれば、彼は川端康成や谷崎潤一郎などの作品を英訳で読んでいるが、より明確なテーマを追及した欧米の小説のほうが好きだという。特に影響を受けた作家として、ドストエフスキーとチェーホフの名前を挙げていた。日本を舞台にした小説を書くときに、イシグロが幼いころ訪れた祖父の家の記憶とともに思い出すのは、一九五〇年代の日本映画、特に小津安二郎監督の作品であったという。

『浮世の画家』は、『遠い山なみの光』と同じように、第二次大戦後まもない時代の日本人を描いている。『日の名残り』が出るまで、日本の批評家の多くは、両作品が評判になった理由として、主に作品の東洋的情緒を挙げていた。しかし、権威ある文学賞の選考委員たちは、それ以上に、普遍的で明確なテーマを、いわば現実の陰影だけで浮かび上がらせるというイシグロ独特の技法を高く買ったのであろう。私は特に、人間の独善性に対する厳しい批判と、年じゅう自己正当化をしなければ生きていけない弱い人間に対する深い同情という、一見矛盾するイシグロの精神的志向に注目する。同じような失敗を繰り返しながらも、ある信念を持って前進できる人々に共通しているものは、厳しい父親的な原理と、寛容な母親的な原理との微妙なバランスであろう。その安定はしばしば崩れて、悲喜こもごもの人間ドラマを生み出しがちだ。カズオ・イシグロは『浮世の画家』と『日の名残り』で、挫折を味わった老人の独善、自己呵責、その克服と、新しい前向きの人生の探究という、内面的葛藤のドラマをみごとに描ききった。その底に流れる著者の温かい人間愛は実に感動的だ。

この翻訳のハードカバー版が出たとき、一部の人たちから、なぜ作品中の人名を漢字で表記したかという疑問が出された。訳の文体については、第二次大戦前に教育を受けた老人オノ・マスジの古めかしい口調で訳すべきか、それとも、三十そこその英国作家の想像力が英国の読者に与えたであろう新鮮な印象をより重視すべきか、さんざん考えた。もし、日本人の名前を全部カタカナ書きにする、「障子」はやめて「スクリーン・ドア」と表記する、日本人から見てあまりにも不自然な描写まで例外なくすべて生かしたりすると、表面的には面白いかもしれないが、長篇の場合にはとても読みにくいし、「日本人が主人公なのに、なんでこんな不自然な」という反発が必ず生じるだろう。結局、それは失うもののほうが多いことを見極めたので、あくまで基本は現代語による翻訳調だが、カズオ・イシグロがもし日本語で書くならば、こういう文体にしただろうと想像しながら訳すよう努めた。イシグロ自身から、「日本人から見て不自然なところは、大小を問わず指摘してほしい」という手紙が来たことも、そういう文体を選ぶ理由のひとつであった。ただし、日本の風俗習慣から見て不自然な個所を、数多く修正したわけではない。むしろ、原文からはなるべく離れないように努めた。大きな訂正として、原文に「大正天皇の銅像」とあったのを、「山口市長の銅像」とした個所があるが、それは（たぶんご両親の忠告によって）イシグロ自身が私に訂正を要求したものである。もうひとつ、紀子の婚約の時期など、原文に明らかな矛盾がある場合には、著者と相談して修正をほどこすことにした。

イシグロは、八八年四月の私あての手紙のなかで、「大阪に住んでいる叔父が、両親にあなたの翻訳を送ってくれましたが、それを読んだ両親は二人とも、第一級（first-class）の翻訳だと申しております」と書いてくれた。翻訳者としてこんなにうれしいことはない。

私の質問に親切な回答を寄せてくださったカズオ・イシグロに、心からお礼を申し上げます。

一九九二年三月　　　　飛田茂雄

（付記）

本書は、一九八八年二月に中央公論社（現・中央公論新社）より、一九九二年三月には同社の中公文庫より出版された。しかし、訳者の飛田茂雄氏は二〇〇二年十一月五日に逝去されたため、この度ハヤカワepi文庫から再版されるにあたっては、誠に僭越ながら、わたし金子靖が校正・校閲をさせていただくことになった。

故飛田茂雄氏（一九二七—二〇〇二）は、その晩年、重い病に犯されつつも、最後の力を振り絞って、二つの大辞典『現代英米情報辞典』（二〇〇〇年）、『英米法律情報辞典』（二〇〇二年）（ともに研究社）を作り上げた。わたしは幸運にもこの二冊の辞典の編集を担当させていただき、飛田氏とは著者と編集者の関係を超えて、まるで家族のように親しくお付き合いさせていただいた。そういうこともあって、飛田氏が亡くなったあとは、ご遺族の飛田友子さまより、著作の管理を任されている。友子さまには、「飛田もそれを強く望んでいるはずです」と、いつも暖かいおことばを頂戴している。

今回わたしは飛田氏の訳をチェックしたが、飛田訳のすごさを再確認しただけであった。ほとんど修正する必要はなかった。飛田氏が翻訳に使った『浮世の画家』の原書には、イシグロとの綿密なやり取りを示すものも書き込まれていた。「訳者あとがき」にあるとおり、「日本人から見て不自然なところは、大小を問わず指摘してほしい」とイシグロは飛田氏に依頼し、それに訳者飛田茂雄は忠実に応えたのである。

飛田氏とわたしの関係を知っていち早く連絡してくれた早川書房の鹿児島有里さん、そして実際に編集の労を取ってくれた山口晶さんに、心より感謝する。

二〇〇六年十一月五日　　　　　　　　　　　　金子靖

カズオ・イシグロのどこでもない場所

作家
小野正嗣

カズオ・イシグロは本当に不思議な作家である。

すごく乱暴な言い方をすれば、イシグロはいつも「同じ」である。「同じ」なのに、いつも「ちがう」のである。

イシグロの長篇小説は一人称で——つまり「わたし」で——書かれている。なるほど、この「わたし」はいつも異なる。「わたし」は未亡人かもしれないし、引退した画家かもしれないし、元執事かもしれないし、ピアニストかもしれないし、私立探偵かもしれないし、介護人かもしれない。それぞれの作品の舞台は、国もちがえば時代もちがう。しかしこの異なる相貌の「わたし」が基本的には同じことをしているという印象を読者は受ける。

では何をしているのか？ 「語る」ことである。

一人称の小説において、作品世界で起こっているすべての出来事は、「語り手」の

「声」を通過しなければ、私たちにはけっして見えることはない。読者は語り手の視線を通して世界を眺めることを余儀なくされる。物語が魅力的であればあるほど、「語る」行為そのものは、それが記述する一連の出来事や行動および思考や感情の流れの背後に退いて、私たちの視界から消える。実際、そのようにして「語り」を忘れさせてくれる一人称の小説はいくらでもある。

ところがイシグロにおいては、やや事情が異なる。イシグロを読んでいると、「語る」ということ自体の肌理《きめ》が目につきはじめる。そしてそれが私たちに与える、けっして心地よいものではない感触が気になってくるのである。どうしてこの「わたし」は語るのか？どうしてこんな語り方なのか？

イシグロの作品群を貫く中心的な主題があるとすれば、それは語り手の「記憶」の曖昧さ、より正確に言えば、その記憶のなかで知覚され、認識された「現実」の不確実性である。イシグロの語り手たちはみな、身辺に起こった過去の数々の出来事を、「語る」ことによって再構成しようとする。過去を語ること、語らずにはおられないことには、重なりあうふたつのことが前提とされている。ひとつは、現在の自分のことがよくわからないということ。そしてもうひとつは、私たちのいまこの瞬間の「自己」は、過去における「自己」との「連続性」によって構築されているという確信である。自己同一性《アイデンティティー》とはこの「連続性」のことである。「起源」というものは定義からして「過去」にしか位置づけられない。過去を問い直すことの根幹には、アイデンティティーの探求が必ず含意されていると言える――イシグロ作品の「語り手」たちがやっているのは、いつもこれなのである。事実、柴田元幸氏のインタビューに答えてイシグロは「今の自分は何者なのか？　そう問いつづけなくてはいけない」（『ナイン・インタビューズ』二一三頁　アルク刊）と言っている。この問いかけは、アイデンティティーの揺らぎを覚えるときに私たちの誰もが少なからずやっていることではないだろうか。そして言うまでもなく私たちは誰ひとりとして同じではない。イシグロは語り手の回想を通じて、同じ問いかけを共有しつつまったく異なる一人ひとりの人間の生を浮かび上がらせる。

したがってイシグロの私たちをつねに驚嘆させる凄まじさは、各作品に現われる中心的モチーフが同じだと感じられるにもかかわらず、そのつど固有のリアリティの厚みを備えたまったく別個の「語り手」を創造する、というよりも「語り手」になる能力――類稀《たぐいまれ》な「他者化」の能力――にあると言える。ふつう一人称の語りの場合、語り手の視点に「作者」の思考や感情は投影されがちである（たとえば「私小説」を考えてみればよい）。ところがイシグロの場合、作者イシグロの姿は完全に消えている。その気配はどこにも感じられない。それくらい見事にイシグロは語り手の仮面をかぶっている。いや、仮面になりきっているどころか、その仮面にイシグロが乗っ取られているかのようだ。

『浮世の画家』において、イシグロが選んだ仮面は、小野益次という引退した日本人画家である。この小説では、戦後間もない日本が舞台となっている。小野は、娘の紀子の縁談が一度結婚寸前で破談になってしまったことの理由がどうやら自分の過去に関係していることに気づいている。そこから戦前、そして戦中へと思いを馳せ、数多くいた弟子たちとの関係、幼年期、みずからの修行時代などを回想していく。ところがその語りを聞いていくうちに、読者はどうも大切なことがぼかされているような気がしてくる。「人はときどき、自分で思っている以上に世間から高く買われていたことに気づいて驚くものだ」（一〇五頁）とか「すべては何年も前に起こったことだから、その朝わたしが正確にそう言ったと断言するわけにはいかない」（一一二頁）、「その晩の記憶に限って妙に不明瞭なところがある」（一八四頁）といった言い方にうかがえるように、他者の目に映った自己像とみずからが抱く自己像とのズレや記憶の不確かさを白状する小野の語り口は一見誠実なもののように見える。しかし彼の言葉に耳を傾ければ傾けるほど、決定的に重要なことが故意に言い落とされているような印象は深まるばかりである。

例えば、弟子たち——信太郎と黒田——との関係にしても訣別の理由ははっきりと語られない。また小野は自分の過去を誇らしく思うと言うわりには、いったいなにを誇りにしていたのかは言明されない。そして小野は、自分が過去に犯した過ちを認めると述べた上でこう続ける。「過去の責任をとることは必ずしも容易なことではないが、人生行路のあちこちで犯した自分の過ちを堂々と直視すれば、確実に満足感が得られ、自尊心が高まるはずだ。とにかく、強固な信念のゆえに犯してしまった過ちなら、そう深く恥じ入るにも及ぶまい。むしろ、そういう過ちを自分では認められない、あるいは認めたくないというほうが、よほどはずかしいことに違いない」（二九七頁）。ところが、その罪とは具体的にどのようなものだったのかが一切言及されないのである。小野は何かを読者の目から遠ざけようとしている。しかし隠そうとする仕草自体が隠されているものをよりいっそう際立たせずにはおかないのである。イシグロ独特の技法とは「普遍的で明確なテーマを、いわば現実の陰影だけで浮かび上がらせる」ことであるとは、訳者飛田茂雄氏の言葉だが、付言すれば、この「現実」は「語り」によってのみ構成されている。『浮世の画家』においては、この「語り」がはらむ「陰影」こそが、「本体」を、つまり小野益次という人間とは何者かをあらわにするのである。

とはいえ、影と正体とは、それほど異なるものなのだろうか？　『浮世の画家』はまた、分身＝二重性の主題によっても貫かれている。そもそも画家とは、「現実」を「写す」職業なのではないのか？　なるほど、小野自身も言うように「芸術家の関心は、どこであろうと、見つけた美をとらえることにある」（二六六頁）のかもしれない。しかしその「現実」、その「美」が、知覚の仕方によって、まったくちがったものになるということが問題なのだ。小野の師匠である森山（モリさん）にとって、画家が描くべき世界とは、遊女との酒宴に表現されるような「浮世」であった。一方、小野はそうした「浮世」を真っ向から否定する精神主義的・愛国的な画風に目覚めていく。

しかしこの両者は実は表裏一体をなしている。「ある世界の妥当性そのものに疑問を持っているあいだは、その世界の美しさを観賞することなど、とてもできない」（二三二頁）と森山は小野に言う。しかし森山の耽美主義にしても小野の精神主義にしても、実は彼らの目の前にあるありのままの「現実」の否定でしかない。それを否定ではなくて、真実の「世界の美しさ」であると信じようとし、実際に信じ込んでしまったところで、つまり、こう言ってよければ、世界に対して疑問を持つことをやめてしまった点で、両者は完全に一致してしまう。事実、小野は芸術観から言葉遣い、仕草に至るまで、自分が森山のコピーであることを意識している――「ずっとあとでさえ、旧師のいくつかの特徴は、かつての影響力の影のような形で残り、生涯その人に焼きついてしまうものだ」（二一一頁）。「わたし独特の口調と見なされるようになったものの多くは、ほかならぬモリさんから受け継いだものである」（二三三頁）。これは、自分は自分ではない、影でしかないのだと言っているのに等しい。自己の過誤を森山のせいにしようとする弁明ともとれるし、そこには影となることによって、仮構された本体（全体的連続性と言ってもよい）のなかに、個々の責任を解消しようとする、戦時中の日本に支配的であったにちがいない精神風土も描き出されている。

不思議なことに、戦後間もなくという時代を参照する日本家屋や歓楽街の緻密な描写にもかかわらず、『浮世の画家』の世界は、あまり「日本」に似ているようには――少なくとも僕には――思えない。イシグロの端正な描写はたしかに第二次世界大戦前後のイギリス(『日の名残り』)を、戦前の上海(『わたしたちが孤児だったころ』)を、九〇年代のイギリス(『わたしを離さないで』)を、見事に映し出しているかもしれない。でも、どういうわけだか僕には、イシグロの作品世界はむしろ、日本、イギリス、上海などを描きながらも、それらとはまったく異なる、あるひとつの「場所」に似ているように思えるのである。そして「場所」というものが、私たちのアイデンティティー形成にとって決定的に重要な意味を持つことを思えば、「自己とは何か?」を問いつづけるイシグロにとって、「書く」とは、そのつど異なる仮面――語り手たち――をかぶり、いやみずからを彼ら/彼女らの仮面に変えながら、その「場所」に戻ることなのではないのかと思えるのである。

ではイシグロがみずからを発見するために帰ろうとする「場所」、イシグロ文学の「ふるさと」とはどこにあるのだろうか?

おそらくどこにもない。故郷を見いだすことができないということこそがイシグロ的故郷のありようであり、この「故郷喪失」を何よりも表現するのが、何を語ろうともそこに違和感やズレや亀裂を生じさせてしまうイシグロの「語り」なのである。そこにはイシグロが五歳のときに日本を離れてイギリスに移り住んだという、よく知られた幼児体験も影響を及ぼしているのかもしれない。しかし故郷が見つからない限り、まだどこかにあるかもしれないという思いは捨てきれない。だから探しつづけなければならない——それが「書く」=「語る」ということである。しかしイシグロは、短篇「日の暮れた村」(柴田元幸編訳『紙の空から』晶文社刊)の語り手のように、戻ってきた場所がまるでよそよそしいものになっていることを発見するだろう——でもそれは場所が変化してしまったからなのか? それとも自分が変わったせいなのか? それを知るためにもまた旅は続けられなければならない。こうしてイシグロの「語り」は「作品」という「場所」を生み出していく。「場所」はある。ではどうしてそこに安住できないのか? 彼が故郷喪失者であることを必要とする住人がいるからである。私たち読者がその「場所」に入り込み、イシグロを追い出しているからである。でもどうしてそんなことをするのだろうか?

答えは簡単である。イシグロがいつまでも語りつづけてくれるように。

本書は、二〇〇六年十一月にハヤカワｅｐｉ文庫より刊行された『浮世の画家』の新版です。著者序文を新たに収録しています。

わたしの名は赤〔新訳版〕上・下

Benim Adim Kirmizi

オルハン・パムク

宮下 遼訳

〈国際IMPACダブリン文学賞受賞作〉一五九一年冬。オスマン帝国の首都イスタンブルで細密画師が殺された。その死をもたらしたのは、皇帝の命により秘密裡に製作されている装飾写本なのか？ 同じ頃、十二年ぶりにイスタンブルへ帰ってきたカラは、くだんの装飾写本の作業を手伝ううちに、美貌の従妹シェキュレへの恋心を募らせていく。東西の文明が交錯する大都市を舞台にしたノーベル文学賞作家の代表作

オリーヴ・キタリッジの生活

Olive Kitteridge

エリザベス・ストラウト
小川高義訳

〈ピュリッツァー賞受賞作〉アメリカ北東部にある港町クロズビー。一見平穏な町の暮らしだが、人々の心にはまれに嵐も吹き荒れて、癒えない傷痕を残していく――。住人のひとりオリーヴ・キタリッジは、繊細で、気分屋で、傍若無人。その言動が生む波紋は、ときに激しく、ときにひそやかに広がっていく。人生の苦しみや喜び、後悔や希望を、静謐に描き上げた連作短篇集

コレクションズ　上・下

The Corrections

ジョナサン・フランゼン
黒原敏行訳

〈全米図書賞受賞作〉ランバート家の老家長アルフレッドは頑固そのもの。妻イーニッドは落胆ばかりの日々を過ごしている。子供たちの生活も理想とは遠い——裕福だが家族仲が悪い長男ゲイリー。学生と関係し大学を解雇された次男チップ。末っ子の才気あるシェフ、デニースは恋愛下手。卓越した筆力で描写される五人の運命とその絆の行方は？　アメリカの国民作家の大作

ハヤカワ epi 文庫は、すぐれた文芸の発信源（epicentre）です。

訳者略歴　1927年生，早稲田大学大学院博士課程修了，中央大学名誉教授，英米文学翻訳家　訳書『母なる夜』『パームサンデー』ヴォネガット，『神話の力』キャンベル＆モイヤーズ，『キャッチ＝22〔新版〕』ヘラー（以上ハヤカワ文庫）他多数，2002年没

浮世《うきよ》の画家《がか》
〔新版〕

〈epi 95〉

二〇一九年一月十日　印刷
二〇一九年一月十五日　発行
（定価はカバーに表示してあります）

著者　カズオ・イシグロ
訳者　飛《とび》田《た》茂《しげ》雄《お》
発行者　早川　浩
発行所　株式会社　早川書房
郵便番号一〇一‐〇〇四六
東京都千代田区神田多町二ノ二
電話　〇三‐三二五二‐三一一一（大代表）
振替　〇〇一六〇‐三‐四七七九九
http://www.hayakawa-online.co.jp
乱丁・落丁本は小社制作部宛お送り下さい。
送料小社負担にてお取りかえいたします。

印刷・信毎書籍印刷株式会社　製本・株式会社明光社
Printed and bound in Japan
ISBN978-4-15-120095-3 C0197

本書は活字が大きく読みやすい〈トールサイズ〉です。